Uma rua no Brooklyn

Jenny Jackson

Uma rua
no Brooklyn

Tradução
LÍGIA AZEVEDO

paralela

Copyright © 2023 by Pineapple Street Books LLC

A Editora Paralela é uma divisão da Editora Schwarcz S.A.

Grafia atualizada segundo o Acordo Ortográfico da Língua Portuguesa de 1990, que entrou em vigor no Brasil em 2009.

TÍTULO ORIGINAL Pineapple Street
CAPA Ceara Elliott
IMAGENS DE CAPA Shutterstock
PREPARAÇÃO Clara Teixeira
REVISÃO Bonie Santos e Natália Mori

Dados Internacionais de Catalogação na Publicação (CIP)
(Câmara Brasileira do Livro, SP, Brasil)

Jackson, Jenny
  Uma rua no Brooklyn / Jenny Jackson ; tradução Lígia Azevedo. — 1ª ed. — São Paulo : Paralela, 2023.

  Título original: Pineapple Street.
  ISBN 978-85-8439-342-8

  1. Romance norte-americano I. Título.

23-157715   CDD-813.5

Índice para catálogo sistemático:
1. Romances : Literatura norte-americana   813.5

Tábata Alves da Silva – Bibliotecária – CRB-8/9253

Todos os direitos desta edição reservados à
EDITORA SCHWARCZ S.A.
Rua Bandeira Paulista, 702, cj. 32
04532-002 — São Paulo — SP
Telefone: (11) 3707-3500
editoraparalela.com.br
atendimentoaoleitor@editoraparalela.com.br
facebook.com/editoraparalela
instagram.com/editoraparalela
twitter.com/editoraparalela

Para Torrey

Os millennials receberão a maior transferência geracional de ativos da história americana: a Grande Transferência de Riqueza, como dizem as pessoas do mercado financeiro. Espera-se que dezenas de trilhões de dólares passem de uma geração a outra na próxima década.
Zoë Beery, *The New York Times*

Moro no Brooklyn. Por escolha.
Truman Capote

Prelúdio

Curtis McCoy estava adiantado para a reunião das dez, por isso foi com seu café até uma mesa à janela, de onde podia sentir o sol aguado de abril. Era sábado, o Joe Coffee estava lotado e Brooklyn Heights parecia cheio de vida, com mulheres de legging empurrando carrinhos de bebê pela Hicks Street, passeadores de cachorros reunidos nos bancos da Pineapple Street e famílias se dirigindo apressadas a jogos de futebol, aulas de natação e festas de aniversário no Jane's Carousel.

Na mesa ao lado, uma mãe e duas filhas adultas olhavam todas para o mesmo celular enquanto bebiam de copos de papel azul e brancos.

"Ah, olha esse aqui! O perfil diz que ele gosta de correr, fazer kimchi e 'destruir o capitalismo'."

Curtis tentou desviar a atenção, mas não conseguiu.

"Darley, ele tem o dobro da minha idade. Não. Você entende como o aplicativo funciona?"

O nome lhe pareceu familiar, embora Curtis não se lembrasse dela. Brooklyn Heights era um bairro pequeno. Talvez fosse só mais uma pessoa na fila para comprar um sanduíche na Lassen, ou alguém com quem tivesse cruzado na academia da Clark Street.

"Tá, tá. Agora olha esse cara: 'Homem cis vegano procura companheira para proteger o planeta Terra, que nunca coma nada que tenha rosto. A não ser os ricos'."

"Você não pode sair com um vegano. Os sapatos são horrorosos!", a mãe interrompeu. "Me passa o telefone! Hum... O ui-fi aqui é péssimo."

"É *uai-fai*, mãe."

Curtis se arriscou a dar uma olhada para a mesa. As três mulheres estavam vestidas com roupas de tênis brancas. A mãe era loira e usava brincos de argola dourados e uma variedade impressionante de anéis, enquanto as filhas eram morenas, uma magra com cabelo liso na altura dos ombros e a outra com mais curvas e o cabelo comprido e ondulado preso em um coque frouxo. Ele voltou a baixar a cabeça e quebrou um pedaço de seu scone com semente de papoula.

"'Bi não monogâmico procurando por gata comunista para me ajudar a derrubar o patriarcado. Me chama pra dançar!' Será que estou tendo um derrame?", a mulher mais velha murmurou. "Não entendo nem uma palavra disso."

Curtis segurou a risada.

"Me dá o celular, mãe." A filha de cabelo ondulado pegou o iPhone de volta e o guardou na bolsa.

De repente, Curtis se deu conta de que a conhecia. Era Georgiana Stockton, que estudara com ele no ensino médio, na escola da Henry Street, dez anos antes. Curtis pensou em cumprimentá-la, mas achou que daria na cara que estivera ouvindo a conversa delas.

"Na minha época, as coisas eram muito mais simples", a mãe de Georgiana resmungou. "Você simplesmente namorava o garoto que tinha te levado ao baile de formatura ou o colega de quarto do seu irmão em Princeton."

"Pois é, mãe, só que minha geração não é composta apenas de esnobes elitistas", disse Georgiana, revirando os olhos.

Curtis sorriu. Podia se imaginar tendo a mesmíssima conversa com sua mãe e tentando explicar por que não ia se casar com a filha de uma amiga dela só porque as duas famílias tinham propriedades vizinhas em Martha's Vineyard. De canto de olho, Curtis notou o sobressalto de Georgiana.

"Ah, não! Deixei minha pulseira da Cartier na BMW da Lena, e ela vai pra casa da avó em Southampton!"

Georgiana passou a alça da bolsa no ombro, pegou a raquete de tênis do chão, deu um beijinho na mãe e na irmã e passou apressada por Curtis enquanto se dirigia à porta. Nisso, sua raquete bateu na mesa dele, derramando café no scone de semente de papoula e deixando o rapaz com a expressão levemente irritada.

Um

SASHA

Havia um cômodo na casa de Sasha que era um portal para outra dimensão: 1997. Ali, Sasha descobrira um iMac que parecia um ovo com casca de plástico azul, uma jaqueta de neve com etiquetas ainda presas ao zíper, uma pilha de cartões de embarque amassados e um cachimbo e um isqueiro velho amarelo escondidos no fundo de uma gaveta. Sempre que Sasha comentava com o marido que adoraria encaixotar as recordações do ensino médio da cunhada, ele revirava os olhos e lhe dizia para ser paciente. "Minha irmã vai vir pegar as coisas dela quando tiver tempo." Só que Sasha tinha lá suas dúvidas, e era esquisito morar em uma casa com um quarto fechado, como um santuário para um filho morto.

Nos dias bons, Sasha reconhecia que tinha muita sorte de morar ali. Tratava-se de uma casa antiga de quatro andares no Brooklyn, um palácio enorme e tradicional onde caberiam dez apartamentos de um cômodo como aqueles em que Sasha costumava morar. No entanto, nos dias ruins, Sasha tinha a impressão de que habitava uma cápsula do tempo, o lar em que seu marido havia crescido e do qual nunca tinha saído, repleto de lembranças e histórias de infância dele, mas principalmente das porcarias da família.

Fazia três semanas que Sasha e Cord moravam juntos naquela casa quando ela convidou os pais dele para jantar. "Vou fazer tarteletes de cogumelo e salada com queijo de cabra", Sasha escreveu num e-mail. Ela passou a manhã toda abrindo a massa e foi inclusive ao mercadinho chique da Montague comprar sementes de romã para polvilhar sobre folhas de alface baby. Passou aspirador na sala de jantar, espanou o pó das estantes e pôs um Sancerre para gelar. Os sogros chegaram com três sacolas de lona da L.L.Bean. "Ah, vocês não precisavam ter trazido nada!", Sasha exclamou, consternada.

"Sasha", a sogra disse com animação, já abrindo o armário da entrada para pendurar seu casaquinho Chanel. "Queremos saber *tudo* sobre a lua de mel." Ela levou as sacolas para a cozinha e tirou delas uma garrafa de borgonha branco, dois arranjos de flores em vasos baixos, uma toalha com estampa de flor-de-lis e três refratários com tampa da Williams Sonoma. A mulher dispôs tudo na bancada e, como se aquela fosse sua casa havia quarenta anos, abriu o armário para pegar uma taça de vinho.

"Fiz tarteletes de cogumelo", Sasha disse, sentindo-se de repente como as moças que tentam empurrar amostras grátis de cubinhos de queijo processado quente no Costco.

"Ah, vi seu e-mail, querida, e imaginei que a ideia fosse fazer um jantar de temática francesa. Quando faltarem dez minutos para comermos, me avise que eu ponho o coq au vin no forno. Também trouxe endívias à provençal. Tem bastante, então talvez você nem precise fazer sua salada. Os castiçais estão naquela gaveta ali. Agora vamos dar uma olhada no seu arranjo de mesa. Quero saber do que mais precisamos."

Por solidariedade, Cord comeu tarteletes e salada, e, quando o pegou olhando desejoso para as endívias, Sasha abriu um sorrisinho que dizia: *Se quiser, coma aí essas malditas folhas, mas talvez tenha que dormir no sofá depois.*

O arranjo era novo para todos eles, e Sasha sabia que levaria algum tempo para que se acostumassem. Os pais de Cord, Chip e Tilda, reclamavam havia anos que aquela casa era grande demais só para os dois, que ficava muito longe de onde estacionavam o carro, que estavam cansados de ter que tirar a neve da entrada e levar o lixo reciclável para a rua. Os dois haviam comprado um apartamento a dois quarteirões de distância como investimento — o antigo cinema de Brooklyn Heights tinha dado lugar a cinco edifícios de luxo —, e depois decidido se mudar para a pequena mansão eles mesmos. Fizeram a mudança em uma semana, usando apenas seu velho Lexus e com a ajuda do marido da empregada doméstica, a quem pagaram trezentos dólares. Podia parecer um desapego rápido do lugar onde tinham vivido por quatro décadas, mas Sasha não entendia o que haviam levado para o novo apartamento além das roupas. Tinham deixado até a cama king-size com dossel, na qual Sasha se sentia bem esquisita dormindo.

Os Stockton decidiram deixar Sasha e Cord se mudarem para a casa agora vaga e ficarem lá pelo tempo que quisessem. Um dia, quando vendessem o imóvel, o dinheiro seria dividido entre Cord e as duas irmãs. Algumas outras partes do acordo tinham sido pensadas para driblar a tributação sobre a herança, mas Sasha fez vista grossa para aquele pedacinho da papelada. Os Stockton podiam ter deixado que se casasse com seu filho, mas no fundo Sasha sabia que prefeririam ser pegos em um ménage à trois com a parceira de Tilda no bridge a permitir que ela inspecionasse seu imposto de renda.

Depois do jantar, Sasha e Cord tiraram a mesa enquanto os pais dele se dirigiam à sala de visitas para tomar um digestivo. Havia um carrinho de bebidas no canto, com garrafas antigas de conhaque que os Stockton gostavam de servir em tacinhas com borda dourada. Como tudo o mais naquela casa, as taças eram velhas e tinham história. A sala de visitas era decorada com cortinas de veludo azuis e compridas, um piano e um sofá com pés de madeira e tecido áspero que fizera parte da mobília da residência do governador do estado. Sasha cometera o erro de se sentar nele uma vez e ficara com tanta urticária na parte de trás das pernas que precisara passar calamina antes de dormir. Havia um lustre grandioso no vestíbulo, um relógio carrilhão na sala de jantar que batia tão alto que Sasha soltou um gritinho da primeira vez que ouviu e um quadro enorme de um barco em um oceano ameaçadoramente escuro na biblioteca. De modo geral, o lugar tinha uma atmosfera náutica, o que era engraçado, porque ficava no Brooklyn, e não em Gloucester ou Nantucket, e, embora Chip e Tilda tivessem passado alguns verões velejando, em geral alugavam barcos com tripulação. Os copos tinham timões desenhados, os jogos americanos eram de pinturas a óleo de veleiros, o banheiro contava com um mapa marítimo emoldurado e as estampas das toalhas de praia eram de diagramas de diferentes tipos de nós. Às vezes, Sasha vagava pela casa à noite, passando a mão pelos castiçais e quadros antigos, sussurrando "Fechem as escotilhas!" e "Esfreguem o convés!" e rindo.

Sasha e Cord terminaram de levar os pratos para a cozinha e se juntaram aos pais dele na sala de visitas. Cord serviu uma tacinha de conhaque para Sasha e outra para si próprio. A bebida viscosa de gosto medicinal deixava Sasha estranhamente consciente dos pelinhos de seu nariz, mas ela a aceitou mesmo assim, só para ser simpática.

"E então? Estão gostando da casa?", Tilda perguntou, cruzando as pernas compridas. Ela havia se arrumado para o jantar: vestia uma blusa colorida, uma saia-lápis, meia-calça transparente e saltos. Os Stockton eram bem altos, e com aqueles sapatos a sogra assomava sobre Sasha. Se alguém dissesse que aquilo não era para demonstrar seu poder, estaria mentindo na cara dura.

"Estamos amando." Sasha sorriu. "É muita sorte poder morar em um lugar tão lindo e espaçoso."

"Mas estávamos pensando", Cord começou, "que gostaríamos de mudar uma coisinha ou outra, mãe."

"Claro, querido. A casa é sua."

"Sim, sim", Chip concordou. "Estamos bem instalados na Orange Street."

"É muita bondade sua", Sasha disse. "O guarda-roupa do quarto é um pouco apertado, mas se tirarmos os nichos do fundo..."

"Ah, não, meu bem", Tilda a interrompeu. "É melhor não tirar. São perfeitos para guardar todo tipo de coisa: sapatos da outra estação, chapéus e tudo o que tiver aba e não puder amassar. Seria péssimo para vocês se tirassem os nichos."

"Ah. Claro, claro." Sasha assentiu. "Faz sentido."

"E os móveis da sala de visitas?", Cord arriscou. "Poderíamos colocar um sofá mais confortável. E se trocássemos as cortinas de veludo entraria mais luz."

"Mas as cortinas foram feitas sob medida para esta sala. As janelas são enormes, se tirassem as cortinas vocês ficariam chocados com a dificuldade que é acertar o que vai naquele pedaço." Tilda balançou a cabeça, triste, enquanto seu cabelo loiro refletia a luz. "Por que não ficam mais um tempinho aqui, se familiarizando com o lugar e pensando no que deixaria vocês mais confortáveis? Queremos que se sintam em casa." Ela deu batidinhas firmes na perna de Sasha e se levantou, assentindo para o marido e seguindo para a porta. "Bem, é melhor irmos. Obrigada pelo jantar. Vou deixar a Le Creuset aqui, podem colocar na lava-louça. Não tem nenhuma necessidade de lavar à mão. Eu pego de volta da próxima vez que viermos jantar. Ou podem levar a panela em casa. E podem ficar com os vasos. Notei que a decoração da mesa estava um pouco esparsa." Ela vestiu o casaquinho marfim e rosa, com um toque de lavanda, passou as alças da bolsa no antebraço e guiou o marido porta afora e degraus abaixo até seu apartamento recém-mobiliado sem sinais de inspiração náutica.

Sempre que lhe perguntavam como ela e Cord haviam se conhecido, Sasha dizia: "Ah, eu era terapeuta dele". (Uma piada, porque os brancos, ricos e protestantes não fazem terapia.) Em um mundo de aplicativos de relacionamento, a maneira como os dois haviam se aproximado parecia mais inusitada que uma apresentação de quadrilha. Sasha estava bebendo uma taça de vinho no balcão do Bar Tabac. Sem bateria no celular, ela pegara um exemplar abandonado do *New York Times* aberto nas palavras cruzadas. Estavam quase completas, algo que nunca chegara perto de acontecer com Sasha. Enquanto ela estudava as respostas, Cord chegou para fazer um pedido e começou a conversar, maravilhado com aquela bela mulher que parecia ser um gênio do passatempo.

Uma semana depois, os dois saíram para tomar um drinque. Apesar de "todo o seu relacionamento se basear em uma mentira", como Cord passara a repetir depois de descobrir que Sasha não conseguia completar nem as palavras cruzadas mais fáceis das segundas-feiras, eles tiveram meio que o romance perfeito.

Bem, o romance perfeito para dois adultos de verdade e funcionais, com passado, independência, consumo de álcool e apetite sexual na média. Sasha e Cord passaram seu primeiro ano juntos fazendo tudo o que os casais nova-iorquinos de trinta e poucos anos fazem: cochichando nos cantos dos bares em festas de aniversário, esforçando-se muito para conseguir reservas em restaurantes que serviam lámen com ovo, entrando escondidos com comida de mercadinhos locais no cinema, arrumando-se para um brunch com outras pessoas enquanto aguardavam em segredo pelo dia em que se sentiriam confortáveis o bastante um com o outro para passar os domingos deitados no sofá comendo sanduíche de bacon do restaurante da esquina e lendo a edição de domingo do *New York Times*. Eles brigavam também, claro. Quando Cord levou Sasha para acampar, entrou água na barraca, ele tirou sarro dela por ter medo de fazer xixi sozinha à noite, ela o xingou e disse que nunca mais pisaria no Maine. A melhor amiga de Sasha, Vara, convidou os dois para a abertura de sua exposição em uma galeria, e Cord não só não conseguiu ir porque ficou preso no trabalho como não demonstrou que compreendia a magnitude de seu erro. Quando Cord teve conjuntivite e ficou parecendo um coelho com raiva, Sasha o provocou até que ele fechasse a cara. Mas, no geral, o amor entre os dois poderia estar num livro.

Sasha demorou bastante para descobrir que Cord era rico — o que chegava a ser constrangedor, uma vez que seu nome era *Cord*. O apartamento dele era bem bacana, mas nada fora do comum. Seu carro era velho. Suas roupas eram normais, e ele sempre cuidava muito bem de suas coisas, de um jeito que chegava até a ser obsessivo. Usava a carteira até o couro começar a rachar, ainda tinha os cintos que a avó lhe comprara quando estava no ensino médio e tratava seu iPhone como se fosse um código nuclear que precisava ser carregado em uma maleta algemada a seu pulso, no mínimo com película e uma capinha mais grossa que uma fatia de pão. Pelo visto Sasha tinha assistido a *O lobo de Wall Street* vezes demais, porque achava que caras ricos de Nova York usavam sempre o cabelo penteado para trás e só compravam garrafas inteiras de bebida nos rolês. Aparentemente, no entanto, eles usavam blusas de frio até abrirem furos nos cotovelos e tinham relacionamentos muito próximos e pouco saudáveis com a mãe.

Cord tinha uma relação quase obsessiva com a própria família. Trabalhava lado a lado com o pai todos os dias, morava perto das irmãs e as encontrava para jantar o tempo todo, e todos se falavam ao telefone mais do que Sasha falava com quem quer que fosse. Cord fazia coisas que ela não conseguia entender: ia junto com o pai cortar o cabelo, sempre que comprava uma camisa para si comprava outra igual para ele, ia buscar o vinho francês de que a mãe gostava na Astor Place e massageava os pés dela de um jeito que obrigava Sasha a sair de perto. Quem fazia massagem nos pés da mãe? Sempre que Sasha via aquilo, pensava na cena de *Pulp Fiction* em que John Travolta comparava massagens nos pés a sexo oral, e ficava tão incomodada que sentia um olho tremelicar.

Sasha adorava seus pais, mas tinha uma vida mais independente. Ambos perguntavam sobre seu trabalho como designer gráfica de tempos em tempos, eles conversavam todo domingo e trocavam mensagens de texto. Às vezes, ela ia visitá-los e ficava surpresa ao descobrir que haviam trocado de carro ou até derrubado uma parede para integrar a cozinha e a sala.

As cunhadas de Sasha eram simpáticas com ela. Mandavam mensagem no aniversário, sempre perguntavam de sua família e emprestavam raquetes e roupas de tênis para que ela pudesse jogar com eles nas férias. Mas Sasha ainda sentia que todos prefeririam não ter que conviver com ela. Às vezes, estava contando uma história a Darley, a cunhada mais velha, e então Cord entrava na sala e a mulher simplesmente parava de ouvir e começava a fazer perguntas a ele. Georgiana, a mais nova, podia dar a impressão de que estava falando para todos os presentes, mas só olhava para os irmãos. Aquela família era uma unidade, um circuito fechado que Sasha não conseguia penetrar.

Os Stockton trabalhavam no mercado imobiliário. Por isso, no começo Sasha achava ainda mais estranho que a casa fosse entulhada de coisas. Eles não deveriam morar em um lugar mais sóbrio, que parecesse tirado de uma revista de arquitetura como a *Architectural Digest*? Mas no fim das contas o interesse deles em imóveis tinha menos a ver com vender apartamentos unitários e mais com investimentos em larga escala. O avô de Cord, Edward Cordington Stockton, herdara uma fortuna modesta da família. Nos anos 70, quando Nova York estava à beira da falência, ele usou o dinheiro para comprar uma propriedade no Upper East Side, a quatrocentos e cinquenta dólares o metro quadrado. Agora a mesma metragem ali valia doze mil dólares, e os Stockton eram podres de ricos. Com seu filho Chip, pai de Cord, Edward comprou um imóvel de frente para a água no Brooklyn, ao longo de Dumbo e entrando em

Brooklyn Heights. Em 2016, quando as testemunhas de Jeová decidiram se desfazer de sua sede mundial em Brooklyn Heights, a família entrou no negócio, juntando-se a um grupo de investidores para comprar a famosa Watchtower, assim como o antigo Standish Arms Hotel. Edward Cordington tinha morrido, e agora Cord trabalhava com o pai, como a terceira geração dos Stockton fazendo negócios no mercado imobiliário de Nova York.

Paradoxalmente, a família havia escolhido viver nas ruas com nomes de frutas de Brooklyn Heights, três curtas fileiras de quarteirões que iam da Cranberry até a Pineapple Street, passando pela Orange, situadas na encosta à beira da água. Apesar de todo o investimento da família em transformar prédios antigos em condomínios de alto padrão, eles decidiram morar em uma região em que mudanças significativas eram proibidas pela Comissão de Preservação de Marcos Históricos. Ali, havia plaquinhas em vários lares da vizinhança com as indicações 1820 ou 1824. Casinhas de tábuas pintadas de branco. Jardins frondosos escondidos atrás de portões de ferro forjado. Antigos estábulos e cocheiras. Até a farmácia da rede cvs parecia parte de uma vila inglesa, com trepadeiras cobrindo as paredes de pedra. Sasha adorava uma casa na esquina da Hicks com a Middagh, que no passado abrigava uma drogaria e onde os azulejos à entrada ainda diziam: REMÉDIOS.

A família materna de Cord talvez tivesse ainda mais pedigree. Tilda Stockton, que quando solteira era Tilda Moore, vinha de uma longa linhagem de importantes políticos. Tanto o pai quanto o irmão dela haviam sido governadores de Nova York, e ela já aparecera em reportagens sobre a família na *Vogue* e na *Vanity Fair*. Tilda se casara com Chip Stockton aos vinte e um anos. Embora nunca tivesse trabalhado formalmente em tempo integral, adquirira uma excelente reputação de consultora de eventos, em especial apresentando suas amigas socialites a organizadores de festas. Para Tilda Stockton, uma noite não estava completa sem um conceito, um tema, uma decoração de mesa e um código de vestimenta. Tudo aquilo fazia Sasha querer se esconder debaixo de uma pilha de guardanapos com monogramas.

Sasha passou os meses seguintes ao casamento tentando se adaptar ao novo lar na Pineapple Street. Ela se convenceu de que era uma arqueóloga estudando a civilização antiga da família do marido. Em vez da tumba de Tutancâmon, descobriu um cinzeiro que Darley havia feito no sexto ano e que parecia um cogumelo disforme. Em vez dos Manuscritos do Mar Morto, Sasha encontrou um trabalho de ciências sobre tipos de pinhas que Cord fizera no ensino fundamental. Em vez do Exército de Terracota, deparou com uma gaveta inteira de amostras grátis de escovas de dentes de um consultório dentário na Atlantic Avenue.

Dos quatro quartos da casa, o que se encontrava em pior estado era o de Darley, mas nenhum estava vago de verdade. O antigo quarto de Cord chegara a ser esvaziado quando ele fora para a faculdade, mas ainda guardava um candelabro folheado a prata, um conjunto de vasos de chão mandarins e dezenas de quadros — obras de arte que a família havia adquirido ao longo dos anos, mas não tinha onde pendurar. Livros da faculdade e álbuns de fotografia ainda continuavam no quarto de Georgiana, onde também havia uma prateleira inteira de troféus de tênis. O quarto principal, embora não abrigasse mais roupas ou joias, permanecia com a decoração e o mobiliário dos antigos donos, e era extremamente difícil para Sasha chegar ao orgasmo quando a cabeceira de mogno de sua cama, que devia ter pertencido a um deputado ou secretário dos transportes, batia contra a parede.

Enquanto guardava suas malas vazias em armários já lotados, Sasha se perguntava se deixariam que trocasse a cortina do chuveiro. Era melhor esperar alguns meses.

Chip e Tilda decidiram organizar um open house em seu novo apartamento na Orange Street e pediram que os filhos e cônjuges chegassem mais cedo. Seria numa quarta-feira à noite, porque a maioria dos amigos deles passava o fim de semana em suas casas de campo e alguns prefeririam viajar já na quinta à noite. A vida social de Chip e Tilda na cidade existia apenas entre segunda e quarta-feira, antes que os amigos se espalhassem pelos confins de Long Island e Litchfield.

"Que roupa eu coloco?", Sasha perguntou a Cord, diante do guarda-

-roupa. Ela nunca sabia como se vestir com aquela família. Era como se todos sempre consultassem um mesmo *moodboard*, ao qual Sasha não tinha acesso.

"A que você quiser, linda", Cord respondeu, sem ajudar muito.

"Então posso ir de jeans?"

"Bom, eu não iria de *jeans*." Ele franziu a testa.

"Tá, então é melhor ir de vestido?", Sasha perguntou, irritada.

"Mamãe e papai disseram que o tema é 'Para o alto e avante'."

"Não sei o que isso significa."

"Vou com a mesma roupa com que fui trabalhar. Tenho certeza de que todo mundo vai fazer isso."

Cord trabalhava de terno e gravata, portanto aquele comentário era tão relevante para a vida de Sasha quanto se ele trabalhasse em um hospital ou fosse um bombeiro. Confusa, ela decidiu não arriscar e vestiu uma camisa branca bonita por dentro de uma calça azul-marinho e os brincos de diamante pequenos que havia ganhado da mãe quando se formara na faculdade. Passou batom e, enquanto se olhava no espelho antigo que ficava em cima da lareira, sorriu. Sentia-se clássica, como Amal Clooney deixando o prédio das Nações Unidas para jantar com George. Para o alto e avante, sem dúvida.

Quando chegaram ao apartamento, as irmãs de Cord já estavam lá, Georgiana parecendo lindamente boêmia, com o cabelo castanho comprido cascateando pelas costas, as sardas do nariz aparentes e um vestido esvoaçante que roçava seus tornozelos, e Darley usando um macacão com cinto que sem dúvida aparecera na *Vogue* italiana. O marido de Darley, Malcolm, estava ao lado dela, o que fez Sasha respirar aliviada. Desde o começo ela o identificara como um aliado no estranho mundo das famílias para as quais se entra por casamento, e os dois até tinham um código que murmuravam um para o outro quando as coisas ficavam esquisitas de verdade: NEMF. Era uma abreviação de "não é minha família" e os eximia de culpa em qualquer situação em que se sentissem como testemunhas externas dos rituais bizarros dos brancos ricos, como da vez em julho em que Chip e Tilda haviam insistido em contratar um fotógrafo profissional para tirar uma foto em família para os cartões de Natal daquele ano, obrigando todos a usar diferentes tons de azul e branco e formar um semicírculo em volta deles, que estavam sentados em cadeiras. A pessoa contratada tinha tentado organizar a foto por quase uma hora sob o sol do verão, enquanto Berta, a empregada doméstica, entrava e saía para mexer na churrasqueira, e a equipe de jardinagem regava as plantas tomando o cuidado de não fazer contato visual com ninguém. Sasha havia se sentido parte da família Romney. Tudo aquilo a deixara embasbacada, mas pelo menos pudera se comunicar com Malcolm através de olhares sofridos. Os dois eram como estudantes de intercâmbio, unidos pela compreensão de que haviam chegado a uma terra muito, muito estranha.

Berta tinha passado o dia preparando a festa, e a mesa da sala de jantar gemia sob o peso das travessas de prata com camarões no gelo, canapés de rosbife e salmão defumado e bolinhos minúsculos de caranguejo. Ela serviu vinho branco em taças e as dispôs em uma bandeja, que ficaria segurando perto da entrada, para que os convidados pudessem beber assim que chegassem. Vinho tinto estava proibido, claro, principalmente pelo bem dos tapetes novos, mas também porque manchava os dentes e acabava com a aparência de qualquer um. Tilda era obcecada por dentes.

Os convidados começaram a chegar, e Sasha reconheceu muitos deles do casamento. Os Stockton haviam chamado tantos amigos para a cerimônia que ela passara a festa inteira cumprimentando pessoas e tentando decorar nomes, parando apenas quando os próprios primos a puxaram para a pista para dançar "Baby Got Back". De maneira muito elegante.

Cord conhecia todo mundo e foi logo convocado para a biblioteca para mostrar a um senhor careca a coleção de relógios do pai. Alguns eram relógios militares raros, outros Patek vintage, outros Rolex com mostrador fosco ou dourado, que pertenceram ao avô de Cord. Eram tão valiosos que Chip tinha sido procurado por casas de leilão interessadas neles, mas se recusara a vendê-los. Nunca os tocava ou mesmo olhava para eles, mas Cord dizia que o pai gostava da certeza de ter dinheiro em casa, tal qual maços de notas embaixo dos colchões. (Sasha, por sua vez, achava que aquilo tinha mais a ver com a dificuldade que a família tinha de desapegar das coisas.)

Georgiana estava sentada no sofá, cochichando com a madrinha, enquanto Darley e Malcolm faziam sala para um pequeno grupo do clube de tênis na Montague Street, mostrando fotos dos filhos no iPhone. Georgiana muitas vezes se apresentava lindamente desalinhada, com a jaqueta jogada sobre os ombros e pulseiras de miçangas que não combinavam entre si, mas Darley parecia sempre muito requintada e minimalista, com o cabelo castanho cortado até os ombros, maquiagem discreta, um relógio de ouro pequeno e nenhuma joia além das alianças. Sasha se mantinha na periferia da festa, desconfortável e incerta sobre como poderia se incluir em alguma conversa. Ficou aliviada quando uma mulher com um capacete de cabelos loiros se aproximou dela e abriu um grande sorriso.

"Oi. Eu adoraria outro chardonnay, por favor", a mulher disse, e lhe entregou uma taça com marcas de dedo.

"Ah. Sou a Sasha", ela respondeu, levando uma mão ao peito e rindo.

"Obrigada, Sasha", a mulher agradeceu, animada.

"Ah, tá bom", Sasha disse, recuperando-se, então levou a taça à cozinha, encheu com uma das garrafas da geladeira e a levou de volta à sala de jantar. A mulher aceitou a bebida sussurrando um "obrigada" e depois voltou à mesa, onde o marido comia rosbife. Sasha pretendia ir à sala de estar procurar Cord, mas foi impedida por um homem gordo de gravata-borboleta que lhe entregou um prato sujo, assentindo brevemente antes de retornar à sua conversa. Confusa, Sasha levou o prato dele até a cozinha e o deixou na bancada. A situação se repetiu outras quatro vezes antes que Sasha finalmente conseguisse chegar a Cord e fincasse pé ao lado dele, com sua própria taça de vinho, contando os minutos até a hora de ir embora. Seria possível que eles sentissem o cheiro de qualquer um que não fosse de família rica? Seria possível que seu cabelo cheirasse a escola pública assim como cheirava a fumaça quando ela grelhava comida na chapa? Sasha olhou em volta, avaliando as mulheres ali. Pareciam poodles pomposos, enquanto ela se sentia como um porquinho-da-índia tremendo de nervoso.

Finalmente, os convidados foram embora e Chip arrastou Cord para o escritório para lhe entregar um artigo que havia recortado do *Journal*. (Chip e Tilda ainda recortavam artigos, recusando-se a encaminhar links como qualquer outra pessoa.)

"Você se divertiu?", Darley perguntou, pondo uma mecha de cabelo brilhante atrás da orelha.

"Sim, foi muito agradável", Sasha disse.

"É uma ótima maneira de passar a noite", Darley comentou, irônica, "com um monte de velhos que você nem conhece."

"Aconteceu uma coisa engraçada", Sasha confessou. "Várias pessoas me entregaram pratos sujos. Por mim tudo bem, mas alguém fez isso com você também?"

"Ah!" Darley deu risada. "Que absurdo! Eu não tinha notado, mas você está com a mesma roupa que Berta! Devem ter achado que você trabalhava com ela... nossa! Malcolm!"

Darley chamou o marido para contar a ele.

Todos riram. Cord se aproximou e massageou os ombros de Sasha para garantir que ela achasse engraçado também. Sasha entrou na dança, embora soubesse que nunca mais usaria blusa branca em uma festa da família Stockton.

Dois

GEORGIANA

Georgiana tinha um problema: suas bochechas a entregavam em qualquer situação. Sempre corara com facilidade, mas nos últimos tempos parecia que havia se transformado em uma personagem de ficção científica cuja pele revelava suas emoções. Ela sentia um calor tomando seu rosto, os pelos da nuca se eriçando e então... *puf!* Ficava vermelha.

O que ao longo de anos fora uma característica encantadora representava uma desvantagem profissional agora que Georgiana tinha um emprego de verdade e um interesse gigantesco, tolo, infantil e constrangedor em alguém, o que era um grande problema. O nome dele era Brady, e ela nem conseguia olhar para ele nas reuniões. Mal tinham se falado — Brady era mais velho, devia estar com trinta e poucos anos e era gerente de projetos, de modo que não tinha nenhum motivo para sequer pensar naquela pessoa rosada que olhava freneticamente para o chão —, mas sempre que cruzava com ele no corredor, sentava-se na mesma sala de reuniões ou dava de cara com ele na copiadora, Georgiana desviava o olhar como se estivesse diante de um eclipse solar e precisasse usar aqueles óculos de proteção ridículos.

Ambos trabalhavam para uma organização sem fins lucrativos cujo escritório ficava em uma antiga mansão em Columbia Place que ainda parecia uma casa. Para chegar à sua mesa, Georgiana precisava passar pelo lindo saguão com um balcão de mogno atrás do qual ficava a recepcionista, Denise, subir uma escada caracol, atravessar um salão grandioso que às vezes era usado como sala de reunião e às vezes como restaurante, depois um quarto grande com quatro mesas para o departamento de captação de recursos, para então chegar a um espacinho que devia ter sido ocupado no passado por uma empregada ou ama de leite. Trabalhavam apertados como sardinhas enlatadas, mas era tudo um charme. A salinha que Georgiana dividia com outra pessoa tinha um janelão com vista para a Promenade do outro lado do East River, a oeste. Havia banheiros espalhados pela mansão, decorados com mapas das várias regiões onde operavam. Na parede perto da impressora, junto com instruções de como trocar o toner, havia um retrato em moldura dourada de uma duquesa aprendendo a tocar harpa.

A mansão pertencia ao fundador da organização, um herdeiro da indústria farmacêutica. Ele havia viajado o mundo quando jovem e se conscientizado da falta de acesso a assistência médica em países subdesenvolvidos, então abrira uma organização sem fins lucrativos para ensinar organizações locais a construírem sistemas de saúde sustentáveis. A organização funcionava basicamente graças aos recursos que recebia de lugares como a Fundação Gates e o Banco Mundial, e contava com doadores ricos do setor privado. Georgiana trabalhava no departamento de comunicação, portanto tinha que puxar o saco daqueles doadores e selecionar fotos para o site, editar artigos sobre os projetos para a newsletter e gerenciar os perfis nas redes sociais. Ela não nutria interesse especial por redes sociais, mas como tinha menos de trinta anos todos achavam o contrário. E a menção casual ao fato de que tinha mil e oitocentos seguidores no Instagram a ajudara a conseguir o emprego. (Mas quem não tinha? Tudo o que a pessoa precisava fazer era deixar o perfil público e postar fotos ocasionais das amigas gatas em uma festa.)

No entanto, a principal diferença entre Georgiana e Brady era: ela era do baixo clero e trabalhava exaltando os sucessos da organização e resumindo tudo na newsletter, enquanto ele estava no centro da ação. Já viajara para o Afeganistão e para Uganda e aparecera nas fotos que Georgiana avaliava cuidadosamente, conversando com um grupo de médicos em um hospital de campanha, chutando uma bola de futebol com crianças fofas diante de um banner com informações sobre vacinas e olhando nos olhos de uma médica na Índia enquanto ambos revisavam os planos de distribuição de contraceptivos. Ele era a estrela da peça, enquanto ela pintava os cenários, desejando desesperadamente que Brady a notasse e também temendo que ele o fizesse, porque suas bochechas pegariam fogo na mesma hora.

* * *

Era sexta-feira, e Georgiana estava diante das caixas de correio debaixo da escada, separando envelopes de acordo com o destinatário: nacional de um lado e internacional do outro. Nesse processo, ela verificava cada endereço para se certificar de que estava tudo certo — tinha atualizado os contatos para que pudessem fazer envios de malas diretas gigantescas sem ter que escrever os endereços um a um, mas o sistema ainda não era perfeito. Georgiana olhava para um envelope, perdida em pensamentos, quando uma voz a assustou.

"Tudo bem aí?" Era Brady. Ele se debruçou diante dela para pegar sua correspondência na caixa identificada com seu nome.

"Tudo, só estou tentando descobrir se esta carta está com o endereço certo." Georgiana mostrou o envelope para ele. Estavam tão próximos que ela poderia beijá-lo à força se fosse rápida. *Minha nossa, por que eu faria uma coisa dessas?* Por um momento, Georgiana odiou o próprio cérebro.

"Parece normal. Qual é o problema?", Brady perguntou.

"Não sei se é um endereço daqui ou internacional. Não tem o nome do país escrito", Georgiana explicou, perplexa.

"Emirados Árabes Unidos", Brady leu, devagar, apontando para a última linha do endereço. O envelope estava tremendo? Parecia a ela que sim.

"Tá, mas não deveria ter o nome do país embaixo?", Georgiana perguntou.

"Emirados Árabes Unidos é um país."

"Ah... É que...", ela começou a falar, mas parou.

"Fica na península Arábica, perto da Arábia Saudita e de Omã."

"Sim, sim." Georgiana literalmente nunca tinha ouvido falar daquele lugar.

"É onde fica Dubai."

"Claro, que tem aquelas ilhas em forma de palmeiras que dá para ver do espaço." Ela assentiu com vigor. Conhecia Dubai. "E todos aqueles shoppings e carros esportivos."

"É, mas não é para essa parte do país que estamos tentando disponibilizar atendimento médico."

"Claro, claro, imagina", Georgiana concordou. Seria possível soar ainda mais idiota do que aquilo? Ela realmente não sabia.

"De qualquer maneira, está tudo certo com o envelope." Brady sorriu. Ou estaria rindo? Então assentiu de leve e foi embora com sua correspondência.

Georgiana jogou o envelope na caixa de correspondência internacional e levou as mãos às bochechas. Estavam queimando.

Naquela noite, Georgiana foi a uma festa de aniversário em Williamsburg. Acordou no sábado com uma ressaca tão forte que dava para sentir até nos dentes. Mandou para Lena vários emojis de crânio. Lena respondeu dizendo que era para Georgiana ir para a casa dela. Kristin já estava lá, e as três abriram o sofá-cama da sala para que pudessem convalescer todas juntas, na horizontal. Pediram queijo-quente, batata frita e onion rings no Westville, porque, embora todas dissessem não gostar muito de onion rings, poderiam muito bem comer um pouco, já que estavam no leito de morte. Assistiram a mulheres ricas brigando no canal Bravo. Às três da tarde, quando chegou da academia, o namorado de Lena morreu de rir delas, que ainda estavam deitadas como três degeneradas entupidas de vodca.

Georgiana adorava sair, mas os dias de ressaca com Lena e Kristin eram até melhores. Às vezes, elas iam ao cinema, dormiam e perdiam o filme inteiro; às vezes, decidiam se curar suando, faziam uma aula de barre e passavam a tarde inteira xingando e se lamuriando enquanto os instrutores olhavam feio para elas; às vezes, desistiam e iam à lanchonete da Clark e tomavam bloody marys com a justificativa de que talvez o melhor remédio para a ressaca fosse justamente mais um pouco de álcool, até ficarem bêbadas de novo e precisarem ir para casa dormir.

Georgiana, Lena e Kristin tinham se conhecido no ensino médio e prometido que iam dividir um apartamento grande quando crescessem. No fim, embora o projeto não tivesse se concretizado, todas moravam perto, e ter três apartamentos onde se encontrar na verdade era ainda melhor. Lena era assistente executiva de um ricaço dos fundos de hedge que gostava tanto dela que estava disposto a pagar um salário mais alto contra a promessa de que ela não pediria demissão. Comprar passagens e fazer reservas para o jantar não era a carreira com que Lena havia sonhado quando se formara em história da arte, só que ela ganhava três vezes mais do que a proposta que recebera da casa de leilões Christie's, portanto aceitara. Com frequência, o cara transferia suas milhas para ela, e naquele ritmo Lena nunca mais teria que viajar de econômica, o que parecia um preço justo para desistir de seus sonhos. Kristin trabalhava para uma startup de tecnologia e basicamente odiava, mas nunca precisava ir ao mercado, porque tomava café e almoçava lá, além de abastecer uma marmita com salada e salmão grelhado para o jantar. Como as amigas saíam cinco noites por semana, Kristin levava sua marmita de bar em bar, e as outras a provocavam sem dó por parecer uma esquisitona que fazia uma refeição de cinco pratos no meio do Sharlene, em Flatbush.

Enquanto elas comiam onion rings deitadas no sofá, Georgiana narrou o encontro desastroso com Brady diante das caixas de correio. As três gastavam mais tempo do que Georgiana gostaria de admitir falando de sua paixonite, portanto, embora fizesse um tempo que não contasse uma história tão constrangedora, ela se sentia na obrigação de atualizar as amigas agora que algo real havia acontecido.

"George, como é que você não sabe que Emirados Árabes é um país?", Lena perguntou, sentando-se e olhando para ela em desespero.

"Bom, eu não sou, tipo, uma *especialista* em geografia internacional! Me formei em literatura russa!", Georgiana se defendeu.

"Essa foi feia", Kristin concordou. "Mas pelo menos ele falou com você, acho. Tipo, o cara se ofereceu pra ajudar, então teve um lado bom." Ela estava tentando apoiar a amiga, e Georgiana não estava se ajudando muito, por isso compreendia. As três passaram o resto da tarde discutindo como ela poderia reverter a situação com Brady, com maneiras de puxar conversa que iam do entediante ao absurdo: "Você sabia que quem está abaixo da linha da pobreza nos Emirados Árabes ganha menos de vinte e dois dólares por dia?"; "Fiquei sabendo que a falcoaria é muito popular nos Emirados"; "É verdade que a Emirates é a companhia aérea que oferece os melhores pijamas para a primeira classe?". As amigas de Georgiana não estavam ajudando em nada, mas ela adorava poder dizer o nome de Brady repetidas vezes enquanto maquinavam a ideia.

* * *

    Georgiana não podia ter certeza, mas parecia que, depois do episódio, via Brady com mais frequência, fosse atrás dela na fila do café, quando dava um tchauzinho rápido, ou cruzando com ele no corredor a caminho da biblioteca quando ele saía de uma reunião. Em geral, Brady almoçava com outros dois gerentes de projeto. Georgiana já pescara uma conversa dos três sobre a Premier League e os planos de um deles de produzir cerveja artesanal. Os funcionários da organização não comiam na própria mesa: levavam comida de casa ou saíam para comprar uma salada ou um sanduíche e iam comer na mesa comprida do segundo andar que ficava diante do patamar da escada. Georgiana não se importava muito com quem a acompanhava no almoço. Às vezes, ficava no celular ou lia uma revista enquanto comia sobras de arroz frito ou um pedaço de pizza; às vezes, conversava com quem quer que estivesse ao lado. Um dia, quando Brady e um de seus amigos se sentaram diante de Georgiana, ela estava comendo uma salada e vendo o site da espn no celular. Eles assentiram em cumprimento e ela continuou lendo, incapaz de se concentrar nas palavras na tela, mas desesperada para parecer ocupada.

    "O que vai fazer no fim de semana?", Brady perguntou, desembalando um sanduíche e abrindo uma lata de água com gás.

    "Vou pra Filadélfia visitar a família da minha esposa", o amigo respondeu. "E você?"

    "Alguns amigos da faculdade vão estar por aqui, e combinamos de ir ao Long Island Bar no sábado à noite", Brady disse antes de dar uma mordida. Georgiana olhou para ele, que a encarou e sorriu. Estaria dizendo aquilo para ela? Seria possível que Brady quisesse que Georgiana fosse encontrá-lo lá? Não. Ela estava delirando. Ele só estava conversando sobre seus planos para o fim de semana, como uma pessoa normal, e Georgiana por acaso se encontrava por perto. Brady só sorrira porque não era um maluco ou um misantropo.

    Ela limpou os cantos da boca com um guardanapo de papel, tampou sua salada e murmurou um "tchau" antes de voltar para a sua mesa. Não podia continuar sentada ali, fingindo que estava comendo. Só de estar perto de Brady suas mãos tremiam e Georgiana sentia como se tivesse tomado nove cafés expressos.

    Lena e Kristin não tinham opinião formada a respeito. Não dava para saber se Brady só estivera conversando casualmente ou se queria mesmo que Georgiana fosse encontrá-lo. Mas ela morava em Brooklyn Heights e de vez em quando ia ao Long Island Bar, na Atlantic Avenue, portanto não seria esquisito se aparecesse por lá. Assim, no sábado à noite, vestiu-se com cuidado, passou dez minutos a mais secando o cabelo e calçou as botas que meio que machucavam seus dedos, porque ficavam ótimas com calça jeans. Lena, Kristin e Michelle, outra amiga, a acompanharam até o bar. Chegaram às oito e pediram tequila com refrigerante e limão. Terminaram seus drinques, e ainda nem sinal de Brady. Kristin e Michelle tinham outra festa, por isso foram embora, mas Lena ficou com Georgiana. Elas tomaram outra bebida e fofocaram sobre a irmã de Lena, que estava noiva do cara mais chato do mundo, depois sobre sua professora do ensino médio que havia fugido com o instrutor de squash, e sobre a mãe de Georgiana, que se recusava a fazer clareamento nos dentes porque achava que fazia mal, mas agora bebia vinho tinto de canudinho em casa para não os manchar ainda mais, o que a levava a beber em dobro e duas vezes mais rápido, o que sem dúvida era igualmente nocivo à saúde. Quando deu meia-noite e Brady ainda não tinha chegado, as duas foram embora e se despediram com um abraço na esquina. Georgiana voltou para seu apartamento, tirou com um lencinho umedecido a maquiagem que havia feito com tanto cuidado e se jogou na cama usando uma camiseta antiga de basquete. Sentia-se solitária e patética, mas sabia que por toda a cidade havia outras mulheres como ela, que tinham passado a noite de sábado esperando que algo acontecesse enquanto tomavam um drinque, liam em um café ou ficavam à toa no celular, matando o tempo sozinhas até que sua vida de verdade enfim começasse.

    Pela manhã, Georgiana vestiu traje de tênis e foi encontrar a mãe no Casino, o clube na Montague Street. As duas jogaram por uma hora, e a cada movimento da raquete Georgiana sentia sua frustração se esvaindo.

Ela era uma boa adversária, tinha começado a fazer aulas aos quatro anos de idade e batia forte na bola, mas sua mãe devolvia todas. Embora Tilda tivesse quase setenta anos, seu posicionamento era tão perfeito que ela nunca precisava correr. Ela não batia com força, mas não deixava nada passar, e estava tão em forma que obrigava Georgiana a correr por toda a quadra atrás da bola. Jogar tênis era e sempre tinha sido a mais clara linha de comunicação entre mãe e filha. Não era simples falar com Tilda: ela era de uma geração que tinha aversão a conversas difíceis e se fechava ao menor sinal de conflito ou aborrecimento. Quando era adolescente, Georgiana se irritava com o fato de que suas tentativas de construir uma proximidade real eram recebidas com gelo. Mas o tênis as havia salvado. A mãe a incentivava, elogiava suas melhores jogadas, dava-lhe dicas estratégicas e ficava deslumbrada com a agilidade da filha. Nos anos em que Georgiana não tinha certeza nem se a mãe realmente gostava dela, pelo menos sabia que Tilda aprovava seu desempenho na quadra.

Em um universo alternativo, as duas iriam comer um brunch depois do tênis e Georgiana confessaria sua humilhação no Long Island Bar. Ela contaria à mãe tudo sobre Brady: a maneira como outros gerentes de projeto o admiravam, como Georgiana às vezes sentia que ele a olhava, a atração tão intensa que a fazia sonhar com Brady com frequência e então despertar empolgada por ter estado na companhia dele e devastada por ter sido apenas enquanto dormia. No entanto, tudo o que Georgiana fez foi guardar a raquete na capa de zíper e seguir a mãe através das portas vaivém do Casino e da Henry Street até seu novo apartamento, onde Tilda serviu o almoço que Berta preparara em suas louças preferidas, com guardanapos combinando, e as duas comeram enquanto liam o jornal em silêncio, lendo vez ou outra trechos interessantes em voz alta.

Era estranho ver os pais no apartamento. Georgiana morara na casa na Pineapple Street desde bebê, e cada móvel, cada arranhão no corrimão de madeira, cada manchinha nas bancadas de granito pareciam essenciais à família, como se o lugar já tivesse se integrado a seu DNA e vice-versa. Os Stockton tinham sido feitos para viver em uma casa antiga e ventilada, para ranger e envelhecer junto com suas relíquias. Ver a mãe e o pai à ilha de mármore brilhante na cozinha era como assistir a Benjamin Franklin jogando Nintendo Switch.

Ainda mais esquisito que ver os pais em seu novo apartamento era pensar na esposa de Cord morando na casa de infância dela. A princípio, Georgiana se mantivera receptiva em relação a Sasha, mas duas coisas azedaram qualquer possibilidade de uma relação calorosa e próxima entre as cunhadas. A primeira se dera um mês antes do casamento, quando Cord aparecera bêbado e de olhos inchados na casa de Darley porque Sasha havia se recusado a assinar o acordo pré-nupcial e ido embora do apartamento dele. Ela só voltara uma semana depois. Cord não quis mais falar no assunto, de modo que nem Georgiana nem Darley sabiam dos detalhes. A segunda ocorrera na noite do casamento. As irmãs de Cord reuniram os convidados mais jovens em um bar na Stone Street, para continuar a festa. Sam, primo de Sasha, vinha cheirando cocaína a noite toda e sendo bastante inconveniente. Ele encurralou Georgiana em um canto do bar e perguntou sem rodeios quão rica era a família dela.

"Oi?", fora tudo o que Georgiana dissera em resposta, rindo, porque não conseguia acreditar naquilo.

"É óbvio que seu irmão Cord tem dinheiro pra caralho. O jeito que vocês falam, os lugares aonde vão. Faz sentido que Sasha se case com um ricaço. Ela mudou quando veio para Nova York. E aqui está ela, amarrando o burro em um republicano de escola particular."

"Cord é filiado ao Partido Independente", Georgiana disse, na defensiva, como se aquilo respondesse ao que Sam havia dito. Mas quando juntou aquilo à recusa de Sasha em assinar o acordo pré-nupcial, não gostou nem um pouco. E agora Sasha morava na casa de Georgiana.

Embora fosse domingo, o pai de Georgiana estava trabalhando no cômodo onde montara seu escritório. Depois que terminou de comer, Georgiana preparou uma xícara de chá English Breakfast com leite e duas colheres de açúcar e bateu suavemente à porta. O pai estava lendo uma edição velha e amarelada do *Wall Street Journal* com uma lupa, enquanto seus óculos ficavam de lado na mesa. Georgiana pôs o chá perto do cotovelo dele e lhe deu um beijo na bochecha.

Georgiana gostava de pensar que ela e o pai tinham um relacionamento especial. Embora Darley e Cord tivessem apenas dois anos de diferença de idade e fossem melhores amigos, Georgiana era uma década mais nova. (Georgiana sempre os provocava chamando-os de "millennials geriátricos", enquanto ela beirava a geração Z.) Era quase como se fosse filha única, porque Darley e Cord já estavam na faculdade quando Georgiana entrara no terceiro ano. Como os pais sabiam que não teriam mais filhos depois dela (uma frase que Tilda dizia sempre com um gesto de tesoura), tinham-na mimado e se certificado de fazer com Georgiana todas as coisas que estavam ocupados demais para fazer com os mais velhos, indo para Paris com a caçula aos dez anos, levando-a para jantar em restaurantes durante a semana, acompanhando seus torneios de tênis na escola e na faculdade sempre que podiam.

"Como foi a partida, George?", o pai dela perguntou, dobrando o jornal e se recostando na cadeira.

"Ah, foi normal. Preciso correr mais. Já não sou tão rápida como era quando treinava todo dia." Georgiana jogara tênis pela Brown, onde fizera faculdade. Sem a mesma rotina de exercícios físicos, havia engordado mais de dois quilos. Nada que a incomodasse muito, mas Georgiana tinha medo de que a mãe começasse a vencê-la.

"E como está o trabalho?"

"Está bom. Tenho que terminar a newsletter esta semana, mas já reuni tudo o que preciso. Só falta editar e definir o layout." Todo mês, Georgiana solicitava informações aos gerentes de projeto sobre o que faziam, depois produzia um monstro digno de Frankenstein com as respostas apressadas que recebia.

"Me traga uma cópia quando terminar para que eu leia." Ele sorriu.

Georgiana ficou feliz. Os pais apoiaram sua decisão de entrar para o terceiro setor depois da faculdade. Enquanto Cord seguiu os passos do pai e trabalhava com ele, nem Georgiana nem Darley tinham qualquer interesse pelo ramo imobiliário. Talvez fosse até melhor assim, porque facilitaria a transição quando o pai se aposentasse. Os outros sócios já conheciam Cord, e a maior parte se sentia confortável discutindo até as questões mais espinhosas com ele. Esperava-se que Cord assumisse as holdings da família no futuro. O pai já estava se aproveitando do fato de tê-lo por perto para delegar ao filho o "gerenciamento de relações" com as pessoas mais difíceis.

"O que é isso?", Georgiana perguntou, pegando um recorte de jornal da mesa. O pai havia escrito o nome dela no post-it amarelo que estava grudado nele.

"Ah, é uma resenha de livro que achei que poderia interessar a você. Sobre uma benfeitora parecida com você", ele disse e riu.

Georgiana passou os olhos pela resenha. O livro na verdade era uma biografia de uma herdeira romana que vivera entre os séculos IV e V. Melânia, a Jovem, nascera em uma nobre família de senadores de Roma que se converteram ao cristianismo e queria permanecer virgem. Infelizmente, seus pais arranjaram-lhe um casamento quando ela tinha catorze anos, mas Melânia conseguiu fazer um acordo com o marido: ela lhe daria dois filhos, mas depois ambos se tornariam celibatários e devotariam seus dias ao trabalho cristão. Quando o pai morreu, Melânia herdou o vasto espólio, com terras e fortuna, além de cinquenta mil escravizados. Em serviço a Deus, decidiu abdicar de sua herança, o que se provou mais difícil do que o esperado, porque os escravizados se recusavam a ser libertados. Não confiavam nas intenções dela e se preocupavam com a falta de proteção dos bárbaros e da fome. E pelo visto estavam certos, porque muitos deles morreram de fome.

"Nossa, pai, e por que você se lembrou de mim? Está planejando me casar contra minha vontade?", Georgiana brincou.

"Tenho tentado convencer alguém a tirar você das minhas mãos, mas até agora não tive sucesso." Chip ergueu uma sobrancelha.

"Obrigada, pai." Georgiana beijou o topo da cabeça dele. Ficava surpresa que o pai pensasse nela como uma "benfeitora", porque sabia que libertar cinquenta mil escravizados e produzir newsletters para uma organização sem fins lucrativos eram benevolências de dimensões muito diferentes.

Georgiana se despediu da mãe e voltou com a raquete para seu apartamento, onde tomou um banho e passou o restante do dia na cama, lendo um romance e trocando mensagens com Lena e Kristin. Pelo visto, a festa a que Kristin fora depois do Long Island Bar tinha sido animada, e Riley, um amigo maluco delas, bebera tanto bourbon que pegara no sono no metrô e acordara apenas em Canarsie.

Na manhã seguinte, Georgiana fez um sanduíche de avocado e queijo, vestiu-se e chegou ao escritório antes das nove da manhã. Examinou uma bagunça de fotos e escolheu as quatro melhores. Pegou as setecentas palavras — que pareciam saídas de uma sessão de associação livre — sobre o projeto em Uganda e conseguiu transformar em um texto conexo e até comovente sobre uma clínica de saúde materna local. Quase dois por cento das mulheres de Uganda morriam por causas obstétricas e apenas metade recebia qualquer tipo de cuidado pós-parto. A clínica não só oferecia a elas um lugar seguro e limpo onde ficar como ensinava sobre amamentação e cuidados com o coto umbilical e disponibilizava a assistência médica necessária. As fotos de mulheres com filhos recém-nascidos no colo, sorrindo apesar do cansaço visível nos olhos, tocaram Georgiana de uma maneira inesperada.

Era engraçado: ela achava que já tinha viajado bastante para alguém da sua idade. Havia estado na França, na Espanha e na Itália, feito um safári no Quênia e visto geleiras no Alasca, caminhado ao longo da Grande Muralha na China com sua turma de ensino médio. Mas seu trabalho a obrigava a reconhecer quão pouco do mundo tinha visto de fato. Visitava pontos turísticos, cidades ricas e lugares pensados para o entretenimento dos abastados. Nunca havia testemunhado pobreza de verdade, nunca havia contemplado como as pessoas de fato viviam nas partes do mundo onde a *Condé Nast Traveler* se abstinha de elencar os melhores restaurantes.

À uma e meia da tarde, Georgiana estava morrendo de fome. Pegou seu sanduíche da geladeira e foi até a mesona. Todo mundo já tinha almoçado, portanto Georgiana se sentou sozinha e abriu um guardanapo sobre as pernas. Quando alguém puxou a cadeira ao seu lado, ela se assustou.

"Tem alguém aqui?", Brady perguntou.

"À vontade", ela disse. Os dois tinham a mesa só para si, e ele escolhera se sentar ao lado de Georgiana. Ela deixara o celular carregando na sala, portanto não tinha para onde olhar e não podia fingir que estava concentrada na leitura enquanto comia.

Brady abriu uma embalagem de papelão, deixando uma nuvenzinha de vapor escapar e revelando um queijo-quente. "Teve que almoçar mais tarde hoje?", ele perguntou.

"É, estava montando a newsletter e perdi a noção do tempo." Georgiana recuperou um pedaço de avocado que caíra na embalagem do sanduíche.

"É uma newsletter sobre o trabalho impressionante que estamos fazendo nas ilhas artificiais de Dubai?"

Ela levantou o rosto, sobressaltada. Como quem não quer nada, Brady fingia avaliar o queijo-quente.

"Não. Na verdade, é sobre nossos planos de oferecer plásticas no nariz grátis para debutantes pobres de Mônaco", Georgiana retrucou.

Uma risada surpresa escapou de Brady, e ela sorriu.

"Essa foi boa", ele disse. "Como foi o fim de semana? O que fez de bom?"

"Joguei tênis e saí com minhas amigas, nada de mais. E você?"

"Bom, o meu foi meio furado. Eu ia sair com uns caras da faculdade no sábado, mas logo antes disso um amigo torceu o tornozelo e acabei passando a noite com ele no pronto-socorro, esperando pra fazer um raio X."

"Ah, que chato."

"É, eu estava animado para sair." Brady olhou para ela querendo dizer alguma coisa. "Ia ao Long Island Bar."

"Gosto de lá", Georgiana murmurou.

"É." Brady balançou a cabeça devagar. "Onde você joga tênis?"

Eles passaram os vinte minutos seguintes falando sobre esportes na cidade — em quais quadras públicas só deixavam entrar com cadastro prévio, o supervisor das quadras de Fort Greene que guardava lugar para quem levava um sanduíche de bacon, ovo e queijo para ele... Também falaram sobre o campeonato de basquete de que Brady participava e sobre como os caras às vezes se empolgavam tanto que distribuíam cotoveladas e depois precisavam voltar com olho roxo aos escritórios de advocacia de prestígio dos quais eram sócios.

Ambos já haviam terminado os sanduíches e amassavam relutantes os guardanapos de papel usados quando uma reunião foi encerrada ali perto e logo o lugar se encheu de colegas voltando para os respectivos lugares. Brady inclinou a cabeça e sorriu antes de arrastar a cadeira. "A gente se vê." Ele pegou o lixo de Georgiana e o dele e seguiu em direção ao andar de baixo, enquanto ela flutuava para seu pequeno escritório, sem saber se conseguiria escrever outra palavra da newsletter ou se passaria as três horas seguintes olhando pela janela e relembrando absolutamente tudo o que haviam dito, enquanto sentia o rosto quente de prazer.

Três

DARLEY

Os filhos de Darley andavam obcecados pela morte. Estavam com cinco e seis anos, e, embora todos dissessem que era coisa da idade, em seu íntimo Darley se preocupava que fossem ambos almas atormentadas que tatuariam o rosto na adolescência. Era fim de tarde, e estavam no parquinho da Brooklyn Bridge, perto dos escorregadores. Darley encontrara um lugar ao sol nos degraus de pedra e dividia sua atenção entre os filhos correndo e o celular, enquanto fazia compras on-line no mercado. Alguns dos colegas de escola dos meninos estavam ali, com as babás. Os adultos se cumprimentavam com acenos, mas em vez de conversar preferiam se recolher às telinhas brilhantes.

As crianças tentavam escalar um escorregador alto, todas as cinco enfileiradas, incentivando umas às outras em uma rara demonstração de cooperação. Poppy era a líder do grupo, proferindo ordens para as outras em sua vozinha estridente, soando mais como uma gaivota do que como um ser humano, e naquele instante Darley se perguntou se era errado odiar o som da voz de uma criança. Mas concentrou-se no celular e em sua compra metódica de itens para o jantar — salmão para ela, macarrão para os filhos, costeletas de porco para Malcolm. Questionava-se quanto à probabilidade de Hatcher aceitar comer frango que tivesse encostado em folhas de alecrim quando notou as crianças se reunindo debaixo do escorregador. Pareciam estar olhando para alguma coisa. Darley viu Poppy ir até a beirada do parquinho para pegar um graveto comprido e retornar ao grupo. Era uma tarde quente, e dava para sentir o cheiro do mar. O rio ficava do outro lado das árvores. Darley ouvia o lamento das buzinas das balsas e os passarinhos cantando, e se sentiu satisfeita. Havia dias em Nova

York em que ela ficava desesperada para escapar, desesperada por uma praia, um jardim, um lago cristalino. E havia dias como aquele, em que o parque frondoso parecia perfeito, e Darley se perguntava como poderia imaginar qualquer outra vida.

De repente Poppy estava diante dela, com Hatcher logo atrás. "Mamãe, você pode consertar?", a menina perguntou. Estava segurando algo nas mãos estendidas, e Darley demorou alguns segundos para compreender o que era. Uma blusa? Um saco de papel? Ou...? Era um pombo. Um pombo morto.

Naquela noite, a mãe de Darley foi jantar na casa dela, com Georgiana, Cord e Sasha. Enquanto Darley servia o vinho, Poppy se sentou bem ereta na cadeira, com um nugget de frango espetado no garfo, e anunciou para a mesa: "Mamãe não ficou feliz comigo hoje".

"Por quê, querida? O que aconteceu?", Tilda perguntou, pronta para defendê-la.

"Encontrei um pombo debaixo do escorregador do parquinho e peguei. Não sei se um cachorro mordeu ou se ficou doente, mas ele morreu."

Todos à mesa ficaram em silêncio por um instante. "O que você fez com ele?", Tilda perguntou, horrorizada.

"Mamãe pegou o pombo e jogou no lixo reciclável", Poppy prosseguiu, triste, mordiscando o nugget como se comesse uma maçã do amor.

"No lixo reciclável? Por que não jogou no lixo orgânico?", Sasha perguntou, intrigada.

"Claro que joguei no lixo orgânico. Depois voltamos para casa e lavei as mãos dela com água quente. Nunca mais vou deixar as crianças saírem", anunciou Darley, enchendo a própria taça de vinho até a borda. Sasha era daquele jeito: sempre dizia a coisa mais irritante possível. De verdade, era um talento.

Depois do jantar, a mãe e os irmãos de Darley foram embora, e Poppy e Hatcher tomaram um banho demorado. Darley encheu a banheira de espuma, pondo o máximo de sabão possível sem que os filhos corressem o risco de ficar com uma infecção urinária ou os olhos ardendo. Ela esfregou o cabelo deles até não poder mais, secou os dois e passou hidratante em suas pernas e costas antes de mandá-los procurar o pijama. Malcolm ia trabalhar até tarde, portanto ela levou os filhos para a cama dela e leu um livro atrás do outro, sobre a fada do dente, duendes, ônibus escolares mágicos e casas na árvore. Eles ainda eram novos o bastante a ponto de confundir o mundo real com o imaginário. Ambos acreditavam em mágica, e Darley muitas vezes não sabia quando devia intervir com a verdade e quando devia deixar que sonhassem livremente. Hatcher pedira à mãe que construísse uma máquina de encolher, e eles passaram longas tardes colando caixas de papelão e desenhando botões e manivelas, mas a brincadeira sempre terminava com o menino inconsolável, arrasado com o fato de que as máquinas fossem incapazes de encolher algo de fato. Poppy falava sobre a fada do dente sem parar e contava os dias até ganhar sua primeira janela na boca. De maneira arbitrária, Darley dissera a Poppy que ela perderia seu primeiro dente aos sete anos, e a menina havia levado aquilo a sério e ficado ultrajada diante da injustiça quando uma criança de sua sala ficou banguela aos cinco anos e meio. Quando Poppy perguntara o que a fada fazia com todos os dentes que recolhia, Darley mentira, dizendo que eram presentes para os bebês que precisavam de dentes. Aquilo levara a uma longa e complicada série de inverdades sobre como a fada punha os dentes nas boquinhas dos bebês e como provavelmente era por aquele motivo que eles estavam sempre agitados.

Depois que terminou de ler o quarto livro, Darley levou os filhos até o quarto e os colocou na cama. Enquanto a mãe puxava o lençol até a altura do queixo de Poppy, a menina olhou para ela, de repente parecendo muito desperta. "Mamãe, o que acontece quando a gente morre?"

"Bom, meu bem, é como já falei. Não sabemos o que exatamente acontece depois que morremos, mas, de alguma maneira, permanecemos para sempre como parte do mundo. Nosso corpo vai para a terra e se torna parte dela, as plantas, a grama e as flores crescem, e nos tornamos parte dessas plantas. Talvez um animal venha e coma essas plantas, então também nos tornamos parte desse animal, e continua assim para sempre." Darley tirou uma mecha de cabelo da testa de Poppy e notou a expressão levemente preocupada da menina.

"Então o pássaro que morreu hoje..."
"O que tem ele, meu bem?"
"Como você colocou no lixo, ele vai ser sempre lixo?"
"Ah, bom, não. Alguém vai enterrar aquele pombo", Darley mentiu. "Eu te amo muito, filha. Durma bem." Ela apagou a luz e saiu do quarto, consciente de que seus filhos seriam absolutamente transtornados.

Darley e Malcolm tinham preparado duas versões de seus votos: uma para falar na igreja, diante de Deus e de seus amigos e familiares, e outra para sussurrarem mais tarde na cama, de mãos dadas e dando risadinhas dos cílios falsos que tinham grudado no travesseiro como aranhas e dos grampos que Darley não parava de descobrir nas profundezas de seu penteado duro de laquê. De mãos dadas, com as alianças refletindo a luz, ambos disseram baixinho: *Prometo nunca esperar que você faça minha mala por mim, prometo nunca me esconder no escritório fingindo trabalhar quando nossos amigos estiverem em casa, prometo nunca me sentar no banco de trás enquanto você faz as vezes de motorista, prometo nunca dormir com ninguém além de você.*

Darley tinha amigas, tinha primas e tinha uma vida social agitada, com dezenas de pessoas que poderia chamar para tomar um drinque, jogar uma partida de tênis, ir à manicure ou mesmo pedir um rim — mas não confiava em ninguém como confiava em Malcolm. Seu marido era sem dúvida a melhor pessoa que ela já conhecera. O casamento deles era diferente do casamento de todas as amigas de Darley porque os dois nunca mentiam um para o outro. Era impressionante como mentiras casuais faziam parte da vida da maioria dos casais. Claire, amiga de Darley, tinha uma conta bancária que nunca mencionara para o marido. A madrinha dela escondia sacolas de compras atrás da porta da biblioteca e só guardava as roupas novas no armário quando o marido estivesse fora de casa, cortando as etiquetas e as enterrando no lixo. Sua melhor amiga muitas vezes saía para cortar o cabelo ou fazer um tratamento facial dizendo ao marido que tinha uma reunião, não porque ele fosse se importar, mas porque gostava de ter algo só para si. Darley não entendia nada daquilo. Nunca poderia ficar em um relacionamento baseado em falsidade, e sabia que Malcolm pensava da mesma maneira.

Quando os dois decidiram se casar, Darley não conseguiu pedir a Malcolm que assinasse um acordo pré-nupcial. Aquilo lhe parecia uma preparação para um eventual divórcio, traçando uma linha clara entre o que era dela o que era dele. Darley não sentia que o dinheiro pertencia a ela, de qualquer maneira. Pertencia a seus antepassados. Darley tinha basicamente gastado o patrimônio estudando em escolas particulares, viajando nas férias, comprando roupas e vivendo a morte terrível que era criar filhos na cidade mais cara dos Estados Unidos. A advogada da família explicou a Darley que ela tinha duas opções: fazer Malcolm assinar o acordo e concordar em lhe pagar uma pequena quantia anual caso se divorciassem ou bloquear seus bens, recusar o dinheiro e permitir que tudo fosse diretamente para seus filhos quando adultos. Darley consultou Malcolm, que disse que a decisão era dela. Ele poderia assinar, mas caso ela recusasse a herança ambos poderiam muito bem fazer valer a educação muito cara que haviam recebido e se sustentar. Então Darley escolheu a segunda opção. Ficou de fora da herança e apostou todas as suas fichas no amor.

Malcolm já ganhava mais dinheiro do que a maioria dos americanos era capaz de sonhar. Não bastava ser um gênio, ele ainda tinha o tipo de obsessão intelectual que o mercado financeiro adorava recompensar. Era apaixonado por aviões, sempre tinha sido, desde criança. Quando adolescente, começara a escrever um blog tão detalhado sobre características específicas de diferentes modelos que a própria Boeing incluiu um link para acessá-lo no site oficial da empresa. Malcolm estudava rotas de voo e identificava o que não era eficaz, postando tudo no blog e mandando e-mails com suas descobertas para as companhias aéreas. Ele estudou administração e depois de se formar tirou o brevê de piloto em seu tempo livre, usando os fins de semana para subir e descer a Costa Leste, muitas vezes aterrissando só para comer um sanduíche perto do aeroporto antes de voltar para seu Cessna. Darley o acompanhava como copiloto apenas pelo assento que ocupava, contentando-se em limpar o para-brisa, verificar o óleo e olhar pela janela para a Nova Inglaterra se estendendo abaixo. Uma vez, eles levaram sacos de dormir e passaram a noite em um campo de voo na Virgínia Ocidental, levantando-se com o sol para comprar bonés iguais na lojinha de conveniência do aeroporto antes de retornar ao avião e chegar em casa para o almoço.

Assim que saiu da faculdade, Malcolm foi contratado para trabalhar no Deutsche Bank's Global Industrials Group. Sem dúvida nenhuma ele era o funcionário que mais sabia de aviação, e logo construiu relacionamentos muito mais profundos com clientes que qualquer um de seus pares. O banco o transferiu para o Aviation Corporate and Investment Banking Group, onde Malcolm continuou crescendo rapidamente. Diferente dos outros setores, em que pedigree era extremamente importante, a aviação era internacional, um setor com todos os negócios conduzidos em inglês e no qual o conhecimento profundo valia mais do que conexões. Malcolm viajava o tempo todo, chegando a pegar dez horas de voo só para participar de uma reunião e voltar na mesma noite, como um bumerangue. Era uma viagem que deixaria qualquer tipo de pessoa acabada, mas para Malcolm significava voar — como passageiro em vez de piloto, claro, mas isso não mudava o fato de que o mundo todo o empolgava. Diferente de banqueiros corporativos comuns que precisavam viajar para Molina, Illinois ou Mayfield Heights, em Ohio, onde seus clientes se encontravam, os banqueiros de companhias aéreas tinham clientes nas melhores cidades do mundo: Londres, Paris, Hong Kong, Singapura... Além do mais, como ele tinha status de elite em três grandes companhias aéreas — o ConciergeKey da American, o Global Services da United e o Diamond 360° da Delta —, viajar nunca era o perrengue que podia ser para os reles mortais. Malcolm passava tranquilamente pela segurança, ia com seu notebook para o lounge, entrava no avião por último e reclinava sua poltrona. Não queria saber de champanhe ou toalhas aquecidas: só desejava trabalhar no computador com o mínimo de perturbação e sair revigorado para encontrar um motorista uniformizado segurando uma placa com seu nome no aeroporto.

Darley ficava sozinha com os filhos, mas ela nunca estava sozinha de verdade. Malcolm mandava mensagem na decolagem e na aterrissagem, no trajeto de carro até o hotel e depois das reuniões. Ela sabia onde o marido estava a todo momento, de Brisbane a Bogotá, e os dois sempre conversavam por FaceTime, ele em quartos de hotel quase idênticos uns aos outros. Malcolm levava tantos pijamas de companhia aérea para casa que havia uma parte inteira do closet deles repleta daqueles sacos plásticos fechados.

Malcolm tinha colegas de trabalho que usavam suas viagens a trabalho para fazer uma espécie de turismo sexual, ativando o Tinder assim que aterrissavam. Um cara da equipe dele tinha namoradas em Sydney, Santiago e Frankfurt, e sempre voltava para visitá-las. Seria possível que acreditassem que o namorado americano ia se apaixonar e levá-las consigo para Nova York? Ou estavam interessadas apenas em sexo consistente com um cara rico e bonito de passagem pela cidade, que as levava para jantar e lhes dava presentes? Darley não sabia se a esposa do cara tinha alguma ideia daquilo, e aquilo tampouco era da conta dela. Enquanto o colega bebia pisco sour com jovens bonitas, Malcolm ficava no hotel, falando ao telefone com a esposa.

Eles se conheceram na faculdade e se casaram logo depois da formatura. De alguma maneira, Darley logo engravidara (da maneira tradicional, claro, e não "de alguma maneira", mas era sempre um choque). Uma segunda gravidez, meros seis meses depois de Poppy ter nascido, pareceu uma bomba na juventude de Darley. Embora ela trabalhasse para o Goldman Sachs e tivesse conseguido conciliar filha e carreira, era impossível trabalhar oitenta horas por semana com duas crianças com menos de dois anos. Ela pediu demissão para que Malcolm pudesse se manter no emprego, mas nunca teria sobrevivido sem os pais dele. Os Kim eram tudo o que os Stockton não eram. Soon-ja e Young-ho Kim haviam emigrado da Coreia do Sul para os Estados Unidos no final dos anos 60, enquanto os Stockton haviam chegado no *Mayflower*. Os Kim construíram o próprio patrimônio do zero; Young-ho havia concluído seu doutorado e trilhado uma carreira de sucesso na química. Já o pai de Darley havia herdado sua fortuna e seu negócio do avô dela. Os Kim também eram comunicativos, amorosos e funcionais. Depois do casamento, Soon-ja e Young-ho insistiram para que Darley os chamasse pelo primeiro nome, algo que no começo ela hesitara em fazer, porque havia crescido tratando os amigos dos pais por "senhor" e "senhora". Darley tinha ouvido falar que famílias coreanas costumavam ser mais formais, portanto, em seu primeiro ano de casada, quando se dirigia a eles, começava as frases principalmente com "hã", para evitar falar qualquer nome. Eles enchiam Darley de presentes e nunca visitavam o apartamento do casal sem levar uma vela de oitenta dólares comprada em uma loja de departamentos ou lindos guardanapos de pano com estampa provençal. Quando Poppy nasceu, Soon-ja se mudou para o apartamento deles no dia em que a babá noturna foi embora e passou seis meses dormindo no sofá e se alternando com Darley durante a noite. Ela oferecia a mamadeira com leite materno para a bebê para que a mãe pudesse dormir, dava banho nela e cortava suas unhas molinhas que pareciam pequenas luas crescentes. Poppy e Hatcher eram tão filhos dela quanto de Darley, e qualquer formalidade entre as duas mulheres logo desapareceu no vórtex temporal preenchido por seios à mostra, manchas de leite e pomada para a cicatriz que cortava seu ventre.

Depois do pombo, depois do banho, depois de passar quase uma hora comprando presentes para as nove crianças que fariam festa de aniversário nas semanas seguintes, Darley vestiu o pijama e foi para a cama. Malcolm chegou à meia-noite e foi para a cozinha sem fazer barulho, então se dirigiu ao banheiro dos fundos para tomar um banho e escovar os dentes antes de enfim se juntar a ela debaixo das cobertas. Semidesperta, Darley se aproximou e envolveu o corpo dele com o seu. Embora passasse as noites mais sozinha que acompanhada, dormia melhor quando suas pernas estavam entrelaçadas às do marido. Na manhã seguinte, as crianças trataram Malcolm com a reverência que costumava ser reservada a astronautas e deuses do Olimpo, mostrando-lhe os desenhos que haviam feito na escola naquela semana, cantando as músicas que tinham aprendido no ônibus e contando uma história longa e cheia de reviravoltas sobre uma pessoa chamada Kale, cujo irmão mais velho tinha ido a uma festa de aniversário no Queens com um brinquedão inflável e mais de cinquenta camas elásticas.

Malcolm fez panquecas do zero, o que resultou na maior bagunça e ainda era uma escolha curiosa, considerando que Darley comprara uma caixa de muffins de blueberry no Alice's Tea Cup. Ainda assim, ela ficou sentada à mesa com um sorriso gigante no rosto enquanto tomava café e observava a calda escorrendo pelo queixo de Hatcher. Depois do café da manhã, eles foram de patinete para o treino de futebol, que consistia em uma dúzia de crianças pequenas de camiseta vermelha igual esquecendo o tempo todo qual era o jogo e pegando a bola com as mãos. Darley tinha mil coisas a fazer e sabia que poderia aproveitar aquele tempo para uma aula de ioga ou uma partida de tênis com a mãe, mas queria ficar com Malcolm, portanto ficou juntinho dele na arquibancada, cochichando sobre os outros pais — a mãe que organizara um jantar em seu apartamento de dez milhões de dólares em Cobble Hill, mas que nunca contribuía com o presente de Natal da professora, o casal que morava perto deles e tinha conseguido autorização para fazer uma festa na rua, mas em vez de comunicar aos vizinhos simplesmente convidara todos os amigos e tocara música alto até duas da manhã, o advogado despretensioso que usava camisas dos Green Bay Packers todo fim de semana com os filhos, mas estampara a primeira página do *New York Times* ao lado de um juiz da Suprema Corte.

Depois do futebol, Darley e Malcolm levaram os filhos ao Fascati para almoçar, à biblioteca para dar uma olhada nos livros e ao Broken Toy, onde ambos ficaram empurrando bicicletas descartadas. Naquela noite, Darley pegou no sono abraçada a Malcolm e mal se mexeu quando ele saiu da cama às quatro da manhã para terminar uma apresentação no escritório antes de pegar um voo para o Rio mais tarde. Quando o alarme de Darley tocou, às seis, ela percebeu que estava exausta. Queria continuar debaixo das cobertas, porque sentia a cabeça pesada, mas se forçou a levantar para fazer café e preparar a lancheira dos filhos. Depois, Darley acordou os dois, vestiu-os e serviu o café da manhã: torrada com avocado para Poppy, torrada com manteiga de amendoim para Hatcher, iogurte de coco para Poppy, iogurte de morango para Hatcher. Ela vestiu jeans, uma camiseta cinza larga e um boné, afivelou os capacetes das crianças e saiu para acompanhar os dois em seus patinetes em direção à escola, enquanto carregava as mochilas e oscilava entre a caminhada e o trote. No portão, Darley deixou os filhos com o segurança e os patinetes junto ao muro, ao lado de dezenas e dezenas de outros que decoravam a fachada de pedra como balas coloridas em uma casa de biscoito de gengibre. Havia várias regiões do Brooklyn em que não dava para deixar patinetes estacionados na rua, muito menos sem tranca e por seis horas, mas no pequeno enclave de Darley em Brooklyn Heights ela sentia que podia perder a carteira todos os dias por uma semana e recuperá-la todas as vezes.

Darley até queria ir à academia, mas se sentia esquisita. Sentia dores nos braços e nas pernas, e também no pescoço, e andar da porta da frente até a cozinha já parecia uma marcha na neve ou na lama até a cintura. Ela se sentou no sofá e pegou no sono, até que acordou do nada e correu para o banheiro para vomitar. Ficou deitada no chão, sem se importar com o fato de que estava no banheiro das crianças, em cima de um boneco duro do Buzz Lightyear, com o tapetinho amarelo claramente sujo de xixi. Na hora seguinte, vomitou algumas vezes, sempre meio atordoada e febril. Quando conseguiu reunir forças, arrastou-se até o quarto, tirou a calça jeans e deixou um cesto de lixo ao lado da cama. Ao meio-dia, ligou para a mãe.

"Darley, estou meio atrapalhada, posso ligar depois?"

"Acho que estou mal do estômago. Malcolm foi viajar. Você pode pegar as crianças na escola?"

"Ah, querida. Damos um jeito. Que horas?"

"Eles saem às quinze para as três."

"Combinado. Quinze para as três."

Às três, Darley estava cochilando, suando e congelando sob o lençol úmido, mas acordou com o abrir e fechar da porta da frente, depois ouviu as mochilas atingirem o chão com um baque e a cantoria, a gritaria e os alaridos que sempre pareciam acompanhar seus filhos. Sabendo que tinham chegado em casa em segurança, Darley voltou a pegar no sono e sonhou que estava em uma casa estranha, vagando de um cômodo a outro em busca de uma pessoa, qualquer pessoa. Então acordou e vomitou de novo. O relógio marcava sete e meia. Darley limpou a boca com um lenço de papel. Enquanto tentava avaliar se tinha forças para ir até o banheiro pegar água, alguém bateu à porta do quarto com delicadeza.

"Pode entrar, mãe", Darley falou, fraca.

"É a Berta", a empregada da mãe disse, hesitante. "Desculpa, mas tenho que ir pra casa."

"Ah, Berta!" Darley se sentou, esquecendo-se de que estava sem calça. "Obrigada por ter vindo. Onde está mamãe?"

"A sra. Stockton teve problemas com um dos arranjos de mesa. Os ninhos que mandaram para o jantar 'Voos da Imaginação' estavam cheios de bichos, que atacaram as frutas, mas deu tudo certo. As crianças jantaram macarrão com brócolis, mas ainda não estão com sono."

"Muito obrigada, Berta." Darley tentou se levantar, mas foi atingida por outra onda de náusea.

"Desculpa, mas preciso mesmo ir embora, por causa dos meus netos." A filha de Berta era enfermeira e com frequência trabalhava à noite, dependendo da mãe para ficar com os netos.

"Claro, Berta. Vou ligar pra um dos meus irmãos. Muito obrigada por ter vindo. Você pode só colocar um filme na TV antes de ir embora?" Darley sabia que daquele jeito seus filhos a deixariam em paz por pelo menos uma hora e meia. Não queria vê-los, porque tinha medo de assustá-los (a recente obsessão deles pela morte não ajudaria em nada) ou — pior ainda — contaminá-los.

Berta assentiu e fechou a porta com cuidado. Darley cerrou os olhos. Georgiana tinha que ir para o trabalho logo cedo. Cord e Sasha também. Sua mãe... bem, sua mãe já tinha sido acionada e dera naquilo. Ela pegou o telefone.

"Soon-ja?"

"Darley, meu bem, como você está? E meus meninos?"

"Não estou muito bem, Soon-ja, é alguma coisa no estômago. Não paro de vomitar, e Malcolm está indo para o Brasil por causa de..."

"Vou sair agora mesmo e logo chego aí. No máximo às nove. Aguente firme, querida. E não precisa se preocupar."

Darley voltou a se deitar. As vozinhas agudas e bizarras dos personagens de um desenho cantando se infiltraram em seus sonhos febris com ninhos e pombos.

Quando acordou, já era de manhã, e o sol entrava pelas persianas. Darley ouviu Soon-ja na cozinha, preparando o café da manhã. Sentia o estômago e a garganta queimando, parecia haver areia em seus olhos, e ela tinha certeza de que cheirava pior que o hamster da escola. Mas estava melhor. Até que pegou o telefone da mesa de cabeceira e viu uma mensagem de texto de Malcolm: **Fui demitido.**

Quatro

SASHA

Em aniversários e feriados, ocasiões especiais nas quais o vinho corria solto, a família se demorava no jantar, relembrando histórias de mau comportamento e estripulias ao longo dos anos. Cord sempre falava sobre quando ele e os amigos da escola tinham ficado bêbados e se perdido em uma viagem da turma a Paris, quando deveriam estar desenhando no Louvre. Georgiana sempre falava de quando saíra escondida à noite quando estavam na Flórida. Eles se deliciavam com os flertes com a transgressão e morriam de rir, embora todos já soubessem as histórias de cabo a rabo depois de terem sido repetidas dezenas de vezes. Sasha adorava ouvi-las, mesmo as que já conhecia, e ria muito, apesar de nunca contribuir com uma história sua. Sabia que era melhor assim. Porque suas histórias de família fariam com que as desventuras mais malucas deles parecessem uma noite bebendo cerveja em um acampamento de matemática.

A verdade era que Sasha vinha de uma família muito tresloucada. Seus primos eram famosos na pequena cidade litorânea perto de Providence onde ela havia crescido, e a maior parte deles só não ostentava uma ficha criminal quilométrica porque seu tio era chefe de polícia. Em geral, escapavam com punições leves ou advertências. Mas seus primos enchiam a cara e roubavam barcos para dar uma volta, passavam a noite cheirando pó na baía, entravam de penetra em casamentos nas mansões de Newport e diziam que dirigiam melhor bêbados que sóbrios, afirmação refutada pelos para-lamas amassados de seus carros e pelas cercas que quebravam. Enquanto Cord tinha quebrado um braço em um acidente de esqui, um primo de Sasha tinha quebrado um braço depois de cair de uma sacada por ter bebido demais com Jameson e NoDoz. Eram níveis diferentes de mau comportamento. Com gente rica, tudo aquilo parecia engraçado, mas Sasha sabia que no caso de sua família pareceria apenas vulgar.

Depois do desastre de sua festa de noivado — seu irmão mais velho, Nate, tinha sido expulso do Explorer's Club por tentar dar um pernil de cordeiro ao urso polar empalhado —, Sasha fizera o pai proferir uma ladainha explicando que o tio deles não era o chefe da polícia de Nova York e que, embora estivessem livres para agir como idiotas depravados em Providence, iam constrangê-la diante de sua nova família caso reproduzissem aquele tipo de comportamento no casamento. O sermão foi recebido com alegria pelos primos, que adoravam ser lembrados de suas transgressões passadas. Eles se comportaram como verdadeiros lunáticos na festa, desmanchando um arranjo de mesa para usar o vaso como taça de champanhe.

Apesar da conduta de sua família (e, sinceramente, em parte por causa dela), Sasha adorou a festa de casamento. Tinha sido grandiosa e elegante, saindo do controle na medida certa para garantir que ninguém a esquecesse. A celebração ocorreu na Down Town Association, um clube privado na Pine Street que havia sido fundado por J. P. Morgan como um clube masculino de banqueiros. Cord almoçava lá várias vezes por semana, e o casal tinha frequentado a programação noturna de degustações de champanhe e palestras no local — e inclusive um jantar de temática italiana e harmonização de vinhos que fora tão chato que Sasha acabara enchendo a cara de Barolo só para sobreviver. O clube consistia em três andares de puro glamour da antiga Nova York, com céus azuis pintados nos tetos, corrimões de madeira escura, uma sala só de charutos e uma barbearia em mármore perto do banheiro masculino, onde haviam filmado uma cena de *O plano perfeito*, com Jodie Foster.

Cord e Sasha deram bolo um ao outro, ele dançou com a mãe dela, que ficou encantada (todas as aulas de dança de salão que fizera na juventude finalmente tinham valido a pena), e Sasha tentou acompanhar seu sogro, que a conduziu em uma valsa ao som de "Firework", da Katy Perry. Uma vez na vida, Malcolm e Darley se soltaram. Ele acabou com a gravata na testa, como um personagem de *Clube dos cafajestes*, e quando um amigo da família se perdeu ao sair do banheiro e deu de cara com o colega de quarto de Cord na faculdade se pegando com a prima de

Sasha na barbearia, Malcolm riu e disse a todo mundo que aquela era a festa da década.

Como quem pagou pelo casamento foi a família de Cord (uma brecha na tradição), Sasha insistiu em pagar pela lua de mel. Ela encontrou uma promoção de um resort nas Ilhas Turcas e Caicos na internet. Ficava na praia e cada suíte tinha uma jacuzzi com vista para o mar. Por um breve momento, Sasha fantasiou com a possibilidade de receberem algum tratamento real por estarem em lua de mel, como um upgrade e pétalas de rosas nos travesseiros, mas quando a van do resort foi buscá-los no aeroporto ela soube que o lugar estava lotado de casais como eles. Enquanto planejavam tudo, Cord havia revirado os olhos para a "indústria do casamento" e reclamado de lugares que faziam uma festa depois da outra, todas iguais, que não eram mais especiais ou singulares que bailes de formatura nos subúrbios — o que fez Sasha se preocupar que o marido fosse detestar um lugar que era sem dúvida uma extensão daquela indústria. No entanto, Cord leu o folheto do resort com animação, já pensando em partidas de tênis, passeios de bicicleta e reservas para o jantar.

Os dois tinham ido a zilhões de casamentos de amigos, mas não haviam viajado muito juntos, e Sasha logo se deu conta de que as ideias de cada um sobre o que significava tirar férias eram completamente diferentes. Para ela, férias envolviam vestir um biquíni logo cedo, ir para a praia e só sair de lá para beber ou comer alguma coisa. Cord aparentemente achava que férias eram sinônimo de estar sempre em movimento, como um robô aspirador, passando de uma atividade a outra. Ele alugou um barco para irem até Middle Caicos, onde visitaram cavernas escuras e pegajosas, cheias de morcegos. Contratou um piloto para levá-los para uma viagem barulhenta de helicóptero sobrevoando a ilha. Fez uma reserva no famoso restaurante que servia bolinhos de molusco, ao qual precisaram ir de carro e onde comeram as frituras puxa-puxa com garrafas geladas de cerveja Turk's Head. No penúltimo dia, Sasha implorou a Cord para que a deixasse ficar deitada na praia. Ele arranjou equipamento para fazer snorkeling e explorou o pequeno recife que ficava além da areia, enquanto ela se esticava em uma toalha quente e não fazia absolutamente nada, permitindo que sua mente clareasse sob a ação do sol.

Eles haviam deixado duas garrafas de champanhe gelando na suíte, que pretendiam beber antes de ir embora. Depois de torrar na praia até o sol se pôr, voltaram ambos para o quarto, parando no caminho para entrar na meia dúzia de piscinas do hotel. Estavam dando o último mergulho na água morna de uma jacuzzi gigantesca cercada por primaveras pink quando outro casal surgiu em meio às flores. Eles assentiram em cumprimento e entraram na água pelo outro lado. Tinham acabado de se casar (claro) e eram de Boston. Depois de cinco dias só os dois, Sasha e Cord estavam a fim de papo, e quando perceberam já havia escurecido. Estavam se divertindo tanto que convidaram o outro casal para beber com eles. Foram todos pingando da jacuzzi gigante até a jacuzzi menor, que ficava na varanda do quarto. Cord abriu o champanhe com uma faca, um truque que havia aprendido a fazer com um sabre. Os quatro experimentaram a tontura extasiante causada por beber espumante com o estômago vazio quando se está à beira da insolação. Quando se aproximavam do fim da segunda garrafa, o cara de Boston tirou a parte de cima do biquíni da esposa e as coisas ficaram bem esquisitas. Como Sasha não percebera? Eles haviam convidado outro casal para ir para seu quarto, quase nus, e beber — como *não* tinham notado que aquilo parecia um convite para uma farra sexual? Cord, cuja maestria em lidar com situações desconfortáveis igualava-se à de diplomatas, logo mencionou que tinham reservas para o jantar, entregou um roupão para a mulher seminua e conduziu os dois até a porta e a noite quente. Quando ficaram a sós, Sasha e Cord morreram de rir e juraram que contariam aos amigos que perguntassem que haviam saído da lua de mel com os votos matrimoniais intactos. Ninguém precisava saber mais do que aquilo.

Sasha entendia que Cord a amava, mas não precisava dela, o que talvez fosse o que mais a atraía nele. Cord era contido em suas demonstrações de afeto — claro, ele adorava sexo e era sempre gentil, mas não dizia "te amo" sempre que iam desligar o telefone, não comprava flores ou presentes sem motivo e nunca dizia que Sasha era a melhor coisa que tinha acontecido a ele. E ela queria que fosse assim mesmo. Depois da decepção com seu primeiro amor, Sasha estava farta de gestos românticos grandiosos. Conhecia a pior faceta daquele tipo de paixão tumultuosa.

Sasha se apaixonara no ensino médio. O nome dele era Jake Mullin, mas todo mundo o chamava apenas de Mullin. Os dois tinham se conhecido aos onze anos, quando entraram para a turma que reunia os melhores alunos da escola pública onde estudavam. Eles tinham aula em um trailer perto do estacionamento. Mullin a deixava nervosa, e Sasha passou anos o evitando. A impressão que dava era de que não cuidavam direito dele. Mullin nunca usava jaqueta — Sasha se lembrava de vê-lo em um canto do parquinho, usando uma camiseta preta do Metallica, mesmo quando nevava. A família dele morava em frente ao cais, em uma casa verde com a pintura descascando e grades de ferro, e enquanto a mãe de Sasha mandava a lancheira dela com guardanapos de papel com corações desenhados e sacos plásticos cheios de pipoca caseira, Mullin nunca parecia levar nada. Ele não tinha nem mochila. Foi só mais velha que Sasha se deu conta de que Mullin comia a comida grátis da escola, porque o viu na fila diante da lanchonete segurando um cartãozinho laminado.

Mullin sabia desenhar. Sasha nunca notara, nunca prestara atenção, mas um dia, quando já estavam no ensino médio, passou pela mesa dele e viu um pássaro tão realista que a fez perder o ar. Ela desenhava quase tão bem quanto Mullin, mas aquilo era porque levava a arte a sério, passando todo o seu tempo livre no estúdio da escola e concentrando suas disciplinas eletivas nas áreas de pintura e cerâmica. Já Mullin passava a aula de inglês sombreando com todo o cuidado as nervuras detalhadas de uma folha e de sua haste, mas depois, quando tocava o sinal, amassava o papel e jogava no lixo.

Eles ficaram juntos no verão antes de começarem o segundo ano. Alguém sabia de uma represa na cidade ao lado, ao fim de uma longa estrada de terra pouco antes da rodovia. O portão ficava trancado, mas era só estacionar ali perto e fazer uma caminhada de dez minutos por uma trilha improvisada para chegar a um lago deslumbrante com uma torre de pedra no meio. Sasha passou o verão inteiro com vários amigos, bebendo cerveja e fumando maconha à beira da água, nadando sem roupa e mergulhando do alto da torre. Embora não soubesse exatamente como havia começado, ao longo daqueles dois meses quentes ficara cada vez mais atenta a Mullin nadando, Mullin estirado ao sol em uma pedra. E queria sempre estar onde ele estivesse. O primeiro beijo aconteceu quando estavam perto da torre, só com a cabeça fora da água. Quando se afastou, Mullin riu e disse: "Acho que vou acabar me afogando se não fizermos isso na margem".

Depois, eles nunca mais se separaram. Os irmãos e primos dela adoravam Mullin. Ele trabalhava com paisagismo e tinha juntado dinheiro para comprar um barco. Os dois passeavam de barco sempre que queriam, levando consigo um engradado de cerveja Coors Light e sacos de salgadinho, para que pudessem passar dias inteiros ancorados perto de um banco de areia, bebendo e nadando. O que quer que Mullin tivesse de sombrio e que mantivera Sasha distante quando eram mais novos se dissipara, e ao longo do segundo e do terceiro ano os dois não se desgrudaram mais. Os pais dela até deixavam que Mullin dormisse lá. Havia uma compreensão tácita de que ele às vezes precisava ficar longe da própria família. Seu pai bebia e Mullin dividia o quarto com o irmão, que era viciado em cocaína. Às vezes, ele chegava na escola parecendo tenso e exausto.

Mullin tinha menos recursos do que Sasha e era mais generoso do que o necessário. Sempre insistia em pagar pelas coisas, fossem sanduíches, bebidas ou combustível quando ela parava para abastecer. Quando ia jantar na casa de Sasha, levava algo para a mãe dela: um quilo de carne do açougue, um saco de milho, um saco de maçãs. Sasha sabia que pais em geral não costumavam deixar que o namorado da filha adolescente dormisse em casa, portanto tentava honrar aquela condescendência: os dois nunca transavam ali, atendo-se ao carro, ao barco e à praia à noite.

Quando Sasha entrou na faculdade de artes, Mullin a levou para jantar em comemoração. Os dois foram à melhor das duas pizzarias da cidade e, como o pai de Mullin era amigo da garçonete, ela fizera a bondade de lhes servir discretamente duas taças pesadas de vinho tinto viscoso. Sasha ia estudar na Cooper Union, em Nova York, a melhor escola de artes do país, famosa por ser gratuita. Mullin não pretendia fazer faculdade de arte. Não tinha interesse em desenhar ou pintar, era só um passatempo para quando estava entediado. No outono, iria para a Universidade de Rhode Island. Continuaria morando em casa, indo e voltando diariamente, para manter o emprego na empresa de paisagismo. Não havia tentado entrar em nenhum outro lugar.

    Conforme o verão se aproximava e a mudança de Sasha para Nova York se materializava no horizonte, Mullin parecia ficar cada vez mais irritado com ela. Uma noite, foram ao cinema e Sasha encontrou um rapaz de sua turma de francês que estava trabalhando na bomboniere. Ela pediu pipoca e o rapaz respondeu em francês que aquela pipoca era nojenta, porque passava semanas na vitrine. Sasha riu, mas comprou mesmo assim. Mullin passou o filme todo quieto, e quando acabou foi para o carro sem dizer nada. E assim permaneceu no caminho de volta, até que, quando estavam a uns oito quilômetros da casa de Sasha, quis que ela parasse. Mullin gritou com ela por ter dado em cima de alguém na frente dele e bateu no porta-luvas. Depois saiu e começou a ir andando para casa. Sasha o acompanhou com o carro por um tempo, então desistiu e deixou que ele voltasse sozinho. Dois dias depois, Mullin apareceu na casa dela tarde da noite, chorando, e Sasha o perdoou.

    Ele fez a mesma coisa quando foi visitá-la pela primeira vez na faculdade. Um cara que morava no mesmo corredor passou para cumprimentá-la, e Mullin cismou que Sasha o estava traindo. Socou a parede do banheiro, quebrando o azulejo e sujando o chão de sangue. Foi embora, mas alguns dias depois começou a ligar tentando se desculpar. Ligou sem parar, até que ela precisou tirar o som do aparelho. Então Mullin foi até a casa de Sasha e falou com Olly, o irmão mais novo dela, que ligou para Sasha soluçando no dia seguinte. Estavam todos do lado de Mullin. "Você sabe que a família dele é problemática", diziam. "Ele te ama, e você o largou."

    Mullin apareceu no dormitório de Sasha na semana seguinte, e ela terminou tudo, mas ele não quis aceitar. Estava determinado a reconquistá-la. Mandava presentes, flores e comprou até uma aliança de compromisso com diamante que Sasha sabia que ele não tinha condições de pagar. Ela queria acabar com aquela história, precisava de espaço para seguir em frente, fazer amigos e começar uma vida nova, mas não conseguia. Apesar de tudo, amava Mullin, e sabia que era tudo o que ele tinha. Ficava com o coração despedaçado ao imaginá-lo dormindo no quarto, com o irmão acordado e a música no volume máximo, o pai bêbado socando os móveis. Sasha tinha ido embora, mas Mullin não tinha para onde ir. Os dois passaram o inverno brigando entre idas e vindas, com ele tendo acessos de ciúme e depois se remoendo de remorso. As amigas de Sasha passaram a odiá-lo, e a mãe achava que era melhor pôr um ponto-final na história, mas os irmãos e primos pareciam cada vez mais convencidos de que ela precisava fazer dar certo. Então Mullin bateu em um cara só por falar com Sasha em uma festa, envolvendo-a em confusão. Ela teve que se explicar ao comitê disciplinar da faculdade e Mullin foi proibido de entrar no campus. Aquela foi a gota d'água. Sasha estava fazendo algo que amava, poderia se formar sem dívidas, mas Mullin tinha posto tudo aquilo em risco. Ela decidiu ser firme com ele. Estava acabado.

A família não a perdoou. Ainda viam Mullin o tempo todo, ainda passeavam no barco dele, ainda bebiam cerveja com ele na represa e no banco de areia. Quando Sasha voltou para casa para as festas de fim de ano, seus irmãos fizeram questão de que soubesse que iam sair para encontrá-lo para jantar no Bluffview ou beber no Cap Club. Dois anos depois, quando ela levou um namorado para conhecer a família, eles o trataram mal e insistiram em se referir a ele como "o hippie", inclusive na frente dele, só porque seu cabelo cobria as orelhas. Quando o cara terminou o relacionamento algumas semanas depois, Sasha não teve como culpá-lo. Quem ia querer se envolver com uma família como aquela?

Dez anos depois, Sasha ainda via Mullin quando ia visitar os pais. Ele ainda era muito próximo dos irmãos dela, ainda ia ver o Super Bowl com eles, ainda os levava para passear de barco — um barco maior e melhor. Tinha aberto a própria empresa de paisagismo, estava se saindo bem, mas em vez de seguir em frente continuava se agarrando à família de Sasha como se fosse a dele. Ela não sabia se o pai dele continuava morando na casa verde com a pintura descascando. Fazia questão de não perguntar. Mullin afetara de modo irrevogável a relação dela com os irmãos, mas também a forma como ela concebia o amor. Sasha tinha visto como era uma paixão ardente, como era navegar em meio às correntes da adoração e da fúria intensas, e não queria aquilo. Queria alguém estável, alguém fácil, alguém que a amasse, mas não o bastante para se perder por completo.

Cinco

GEORGIANA

Georgiana sabia que, entre os millennials e os terapeutas, sua geração havia descoberto como botar a culpa dos mais variados tipos de problema nos pais, mas, quando se tratava de seu histórico patético de namoros, aquilo era justificado. Eles a tinham matriculado em uma escola particular na rua de casa, onde todos sabiam tudo sobre todos e tinham sido amigos desde os quatro anos de idade. Assim, quando chegavam à puberdade, eram basicamente irmãos, e a ideia de namorar parecia pura perversão. Em todos os verões até seus vinte anos, os pais também a tinham mandado para acampamentos só para meninas, onde todas arrotavam e ninguém depilava a perna. Aos doze anos, eles ainda a puseram na aula de dança de salão, onde os meninos usavam luvas brancas e seu par designado, Matt Stevens, marcava o tempo soltando o ar com força pelo nariz na cara dela. Não chegava a ser surpresa que Georgiana tivesse entrado na faculdade ainda virgem, algo tão humilhante que ela sempre mentia a respeito, inclusive para Cody Hunter, o namorado que ela arranjou no primeiro ano e que ficou feliz em deflorá-la, mesmo sem saber, em uma cama de solteiro mais comprida que o normal que cheirava a desodorante Axe e equipamento de proteção de lacrosse.

Ela tinha muitos amigos homens, mas sempre que se interessava por um cara preferia evitá-lo a lidar com o constrangimento de ficar com as bochechas vermelhas e com seu desconforto social. Assim, aos vinte e seis anos, ela havia tido apenas três namorados e dois parceiros sexuais, e tinha a autoconfiança de um girino.

Por mais que quisesse dar seguimento à excelente conversa que tivera com Brady durante o almoço, Georgiana se via incapaz de recriar a situação. Quando o via no corredor, sorria e dava oi, mas sempre parecia que um deles estava acompanhado ou a caminho de uma reunião que começaria a qualquer momento. Os dois tinham se encontrado no almoço mais algumas vezes, mas sempre havia outras pessoas na mesa, comendo delivery de comida tailandesa ou uma salada.

Lena e Kristin eram infinitamente compreensivas, topando discutir e interpretar até a menor interação no corredor, mas mesmo as duas concordavam que, se Georgiana queria que Brady fosse seu quarto namorado e terceiro parceiro sexual, ela teria que dar um jeito de conversarem outra vez. No fim das contas, porém, quem fez isso foi Brady.

Georgiana jogava tênis toda segunda-feira à noite, por isso vestiu uma saia e uma blusa no banheiro do escritório, aquele decorado com mapas do Laos e do Camboja, e saiu com a raquete e a bolsa no ombro. Foi até a escada caracol, passou pelas caixas de correio e pela recepção, e saiu para a noite quente. Quando estava prestes a atravessar a Montague, ouviu uma voz e virou para trás.

"Ei, Georgiana, espera." Era Brady.

"Ah, oi. E aí?" Ela sorriu, sentindo um friozinho no estômago na mesma hora.

"Está indo pra quadra?"

"Isso, tenho uma partida marcada para as seis."

"Ah, legal. Estou indo na mesma direção." Ele sorriu. O farol de pedestres abriu, e os dois atravessaram juntos, em meio a um mar de pessoas correndo, ciclistas, trabalhadores voltando para casa com seus notebooks e mães empurrando carrinhos de bebê.

"Contra quem vai jogar?", Brady perguntou.

"Ah, hoje vou jogar com uma garota chamada June Lin. É um saco, porque eu deveria jogar só com pessoas do meu nível, que é cinco e meio, mas essa menina é cinco, sem dúvida. Ela não é tão boa quanto eu, mas sempre que jogamos fico tão irritada que acabo tentando forçar a garota a correr de um lado para o outro, e no fim me atrapalho."

"Então você acaba se rebaixando para jogar no nível dela?", ele provocou.

"Tipo, não quero ser convencida, mas tem todo um circuito só para jogadores cinco. Parece que ela gosta de perder o tempo todo."

"Então você sempre ganha?"

"Pior que não, porque fico tão frustrada que estrago tudo!" Georgiana riu.

"Vai ver que assim ela acaba ganhando de um monte de jogadoras cinco e meio e fica cada vez mais convencida de que também é uma cinco e meio", Brady comentou, com uma falsa inocência.

"Acho que é exatamente isso que está acontecendo! É um círculo vicioso!"

"Olha, você parece ser uma pessoa legal, mas pelo jeito é supercompetitiva! Eu ia perguntar se não queria jogar algum dia, mas agora não tenho certeza", Brady brincou. Uma leve brisa agitava o cabelo dele, as mangas da camisa estavam dobradas. De repente, Georgiana se deu conta de como estavam próximos um do outro, de como seus passos haviam sincronizado sem dificuldade, de como ela sentia a perna arrepiada. Ela afastou o pensamento antes que pudesse ficar vermelha e estragar tudo.

"Eu adoraria jogar. Vamos marcar."

"Legal", Brady disse. "Está livre amanhã, depois do trabalho? Ou jogar duas noites seguidas é demais?"

"Não existe isso para alguém cinco e meio. Mas não vou pegar leve com você. E vou ser bem cuzona se você não for pelo menos cinco", Georgiana avisou.

"Não esperaria menos. E, só pra você saber", Brady inclinou a cabeça e apertou os olhos para ela, "pra mim você é nota dez." Com isso, ele se virou e voltou pelo caminho que haviam percorrido, e Georgiana morreu quarenta e sete vezes por dentro. Era a coisa mais cafona e a melhor que um homem já lhe dissera, e ela pegou o celular na mesma hora para mandar mensagem para Lena e Kristin. As duas esperavam na costa, vasculhando o mar com os olhos em busca de qualquer sinal de esperança, e agora, finalmente, seu navio estava a caminho.

Na noite seguinte, eles se encontraram nos degraus da frente da mansão e caminharam juntos até a Atlantic Avenue. Brady usava short esportivo com uma etiqueta transparente pequena ainda afixada à perna. Sua raqueteira também parecia nova em folha. Os dois se aqueceram perto da rede, passando a bola de um para o outro. Georgiana viu que ele segurava a raquete com segurança, tinha um bom swing e se movia com a facilidade de um atleta experiente. Eles se afastaram cada um até sua linha de saque e voltaram a trocar bolas. Brady era forte — Georgiana gostava de enfrentar homens —, e os dois se revezavam para mandar a bola do outro lado da quadra com movimentos limpos, sempre no mesmo ponto. Quando começaram a jogar para valer, Georgiana se deu conta de que, embora fosse muito melhor do que Brady, era divertido jogar contra ele. Brady jogava rápido e se esforçava, mas de vez em quando jogava a bola tão longe que os dois tinham que ir buscá-la nas quadras em volta, gritando pedidos de desculpas para os vizinhos enquanto tentavam não rir. Depois de uma hora de jogo, um apito sinalizou que o tempo de quadra deles havia acabado, e a dupla seguinte entrou, já se alongando, para não perder nem um segundo de seu tempo. Tenistas eram sempre intensos.

    Georgiana e Brady começaram a jogar uma vez por semana, em geral às terças-feiras. No trabalho, mantinham uma distância profissional, trocando acenos de cabeça em silêncio e sorrisos nos corredores, sentando em lados opostos da mesa. No entanto, na ida e na volta para jogar, conversavam. Conversavam sobre a necessidade que Brady sentia de viajar; sobre o ano que ele passara em Uganda pelo Corpo da Paz, logo depois de se formar na faculdade; sobre quando fora a um casamento lá e tinham matado um bode e lhe oferecido o primeiro pedaço muito embora mal conhecesse os noivos e a ideia de comer aquela carne revirasse seu estômago. Os pais de Brady faziam trabalho humanitário fora do país, e ele havia crescido viajando: aos dez anos, já tinha um passaporte cheio de carimbos. Georgiana contou a ele sobre o safári que fizera quando pequena, durante o qual a avó ficara tão entediada que preferira ler um romance nos fundos do jipe enquanto tomava gim de um cantil; e de quando seu irmão escalara o Kilimanjaro com o colega de quarto da faculdade e acabara passando tão mal que perdera sete quilos. (Cord logo havia recuperado aquele peso com uma dieta à base de salgadinhos.) A cada história, Georgiana ficava terrivelmente consciente das diferenças na vida dos dois. Enquanto Brady havia vivido grandes aventuras e visto um bom pedaço do mundo, ela não passava de uma menina rica e mimada, que, se pressionada, admitiria que a maior parte de suas grandes aventuras envolvia a estadia em um acampamento que custava doze mil dólares durante o verão e viagens durante a faculdade para o Caribe ou o México, que se deram em uma névoa de mezcal e cerveja.

Quando Brady viajou por duas semanas para ir a uma conferência sobre malária em Seattle, os dias ficaram sem graça. Georgiana não sentia a animação de toda manhã enquanto caminhava pela Hicks Street rumo ao trabalho, diante da perspectiva de dar uma espiada nele na impressora ou nas caixas de correio. Não experimentava mais a arrogância feliz de rebater a bola com toda a força para Brady na quadra, sabendo que ele passaria uma hora inteira a encarando, esperando que ditasse seu próximo movimento. Era como se a vida de Georgiana estivesse pausada. Aqueles catorze dias se esticavam como uma eternidade à sua frente.

Para passar o tempo, ela encontrou o irmão para jantar na Ale House, na Henry Street, uma noite depois do trabalho. Fazia tempo que não ficava sozinha com ele, por isso pegaram uma mesa nos fundos e pediram cerveja Sour Monkey, hambúrguer e batata frita, além de uma porção de lula frita. Para horror da mãe deles, os dois eram verdadeiras dragas e comiam de tudo. Quando Georgiana tinha onze anos e Cord passou as férias da faculdade em casa, os dois faziam concursos de quem comia mais frango empanado ou cachorro-quente. Era nojento, mas eles adoravam, e o entusiasmo dos dois por junk food era algo que os unia.

"Então... A gente não falou muito sobre a lua de mel. Como foi?", Georgiana perguntou. "E, por favor, não vai me contar quantas vezes vocês transaram."

"Bom, a gente transou bastante." Cord assentiu, sério. "Principalmente de quatro."

"Cala a boca." Ela revirou os olhos.

"Foi incrível. Turks é um lugar muito bonito, e fizemos bastante trilha, snorkel, nadamos... e fizemos massagem e todos aqueles lances românticos."

"Parece um episódio de *The Bachelor*. Legal."

"Foi bem brega mesmo. Literalmente todo mundo no resort estava em lua de mel. Só dava casais, pétalas de rosa, pessoas de mão dada, dar morango um pro outro, champanhe."

"Não achei que fosse seu tipo de coisa, mas beleza."

"Ah, você está com ciúme porque não tem ninguém com quem fazer massagem de casal?"

A garçonete chegou e deixou a travessa de lula frita. Georgiana espremeu um limão por cima de toda aquela fritura.

"Em primeiro lugar, massagem de casal é muito esquisito. Acho que foi um troço pensado pra gente que se odeia fazer alguma coisa romântica junto que não envolva conversa."

"Hum, opinião interessante."

"Em segundo lugar, talvez eu tenha alguém, sim."

"Aaaah, que interessante. Eu conheço?"

"Não, é um cara do trabalho."

"Isso é sempre complicado. O pessoal do escritório sabe?"

"De jeito nenhum. Estamos sendo discretos."

"É uma boa. Dormi com a chefia uma vez e agora só falam disso no trabalho."

"Cord, sua *chefia* é o papai."

Ele riu e pegou um pedaço de lula com tentaculozinhos nojentos e enfiou na boca. Cord era mesmo o melhor irmão do mundo, capaz de dar bons conselhos de vida e comer as piores partes da lula.

Sem a presença de Brady no trabalho, Georgiana se tornou incrivelmente produtiva. Fez novos textos para o relatório anual, separou fotos e ainda almoçava em tempo recorde, revisando o próprio trabalho à mesa, enquanto os colegas conversavam animadamente sobre instalar novas latrinas no Mali, o que tiraria o apetite de qualquer um.

No domingo da segunda semana de Brady fora, Georgiana estava de ressaca (o namorado de Lena havia organizado uma degustação de single malt), mas ainda assim se arrastou para fora da cama para encontrar a mãe no Casino, o clube onde jogavam. Tinham reservado a quadra para as onze, depois iriam ao apartamento da mãe para almoçar. Logo no começo da partida, Georgiana sentiu a diferença que os treinos a mais estavam fazendo. Ela não apenas havia dobrado a quantidade de vezes que jogava por semana como passara a correr com mais frequência, para poder ser mais rápida na quadra.

"Você emagreceu", a mãe comentou em tom de aprovação. Ela era sempre a primeira a notar a mais ínfima alteração no corpo de Georgiana. "É algum pretendente novo?"

Georgiana se sobressaltou diante do palpite da mãe. Elas quase nunca falavam sobre sua vida amorosa, e nas raras exceções a mãe se referia aos homens como "amigos" e dava uma piscadela.

"Bom, tem esse cara com quem eu ando jogando", Georgiana admitiu. Suas bochechas, que já estavam coradas do exercício físico, ficaram ainda mais.

"Que bom. Não se esqueça de deixar que ele ganhe de vez em quando."

Georgiana achou graça no comentário, que era a cara da mãe. Nunca deixaria que outra pessoa ganhasse dela de propósito, nem mesmo se fosse alguém com uma perna quebrada. Quando estava se preparando para escalar o Kilimanjaro, Cord havia tomado seis vacinas num mesmo braço e mal conseguia movimentar a raquete, mas Georgiana fora com tudo e acabara com o irmão, que teria desmaiado de susto caso ela tivesse se comportado diferente. Era através da competição que a família deles demonstrava amor.

Ao meio-dia, as duas foram andando até a Orange Street. O pai de Georgiana estava sentado à mesa do escritório, com uma pilha de jornais, enquanto Cord e Sasha abriam um saco de bagels e salmão defumado na mesa da cozinha.

"Eba, bagels da Russ and Daughters!", Georgiana exclamou, tentando enfiar a mão no saco para pegar um com semente de papoula.

"Use um prato, querida, assim vai poder desfrutar mais", a mãe a repreendeu, e Cord riu. Sasha punha talheres e guardanapos na mesa com todo o cuidado, como se Kate Middleton ou o elenco de *Queer Eye* fosse fazer uma visita para julgá-la. Georgiana preferiria que Sasha não estivesse ali. Era cansativo conviver com alguém que se esforçava tanto o tempo todo.

Enquanto comiam, Sasha puxou seu assunto preferido: que recordações da família poderia jogar no lixo. "Georgiana, sei que você não tem muito espaço no apartamento, mas eu estava pensando se não gostaria de ficar com seus troféus de tênis. E tem um animal de madeira que parece que foi você quem fez, com uma língua que sai. Quer ficar com ele?", Sasha perguntou, esperançosa, enquanto passava com toda a delicadeza uma finíssima camada de cream cheese em um bagel simples.

O "animal" em questão era uma perereca e fora uma verdadeira fonte de constrangimento para Georgiana no sexto ano, quando tinha aula de marcenaria na escola e cada aluno tinha de produzir uma peça diferente. Uma menina fizera um joguinho em que uma gangorra lançava em um aro uma bola presa a um fio. Outra esculpira uma base para uma lâmpada que ligava e desligava através de um sistema de roldanas. Georgiana encontrara o passo a passo para criar uma perereca grande que rolava em quatro rodas desiguais, de modo que sua língua saísse e entrasse. Ela passara semanas trabalhando naquilo. Lixara as rodas e passara verniz, pintara bolinhas no corpo. Quando cada um exibiu seu projeto final, alguém começou a tirar sarro.

"Você fez uma *perereca*, Georgiana? Você sabe o que essa palavra significa, né? Você fez uma perereca!" As risadas não pararam mais. Georgiana era uma boa menina, nunca tinha falado sobre sua vagina e nem sabia outras maneiras de chamá-la. De alguma forma, todo mundo pareceu entender a piada, e para grande parte da turma aquilo foi o ponto alto do ano, cimentando a reputação de Georgiana de assexual. Sempre que olhava para a perereca, sentia a dor da humilhação. Sabia que não devia mais se importar, mas com o tempo o bicho passara a simbolizar seus fracassos românticos e sua imaturidade.

"Posso dar uma olhada, mas não tenho mesmo muito espaço em casa", Georgiana disse, esquivando-se. Não sabia muito bem por quê, mas não suportava pensar em Sasha jogando aquela perereca idiota fora. Ela dedicara semanas ao trabalho, e parecia errado simplesmente jogá-lo no lixo. E, embora escondesse, tinha orgulho de seus troféus de tênis, apesar de serem apenas de torneios escolares e universitários.

Depois de almoçar, depois de ir dar um beijo de oi e tchau no pai, depois de concordar em acompanhar a mãe em um almoço beneficente temático na semana seguinte no University Club, Georgiana acompanhou

Cord e Sasha até a casa deles. Sasha lhe deu uma sacola vazia da Fresh Direct para guardar as coisas, e Georgiana foi até seu quarto de infância. Chegando lá, admirou os troféus alinhados nas prateleiras, então se deu conta de que havia muito mais coisa ali. Livros, álbuns de fotos, uma tigelinha de cristal da Tiffany onde costumava guardar seus brincos, uma lata com pétalas de rosa secas do funeral da avó que ela guardara, uma gaveta cheia de bastões de cola velhos e vidrinhos de esmaltes pegajosos. Ela olhou tudo, deixou o que era lixo e guardou na sacola as coisas que não gostaria que Sasha jogasse fora. Alguém havia trocado a colcha preferida de Georgiana, toda florida, por uma branca simples, deixando tudo com a aparência de um quarto estéril de hotel. Ela encontrou sua colcha na última gaveta da cômoda e, como se deixasse um recado, a estendeu sobre a cama, que era seu lugar. Quando terminou, percebeu que a perereca continuava na escrivaninha. Não queria levá-la para seu apartamento. Então enfiou a cabeça porta afora e olhou em volta. Cord e Sasha estavam na cozinha fazendo café, e Georgiana se apressou para guardar a perereca no fundo do armário.

Uma vez, Georgiana acordara na cama com um casal nu. Ela estava no último ano da faculdade e dirigira até Amherst para visitar Kristin. Elas tinham ido a um restaurante chinês, pedido dois tonéis gigantes de bebida com canudinho e tomado sem parar, vendo quem conseguia terminar primeiro. Depois, haviam ido a um bar onde Georgiana não conhecia ninguém, mas se divertira muito tomando baldes de Bud Light e brincando de "Eu Nunca", que ela sempre ganhava porque não fizera muita coisa na vida. Então elas voltaram para a casa de Kristin, que ficava fora do campus, e Georgiana dormira na cama de uma menina que tinha ido visitar os pais em Boston. No meio da noite, quando ela se levantara para fazer xixi, acabara se confundindo no caminho de volta e se deitara em outra cama — onde Kristin e seu casinho da época estavam desmaiados. Seis horas depois, quando acordaram morrendo de ressaca, descobriram que Georgiana estava na cama errada, e embora ela usasse uma camiseta azul-marinho que dizia HENRY STREET TENNIS e legging, as outras duas pessoas ali se encontravam completamente nuas. Por sorte, eles acharam aquela história muito engraçada e a contaram a todo mundo tomando brunch no refeitório, onde Georgiana comeu quatro waffles antes de perceber que ainda estava bêbada e precisava dormir mais um pouco para poder voltar para o carro e dirigir até a Brown.

Aquele continuava sendo apenas o terceiro pênis que Georgiana havia visto na vida, sem contar os de *Boogie Nights* e *Traídos pelo desejo*. (Filmes não valiam. Nem mesmo se fossem pornô, embora Georgiana não assistisse a nada do gênero. Ela morria de medo de baixar um vírus no celular.)

Georgiana queria acordar ao lado de Brady. Queria comer waffles com Brady. Sem sobra de dúvida queria vê-lo nu. Quando ele voltou das duas semanas de viagem, os dois retomaram os jogos de terça-feira à noite. O cabelo de Brady estava um pouco mais comprido, e seu nariz estava levemente avermelhado. Georgiana o provocou, dizendo que ele havia mentido para todo mundo e na verdade passara férias na praia, em vez de participar de uma conferência. Ninguém podia ficar com aquela aparência depois de uma sequência de discussões sobre malária e de atravessar o país voando de econômica.

Depois de uma hora de jogo, estavam ambos suados e com sede. Era uma noite quente, e Georgiana tomou um belo gole de sua garrafa d'água, enquanto Brady trocava o overgrip do punho da raquete.

"Você me traiu enquanto eu estava fora?", Brady brincou. "Você está fazendo um underspin legal no backhand. Com quem andou jogando?"

"Eu sei! Descobri o que estava fazendo de errado! Eu estava jogando com a minha mãe no fim de semana e de repente tudo se encaixou." Ela enfiou a garrafa d'água de volta na bolsa e soltou o rabo de cavalo.

"Que fofo você e sua mãe jogarem juntas", Brady disse, e Georgiana se sentiu imediatamente como se tivesse doze anos de idade.

"Ela tem quase setenta anos, por isso pego leve. Na verdade, mamãe disse que eu deveria deixar você ganhar."

"Você fala de mim pra ela?", Brady perguntou, batendo com o ombro de leve no de Georgiana.

"Ela perguntou com quem eu andava jogando!", ela disse, fingido estar na defensiva. "Não falei que tínhamos um caso!"

"Então é isso? Sou só alguém com quem você joga tênis?" Ele voltou a bater com o ombro no dela, mas não recuou logo em seguida, de modo que ficaram os dois se roçando, o braço quente inteiro dele colado à lateral do corpo dela.

"Acho que por enquanto, sim." Georgiana se recostou contra ele e sentiu a proximidade com cada centímetro de seu corpo. Brady levou a mão ao rosto dela e prendeu uma mecha de cabelo atrás da orelha. Georgiana ergueu o queixo e ele a beijou, seus lábios macios e quentes. Os dois olharam um para o outro e deram risada. Ela se sentiu tonta de felicidade.

"Vem." Brady sorriu, jogou o overgrip na bolsa e a fechou. Georgiana pegou suas coisas e os dois caminharam juntos em direção à saída, fingindo que nada tinha acontecido, mas sabendo que tudo havia mudado.

Na semana seguinte, eles combinaram de jogar depois do trabalho. Como a quadra ficava a dez minutos a pé do apartamento de Georgiana, ela o limpou e deixou uma garrafa de vinho e seis latinhas de cerveja na geladeira. Pela manhã, lavou o cabelo, mesmo sabendo que ia suar, passou hidratante nos braços e nas pernas com todo o cuidado, depois gastou uns bons dez minutos refletindo a respeito de que lingerie usar. Calcinha de algodão branca não era nem um pouco sexy, mas Georgiana não conseguia nem imaginar como seria jogar tênis com um fio dental de renda, então acabou escolhendo uma calcinha biquíni rosa-clara que pelo menos era pequena o bastante para ficar fofa.

Georgiana jogou muito mal aquela noite, ansiosa pelo que poderia acontecer depois do jogo, e o desempenho de Brady foi ainda pior. Como a quadra ficava perto do East River, duas bolas dele voaram para a água, e os dois terminaram com apenas quatro das seis bolas iniciais. Estavam jogando tão mal que Georgiana tinha certeza de que as pessoas estavam reparando e iria querer morrer se não estivesse ocupada fantasiando com o peitoral de Brady naquela camiseta.

Quando terminaram, os dois sorriram um para o outro, coraram e disseram suas falas com desconforto. "Meu apartamento fica um pouco mais para baixo nessa rua. Quer ir até lá tomar uma cerveja ou um drinque?"

"Ah, claro, seria legal."

Eles mal conversaram enquanto andavam, e Georgiana prendeu o fôlego ao destrancar a porta do apartamento, de repente com medo de que Brady mudasse de ideia ou de que ela tivesse deixado um ursinho gigante no meio da cama ou algo do tipo. Depois que fecharam a porta, os dois nem fingiram que iam beber alguma coisa. Brady a beijou e Georgiana retribuiu. Tiraram os sapatos e as camisetas e caíram na cama, em um emaranhado suado e aos risos. Quando terminaram, Brady ficou deitado de costas, olhando para o teto com um sorriso bobo no rosto.

"Sabe aquela história de que dá para adivinhar se alguém é bom de cama só de ver a pessoa dançar ou jogar?", Georgiana perguntou. "A boa notícia é que você é muito melhor na cama do que no tênis."

"Ah, graças a Deus." Brady riu. "Nem quero saber qual seria o equivalente sexual a mandar duas bolas para o rio."

"Acho que seria, tipo, quebrar um osso ou um móvel."

"Ah, acho que tudo bem quebrar um móvel. Aposto que até os sexólogos mais importantes já quebraram camas na vida."

"Acho que sexólogos são pessoas que estudam sexo, e não pessoas que são muito boas em sexo."

"Acha que elas aprendem tudo nos livros? De jeito nenhum. Provavelmente precisam comprovar experiência prática pra conseguir o diploma. Tipo como os aprendizes de cabeleireiro precisam cortar o cabelo de pessoas pra treinar."

"Qual seria o maior risco então? Transar com um estudante de sexologia ou cortar o cabelo com um aprendiz de cabeleireiro?"

"Eu escolheria o cabelo", Brady respondeu. "Não sou vaidoso, mas escolho com muito cuidado com quem transo."

"Eu também", ela disse, séria. Talvez fosse o momento confessar a pouca experiência, o número reduzido de namorados, e seu desconhecimento a respeito da situação toda, mas no último minuto Georgiana se segurou. Estava tudo indo bem, por que estragar admitindo aquilo? Ela estava tão feliz.

Embora os dois mantivessem uma postura formal no trabalho, logo entraram em uma rotina fora do escritório: encontravam-se para jogar tênis e transar toda terça-feira, e para transar sem jogar tênis nos fins de semana. Mas não ficavam só na cama — às vezes iam correr no Brooklyn Bridge Park, passando pelo píer e entrando em Red Hook, onde a Estátua da Liberdade parecia impossivelmente perto, onde rebocadores ficavam atracados ao longo das docas, onde passavam por galpões de porta aberta, espiavam lá dentro e deparavam com assopradores de vidro, soldadores e artistas trabalhando. Jogavam basquete nas quadras do Pier 2, onde adolescentes ouviam música alto enquanto esperavam sua vez, cuspindo e se recostando no muro de cimento. Depois voltavam para o apartamento para tomar banho — ou não — e cair na cama, com fome e exaustos.

Às vezes, parecia que esse aspecto físico constante no relacionamento deles estava ligado à conexão intensa que havia entre eles. Ambos amavam estar vivos em seus corpos. Não eram apenas bocas, mãos e peitos, eram quadríceps, flexores de quadril e bíceps, eram músculos para alongar e nos quais pôr gelo, e tudo o que faziam envolvia suor. Georgiana nunca se sentia tão ela mesma quanto quando estava em movimento, e sabia que era igual com Brady. Quando estava correndo, ela nunca se preocupava com quem a olhava ou com o que deveria dizer; o friozinho no estômago dava lugar a uma queimação agradável nos pulmões e nas pernas, e Georgiana sabia que sua única preocupação deveria ser se mover, seguir em frente. Sabia que pertencia inteiramente àquele momento.

Brady ainda não parecia interessado em conhecer os amigos e a família dela, e Georgiana não pressionou para conhecer os amigos e a família dele. Era natural manter o relacionamento em segredo no trabalho, uma vez que Brady tinha um cargo muito mais alto e era uma década mais velho que ela; talvez saber que eles existiam em um lugar alheio à vida normal mantivesse a chama ainda mais acesa. Georgiana não precisava ser namorada dele; não precisava reivindicar sua posse, porque tinha total e completa certeza de que o que sentia por Brady era recíproco, de que poderiam chamar o relacionamento de amizade e ele ainda olharia para ela de uma maneira que a fazia se sentir em combustão elétrica por dentro. Era uma amizade colorida, e para Georgiana a cor vinha de transar com alguém por quem estava completamente apaixonada.

Seis

DARLEY

Darley gostava de pensar que era uma pessoa tranquila. Ignorava quando alguém da família pisava na linha ao sacar, nunca mandava comida de volta para a cozinha em restaurantes e até cerrava os dentes e sorria quando Malcolm se deitava no sofá usando a mesma roupa incrustrada de germes do avião. Havia uma coisa, no entanto, que a tirava do sério. Quando as mães brancas no parquinho, as senhoras que jogavam squash no clube e, para horror dela, até alguns parentes diziam: "Bebês mestiços são tão fofinhos!". Ou: "Queria poder ter um bebê meio coreano também!". Ou ainda: "É muita sorte seus filhos terem essa aparência exótica". Isso fazia uma veia pulsar em sua têmpora. A ideia de que Poppy e Hatcher fossem muito diferentes de todas as outras crianças que aquelas mulheres viam, ou de que fossem "exóticas", como lichias importadas dos trópicos, a deixava furiosa.

Para Darley, era um lembrete doloroso de quão branco seu mundo sempre havia sido. Embora morassem no Brooklyn, só havia gente branca no prédio deles. Seus amigos eram quase todos brancos, o pessoal do clube era todo branco, e quando ela olhara em volta no casamento de Cord e Sasha poderia contar nos dedos de uma única mão os convidados racializados. Embora seus pais tivessem adorado Malcolm desde o começo, ainda havia momentos em que era dolorosamente óbvio que só se relacionavam com pessoas brancas: quando Tilda não sabia como se referir a pessoas racializadas de modo geral, quando Chip chamava qualquer prato mais apimentado de "comida étnica", quando eles falavam de R&B, hip-hop e até música pop como "rap".

Quando Poppy completou um ano, Darley e Malcolm fizeram uma

festa para ela no Casino. Para a família de Malcolm, o primeiro aniversário, o *dol*, era até mais importante do que o próprio casamento. Os Kim tinham feito questão de pagar por tudo, contratando o bufê e comprando uma linda roupa tradicional coreana para a menina, de seda vermelha com manga verde-clara. Eles serviram filé e salmão, passaram Poppy de mão em mão para que todos a segurassem e a acomodaram em um grande cobertor no meio do salão para o *doljabi*. Tratava-se de uma tradição que pretendia simbolizar a personalidade da criança. Em geral, colocava-se uma variedade de objetos ali, incluindo linha, um lápis ou livro e dinheiro, para representar longevidade, inteligência e riqueza. O item para o qual a criança engatinhasse representaria suas perspectivas. Por diversão, eles incluíram uma raquete de tênis, um aviãozinho de brinquedo, um tubo de ensaio e uma calculadora. Quanto Poppy engatinhou na direção do tubo de ensaio, o pai de Malcolm comemorou — outra química na família! O barulho assustou Poppy, que irrompeu em lágrimas, e Darley correu para socorrê-la. Tentaram de novo, mas Poppy só ficou sentada ali, chupando a manga da roupa. Empurraram a raquete de tênis para mais perto, voaram com o aviãozinho por cima de sua cabeça, sacudiram a calculadora para chamar sua atenção, mas nada despertava o interesse da menina. Por fim, desistiram e trocaram a roupa de Poppy, vestindo-a novamente com um vestidinho rodado antes de lhe darem um pedaço de bolo. Darley, que estava grávida de seis meses e sempre tinha fome, comeu seu pedaço e depois o da filha, torcendo para que ninguém estivesse pensando o mesmo que ela: *Ah, como a mãe, Poppy não vai fazer nada.*

Na manhã em que Darley viu a mensagem de Malcolm, ainda fraca e talvez delirando por causa de sua crise de vômito, seu primeiro instinto foi entrar em negação. Devia ter sido um engano. Ninguém demitiria Malcolm. Ela tomou um banho, secou o cabelo, limpou o banheiro e abriu as janelas para que o cheiro de doença saísse. Pôs um vestido sem mangas azul-marinho, beliscou as bochechas pálidas e foi para a cozinha agradecer a Soon-ja por tudo o que havia feito. A sogra lhe preparara uma torrada seca com chá e arrumara tudo em um lugar americano bonito, com um vasinho com uma rosa. Enquanto Darley mastigava e bebia, as duas conversavam calmamente sobre as crianças e o apartamento. A cabeça de Darley girava, mas ela não comentaria nada com a mãe de Malcolm. Precisava saber a história toda primeiro, precisava falar com o marido. Esperaria até que Malcolm chegasse para conversar pessoalmente. Mas o fato era que Malcolm era filho de imigrantes asiáticos no clube de homens brancos e privilegiados que era o mundo dos bancos. Embora não soubesse exatamente o que havia acontecido, Darley não conseguia parar de pensar em Brice, amigo dele, sem sentir o estômago se revirar.

No verão anterior, em um sábado quente de julho, Darley e Malcolm tinham colocado as crianças no carro e dirigido até um clube de golfe exclusivo em Greenwich, Connecticut. Fazia seis meses que Malcolm estava se alternando entre Nova York e Londres a trabalho, e se aproximara de outro diretor administrativo da área de fusões e aquisições, um americano chamado Brice MacDougal, que morava em Greenwich. Brice também era casado e tinha filhos mais ou menos da mesma idade que os deles. Assim, em um dos raros momentos em que ambos estavam em casa, ele e Malcolm fizeram planos de reunir as famílias.

Darley nunca tinha ido àquele clube de golfe e ficou muito impressionada com como tudo parecia verde e bem-cuidado. O subúrbio certamente tinha suas vantagens. Com Malcolm ao volante, o carro passara por portões de pedra e campos verdes, longas extensões de morros baixos onde vez ou outra se avistava um carrinho de golfe. Depois que estacionaram, Brice os encontrou na frente do restaurante e os guiou até a piscina, onde sua esposa loura cuidava de duas meninas usando maiôs rosa-claros iguais.

Darley não gostava muito de golfe, portanto ela e a esposa de Brice tinham planejado ficar na piscina com as crianças enquanto os homens jogavam, e depois todos se reuniriam para almoçar. Não havia quase ninguém na piscina, a não ser por alguns adolescentes na outra ponta, de modo que as crianças podiam mergulhar e gritar sem incomodar ninguém, e Darley se sentiu relaxada. A esposa de Brice era simpática, e quando Darley ficou sabendo que ela também não trabalhava, conseguiu aproveitar mais. Com água até a cintura, enquanto consertavam óculos de natação em que entrava água e atiravam tubarõezinhos na piscina para que as crianças os encontrassem, elas conversavam sobre quanto tempo os maridos passavam fora, sobre como não viam a hora de mandar as crianças para um acampamento e os prós e contras de viver na cidade e no campo. Darley odiava admitir, mas havia começado a se sentir desconfortável com mulheres da sua idade que tinham filhos *e* trabalhavam fora. Parecia que ela sempre tinha que se explicar, como se precisasse justificar todo o tempo e o dinheiro que havia gasto na pós-graduação. Com outras mães que não trabalhavam fora, as coisas ficavam mais fáceis.

Na hora do almoço, Darley levou os filhos para o vestiário para colocar uma roupa seca — a polo e o short exigidos pelo código de vestimenta no caso de Hatcher e um vestidinho com sandálias no caso de Poppy. Ela mesma vestiu um vestido branco e azul esvoaçante que a fazia se sentir de férias na Grécia.

Então foram encontrar Malcolm e Brice no restaurante, onde haviam reservado uma mesa no deque, sob um toldo listrado. Um garçom entregou cardápios gigantescos a todos, e Brice indicou as melhores opções: sanduíche de lagosta, hambúrguer de salmão e sanduíche de avocado, bacon, alface e tomate. Enquanto conversavam, Darley olhou em volta e se sentiu muito bem. O deque estava cheio de pessoas almoçando, felizes. Sim, todos com a mesma roupa — camisa por dentro da calça — e quase todos homens — afinal, era um clube de golfe —, mas, enquanto estudava a multidão, ela sacou por que lhe parecia tão diferente. Muitos dos rostos nas mesas eram negros, muitas das camisas eram rosa-alaranjado ou verde-limão. Era um forte contraste em relação aos restaurantes dos clubes de Nova York que frequentavam, onde na maioria das vezes os rostos não brancos se restringiam aos das pessoas servindo. Será que Greenwich era simplesmente mais progressista que Brooklyn Heights?

As crianças tomaram limonada de canudinho, devoraram as batatas fritas e praticamente ignoraram os hambúrgueres, Darley tomou uma taça de vinho branco e Brice contou a eles uma história engraçada de quando ele entrara no quarto de hotel errado em Londres e acabara dando de cara com o chefe de toalha sem querer. (Como o cartão de um quarto podia funcionar em outro? Aquilo deixou Darley aterrorizada.)

Havia um novo analista no trabalho, um rapaz de vinte e dois anos chamado Chuck Vanderbeer, que também era sócio do clube. Brice estava presente na primeira vez em que Chuck visitara o espaço. Tinha havido um acidente no verão anterior — um senhor sofrera um infarto enquanto dirigia e entrara com seu Volvo no restaurante. O carro pegara fogo e três pessoas tinham acabado feridas. Desde então, o clube havia decidido que não era seguro que carros circulassem por ali e fechara o caminho com uma corrente, pedindo aos sócios que estacionassem na área designada e seguissem a pé por um caminho de pedra até a entrada. Quando Chuck Vanderbeer chegara em seu suv preto, o motorista parara em frente ao portão, descera do carro, abrira a corrente e o levara de carro até a porta. Mesmo assim, Chuck ainda fora aceito pelo comitê de novos sócios. Sua família era tão bem relacionada que ele tinha pelo menos sete apoiadores no clube.

No banco, Chuck havia se destacado rapidamente, não por seu trabalho, mas apelidando a si mesmo de "Rock Star" e marcando almoços com todos os chefes de área — superiores de Malcolm e Brice. Circulavam boatos de que ele havia sido expulso de Deerfield por ter soltado fogos de artifício, mas seu pai, um bambambã do private equity, tinha conseguido uma vaga para o filho em Dartmouth. Só que o garoto era um zero à esquerda. Esquecera um caderno com todas as informações de uma negociação em um avião — um erro que causaria imediatamente a demissão de qualquer outra pessoa, mas do qual ele escapou quase sem reprimendas. Tomou zolpidem antes de um voo e ainda estava sob efeito do remédio durante a reunião em Dubai. Malcolm uma vez o flagrara se olhando no espelho do banheiro masculino, ajeitando o cabelo e sorrindo como um psicopata.

Brice e Malcolm concordavam que o cara era um problema e odiavam estar presos com ele na equipe. Viam-se no meio de um sanduíche nepotista, com os chefes satisfeitos em ter um Vanderbeer no rol de funcionários, mas também felizes por não precisar lidar com ele diretamente.

Darley riu das histórias de Brice e pediu outra bebida. Era uma tarde de sábado perfeita, um milhão de vezes mais divertida que a maioria das vezes que encontravam os colegas do marido, o que a deixara esperançosa. Talvez pudessem encontrar a família de Brice com mais frequência.

Talvez pudessem até cogitar se mudar para Greenwich. Ela se perguntou se não estivera cega ao acreditar que o Brooklyn era o melhor lugar para a família, como se fosse mais liberal e diverso que o subúrbio.

Estavam terminando de comer quando um microfone chiou e um homem bronzeado vestindo polo amarelo-clara subiu no palco. "Boa tarde, golfistas. Daqui a alguns minutos vamos começar a programação."

"Ah, desculpa, pessoal", Brice disse. "Isso vai ser meio chato de ouvir. Talvez possamos encerrar os trabalhos aqui e ficar um pouco na piscina."

"O que vai acontecer?", Darley perguntou.

"Ah, é o Dia do Caddie. Vai ter uma entrega de prêmios."

"Dia do Caddie?"

"É. Eles convidam todos os carregadores de tacos para almoçar e distribuem prêmios engraçadinhos."

"Ah." Só então a ficha de Darley caiu. Um a um, os homens negros se levantaram para receber seus prêmios, apertando a mão do homem de amarelo e depois voltando a seus lugares. Estavam longe de ser sócios do clube. Trabalhavam lá. Aquele clube era tão branco quanto o dela.

Quando Malcolm chegou do aeroporto, já era quase hora do almoço. Ele entrou no apartamento, deixou o notebook de lado e se serviu de três dedos de Tanqueray, em silêncio.

"Oi, amor." Darley se aproximou por trás dele e abraçou sua cintura. A camisa de Malcolm estava amassada, e ele tinha um leve cheiro de suor depois de passar duas noites voando. Malcolm não disse nada, e Darley pressionou o rosto contra as costas do marido, sentindo-o engolir e estremecer um pouco. "O que aconteceu?"

"Uma merda inacreditável", Malcolm respondeu, baixo. Então pôs o copo na pia e deixou que Darley o levasse até a sala para conversar.

Trinta e seis horas antes, Malcolm estava indo para o Rio fazer sua apresentação final ao conselho da Azul. Na sequência, viria a assinatura de um contrato com a American Airlines, que compraria dez por cento da companhia, fortalecendo sua posição na América do Sul. Quando

Malcolm chegou ao aeroporto JFK e foi conferir seu itinerário, suspirou. O avião era um 767-300ER, um modelo antigo com poltronas estreitas, sem TV no encosto dianteiro, e o pior de tudo: sem wi-fi. Era muito irritante que a rota que ele pegara dezenas de vezes no ano anterior tivesse os piores aviões. Malcolm cumprimentou a pessoa no balcão de check-in, que perguntou se Darley e as crianças estavam bem. A comissária de voo da classe executiva apertou o ombro dele de leve, cumprimentando-o. Malcolm passava tanto tempo no JFK que considerava comissários de voo, funcionários do lounge e agentes de portão seus colegas.

Enquanto o avião assumia seu lugar na pista 31L, Malcolm ouviu os motores duplos trabalhando e, a contragosto, sentiu o coração pular de alegria, mesmo depois de todo aquele tempo. Deu uma última olhada nos e-mails e depois no plano de fundo do celular — Darley e os filhos no U.S. Open —, então desligou o aparelho. Quando aterrissou, dez horas depois, e voltou a ligá-lo, seu mundo inteiro havia mudado.

Malcolm sabia desde o primeiro dia que a presença de Chuck Vanderbeer no Deutsche Bank Aviation Group seria um desastre; só não tinha se dado conta de que o autoproclamado Rock Star do grupo o derrubaria junto. Chuck trabalhava lado a lado com Malcolm, Brice e sua equipe, organizando negociações e sugerindo fusões entre companhias internacionais, e estava a par de informações financeiras delicadíssimas sobre as empresas e seu futuro. Sem que ninguém da empresa soubesse, ele passava suas noites bebendo no bar do Papillon, na Midtown, se gabando para jovens entediadas dos negócios que fechava. Infelizmente, uma mulher que a princípio parecera apenas fascinada pelas proezas bancárias do Rock Star do Deutsche era uma repórter de economia da CNBC e fez uma matéria sobre o provável investimento da American Airlines na Azul. Assim que a notícia foi publicada, a Azul voltara atrás e deixara o Deutsche Bank com a bomba.

Malcolm recebera mais de trezentos e-mails, uma dezena de mensagens de voz frenéticas e sessenta e cinco mensagens de texto, a maior parte de Brice. Ele desceu do avião cambaleando no Rio, passando os olhos por cada uma das mensagens. O negócio em que trabalhara por quase um ano não iria se concretizar. A equipe que representava a American Airlines nem se dera ao trabalho de pegar a conexão em Miami.

Qualquer chance que Malcolm tivesse de controlar os danos já se desvanecera. Chuck e Malcolm haviam sido demitidos, Chuck por ter vazado a história e Malcolm pela proximidade com aquele idiota.

"Mas você não fez nada de errado!", Darley exclamou, indignada. "A culpa foi de Chuck! Você não teve nada a ver com isso!"

"Não conseguiram entrar em contato comigo", Malcolm disse, com uma expressão de desgosto. "Quando a notícia saiu, eu estava em um avião sem wi-fi. O negócio todo estava desmoronando enquanto eu estava na minha poltrona, comendo amendoim."

"É totalmente injusto", Darley soltou. "E quanto a Brice? Foi demitido também?"

"Não, Brice se deu bem. Enquanto eu voava, ele estava em terra firme, controlando a narrativa. E conseguiu se safar."

"Mas como assim? Ele era da sua equipe! Conhece Chuck há mais tempo que você!"

"Brice tem mais amigos do que eu na empresa. E a família dele sempre trabalhou no ramo." Malcolm chutou a perna de uma cadeira.

"Ele devia ter brigado por você também!"

"Mas não brigou."

"Aquele merdinha. São *dois* merdinhas", Darley bufou.

"Não consigo acreditar que todo mundo deixou essa bomba explodir no meu colo." Malcolm balançou a cabeça.

"São eles quem perdem. Vamos ficar bem. Você vai fazer algumas ligações e marcar entrevistas. Logo vai estar trabalhando de novo."

"Pode ser." Malcolm parecia devastado, como um gladiador desonrado pela derrota.

"São idiotas por demitir você." Darley se sentou no colo de Malcolm e enterrou o rosto no pescoço dele. Estava muito chateada por não ter conseguido proteger o marido. Pelo fato de que os Brices do mundo sempre têm amigos da família para defendê-los, enquanto Malcolm estava sozinho naquela situação. O pai dela tinha muitos conhecidos no mercado imobiliário, claro, e se a pessoa quisesse organizar de uma hora para outra um jantar com tema marroquino para cinquenta pessoas a mãe dela tinha os contatos de bufê e floricultura na manga, mas nada daquilo ajudaria Malcolm.

Todo aquele episódio a lembrou de quando estava no ensino médio e seu amigo Allen Yang tentara ficar sócio do Fiftieth Club. Ele tinha padrinhos, tinha cartas de recomendação e certamente tinha dinheiro. Saíra da entrevista que de casual só tinha a aparência e na qual tinha de beber uísque com o comitê de novos sócios com a impressão de que havia conseguido. Então seu pedido fora negado. Darley teve certeza de que se tratava de racismo, porque não havia outra explicação. Mas como ninguém dissera nada explícito a respeito, Allen precisou deixar quieto. Quanto da demissão de Malcolm se devia ao fato de que ele estava no lugar errado na hora errada e quanto era porque ele não era um cara branco com um sobrenome das antigas como Dimon, Moynihan ou Sloan? Ninguém havia dito: "Estamos demitindo você porque não tem um pai branco que possa te defender". Só que, para Darley, aquilo estava claro como a luz do dia.

Malcolm passou as semanas seguintes convidando antigos amigos da faculdade para almoçar, entrando em contato com colegas com quem trabalhara em outros bancos de investimento e fazendo reuniões com todo mundo que aceitasse recebê-lo. Enquanto Chuck Vanderbeer se recuperara rapidamente, com seu pai lhe descolando um cargo de analista no Apollo, ficava evidente que Malcolm estava queimado. No mundo das finanças, Malcolm era radioativo. Seus amigos e conhecidos pediam carne, sempre malpassada, mas antes de tomar o primeiro gole de chá gelado diziam: "O que foi que aconteceu com o negócio da Azul?". Todo mundo sabia, e de alguma forma todo mundo achava que a culpa era dele. Não importava que Malcolm não tivesse feito nada de errado; estava marcado e fora excluído sem qualquer cerimônia do clube dos Senhores do Universo.

Quando headhunters começaram a ligar, Darley foi otimista. "Viu só? Um monte de gente quer contratar você."

Mas os cargos que ofereciam eram em empresas de baixo escalão, bancos péssimos onde ele não teria chance de retornar à aviação. Malcolm não suportava aquela ideia, não podia passar de alguém que estava no caminho para ser extremamente bem-sucedido a alguém que fazia trabalho braçal. Se aceitasse um daqueles empregos, passaria a maior parte dos seus dias indo e voltando de cidades industriais do Meio-Oeste, fazendo escala em Chicago, viajando de econômica e dormindo em hotéis meia-boca, onde os lençóis de poliéster eram pensados para esconder manchas.

Darley o reconfortou, indicando quantos funcionários de bancos haviam tido cinco minutos de fama por coisa muito pior. Como o moleque de vinte e seis anos que perdera quinhentos milhões de dólares da empresa em transações não autorizadas e conseguira cometer o mesmo erro no ano seguinte. De alguma maneira, ele achara um emprego. (Claro que o fato de que era descendente de várias famílias influentes da Virgínia não atrapalhava.) E o cara que havia escondido dois bilhões e seiscentos milhões em perdas em contratos futuros de cobre de seu banco em Tóquio. E o trader que havia levado o Barings Bank à falência em 1995.

"Você não está fazendo com que eu me sinta melhor", Malcolm resmungou. "Esses caras eram todos idiotas."

"Você é a pessoa mais inteligente que conheço", Darley disse ao marido, e estava sendo sincera. "Vai conseguir um trabalho melhor."

"Se eu fosse tão inteligente, não teria perdido a infância de Poppy e Hatcher para ganhar dinheiro para um banco que me dispensou desse jeito", ele retrucou, emburrado.

Quando as pessoas perguntavam como ela e Malcolm tinham se conhecido, Darley simplesmente dizia "na faculdade", o que costumava ser o bastante para a maioria das pessoas, mas a verdade era que ela havia ido atrás de Malcolm, porque o desejara antes mesmo de ver a cara dele. Darley trabalhara dois anos como analista na Morgan Stanley, entre Yale e Stanford. Um colega lá havia lhe mostrado o blog de Malcolm sobre companhias aéreas, e quando ela descobriu que ele ia estudar em Standford se sentiu como Kate Middleton devia ter se sentido quando soubera que o príncipe William ia trocar a Universidade de Edimburgo pela St. Andrews. Ele seria dela. Isso porque Darley tinha uma espécie de negócio paralelo. Por meios perfeitamente legais, ela conseguira descobrir o algoritmo para emissão de passagens da JetBlue, e vinha negociando ações com base no volume do consumo ano a ano. Todo mês, Darley comprava uma passagem às 0h01 no dia primeiro, e depois às 23h59 no último dia do mês. O sistema de numeração da empresa era sequencial, e assim ela conseguia descobrir quantas passagens haviam sido vendidas. Darley não estava mexendo com muito dinheiro: fazia day trading por diversão e para provar que era capaz. Quando confessara aquilo a Malcolm em meio às margaritas e aos tacos de seu primeiro encontro, foi como se tivesse dito a ele que era dublê de Bo Derek ou sabia abrir espacate, de tão sexy. Darley já vinha ficando mais atenta ao custo flutuante do combustível, mas com Malcolm passou a considerar também economias e despesas com base em rotas e em aviões arrendados para outras companhias. Ainda que a JetBlue tivesse alterado o sistema de numeração das passagens um ano depois e a janela de Darley tivesse se fechado, o estrago já estava feito: Malcolm encontrara uma pessoa igual a ele, uma companheira para a vida que o amava exatamente por quem ele era, e Darley fisgara seu príncipe William.

Sete

SASHA

Georgiana era como um lobo que demarcava território urinando no perímetro de sua toca. Quando Sasha passou pela porta do quarto da cunhada depois de sua visita para "levar os troféus", arfou audivelmente. "Cord! Vem ver isso!"

Ele se aproximou pelo corredor, segurando um croissant se despedaçando em uma mão e um pacote de cordas de poliéster para raquete de tênis em outra.

"Olha." Sasha fez um gesto amplo com as mãos em direção ao chão, onde canetas velhas e borrachas esfarelentas haviam sido empilhadas sobre o tapete. "E ela não levou um único troféu! Só parece que um ladrão passou por aqui!" As gavetas da cômoda estavam entreabertas, e o tampo estava coberto de prendedores de cabelo e brilhos labiais velhos. "Ela deixou o quarto detonado."

"Não está detonado", Cord disse, ameno. "São coisas pequenas."

"Mas é muita falta de educação, não acha? Vir e deixar essa bagunça?"

"Ela só é muito desleixada." Cord deu de ombros.

"Olha, ela procurou aquela colcha laranja antiga e a colocou em cima da branca que eu comprei. É como se quisesse deixar claro que o quarto ainda é dela."

"Pronto", Cord disse, recolhendo as canetas e jogando na gaveta da cômoda. "O quarto dela sempre foi uma zona. Não precisa levar pro pessoal."

"Bom, estou mesmo começando a levar pro pessoal, Cord." Sasha estava de saco cheio. Havia um limite para quanto uma pessoa aguentava ser tratada como uma intrusa sem abrir a boca. "Não sei o que fiz de errado, mas tenho a sensação de que suas irmãs não gostam de mim."

"Como assim? Isso não é verdade." Cord deu alguns tapinhas nas costas dela e tentou ir embora. Era um homem branco da elite da cabeça aos pés: conflitos o deixavam profundamente desconfortável.

Sasha insistiu. "Parece que elas reviram os olhos sempre que eu abro a boca." Era mais que aquilo, mas ficava complicado explicar. Como articular em palavras a sensação de que elas estavam constantemente lhe virando as costas, franzindo o nariz, desviando o rosto?

"Darley está ocupada com as crianças. E George é muito jovem. Só se importa em jogar tênis e sair com as amigas. Está em outra fase da vida. Tenta ver as coisas pelos olhos dela." Cord se retraiu, como se aquela conversa lhe causasse uma dor física.

Sasha percebeu o desconforto. Não era sua intenção puni-lo. Então pegou mais leve. "Então é só eu começar a beber White Claw e a falar sobre o Aberto da França que ela vai parar de ser mal-educada?"

O alívio no rosto de Cord era visível. Sasha deixaria para lá. "É assim que convenço as mulheres a gostarem de mim. Fingindo que me importo com as mesmas coisas." Ele sorriu. "Agora, mudando de assunto. Vamos tomar um vinho, ver algumas artes e jogar fora minhas coisas da escola."

Sasha riu e o seguiu pelo corredor, fechando a porta do quarto de Georgiana ao sair. Ela pegou uma garrafa de pinot grigio e duas taças, levou tudo até o antigo quarto de Cord e colocou no chão, porque não havia nenhuma outra superfície livre. A cama de solteiro dele estava lotada de tesouros descartados, principalmente coisas do apartamento dos avós. Quando os avós paternos de Cord, Pip e Pop, morreram, a família decidiu vender o imóvel deles em Columbia Heights. Tiraram metade das obras de arte e da decoração para que o lugar parecesse maior nas fotografias e levaram boa parte de tudo para a Pineapple Street. O apartamento foi vendido rápido, e ninguém tivera tempo de ir atrás de uma pessoa para avaliar as antiguidades, de modo que aquela casa agora estava cheia de artigos caros abandonados. Sobre a cama de Cord havia um espelho em estilo barroco de madeira folheada a ouro, um relógio de mesa de sessenta centímetros com uma base de bronze ornamentado folheado a ouro, uma caixa de couro laranja contendo uma dúzia de canetas-

-tinteiro da Montblanc e uma pilha de aquarelas emolduradas, principalmente de barcos. Amontoadas na estante, havia duas fileiras de livros antigos e detonados de capa dura, com a lombada marrom e azul-marinho arranhada e craquelada. A escrivaninha estava tomada por pastas e recortes de jornal; Sasha nunca havia visto uma família mais arquivística — eles recortavam artigos diariamente, e Tilda lia o jornal da manhã com uma tesoura sobre o jogo americano, pronta para destacar qualquer coisa de interesse. Ao longo das tábuas do assoalho havia quadros pesados em pilhas de quatro.

"Pensei em um jogo legal pra gente brincar", Cord disse, com os olhos brilhando. "Chama 'De nascimento ou por casamento'. Você tem que adivinhar quem é um Stockton e quem entrou para a família depois."

"Tá bom", Sasha disse, sorrindo e tomando um gole de vinho.

"Primeiro: esse cara aqui." Cord ergueu um antigo retrato a óleo de um senhor em pose formal, de terno e com um setter irlandês aos pés. Tinha olhos e sobrancelhas escuros como Cord, e o mesmo nariz elegante.

"Nascimento." Sasha revirou os olhos.

"Certa a resposta! Esse é meu avô, Edward Cordington Stockton. Tá, agora... esta menina." Cord pegou um retrato menor, de uma criança de uns oito anos, usando um vestido azul com gola Peter Pan e um laço no cabelo. Tinha os cachos e a boquinha de Georgiana.

"Nascimento." Sasha riu.

"Muito bem! É a irmã do meu avô, Mary. Agora esta mulher aqui." Cord pegou uma pintura grande em uma moldura dourada. Era de uma mulher bonita com um sorriso charmoso no rosto e um livro sobre as pernas. Sasha não via Darley, Chip ou qualquer um dos Stockton nas bochechas douradas e no nariz arrebitado.

"Casamento?", ela arriscou.

"Não faço ideia." Cord riu. "Nunca vi esse quadro! Pip deve ter comprado no eBay."

Sasha franziu os lábios. Pelo visto, eles achavam que não valia a pena saber o nome de alguém que não estava ligado à família pelo sangue. Então tá. Ela foi até a escrivaninha para dar uma olhada nas pastas. Através do plástico embaçado, Sasha reconheceu um rosto em uma delas. Ela desenrolou o cordão que a fechava e a abriu. Era um recorte do anúncio do casamento de Darley e Malcolm no *New York Times*. Os dois pareciam muito glamorosos na foto do pescoço para cima, Darley com brincos de diamante cintilantes e Malcolm de terno e gravata. Ela passou os olhos pelo texto. *Darley Colt Moore Stockton, filha do sr. Charles Edward Colt Stockton e da sra. Matilda Baylies Moore Stockton, vão se casar este sábado...*

"O que é isso?" Cord olhou por cima do ombro dela.

"O anúncio do casamento de Darley."

"Ah." Ele franziu o nariz.

"Você não quis publicar o nosso", Sasha o recordou. Ela havia mencionado a possibilidade quando estavam noivos, mas Cord a descartara imediatamente.

"É tão esnobe e ridículo." Cord olhou para a foto da irmã. "Os pais ricos desta pessoa trabalham em um banco de investimentos e os pais ricos desta outra pessoa trabalham com private equity, e essas famílias vão ficar se casando entre elas até serem todas uma só."

"Cordington Stockton, filho dos Stockton do mercado imobiliário de Nova York, vai se casar com uma menina de Rhode Island, descendente de beberrões e pescadores", brincou Sasha.

"A cerimônia será realizada no Cap Club, perto da estação de trem, pelo irmão da noiva, que estará bêbado de cerveja Narragansett."

"A festa terá um boca-livre de amêijoas pra quem souber falar essa palavra direito."

"É *a-me-ja*!", Cord berrou.

"Hum, acha que devemos ensinar a nossos filhos o sotaque de Rhode Island?", Sasha perguntou.

"Não, Tilda deserdaria todos." Cord a beijou.

"Não podemos jogar nada disso fora, né?" Sasha deu uma última olhada ao redor, consternada.

"Não mesmo. Desculpa. Mas agora que bebemos um vinhozinho e trabalhamos um pouco, podemos fazer sua segunda coisa preferida..." Cord bateu os cílios, brincando, e pegou a mão de Sasha. Ela cedeu. Talvez jogasse alguns recortes de jornal no triturador enquanto ele estivesse no trabalho. Cord a conduziu pelo corredor até o quarto principal, com a cama de dossel em que Sasha sempre pensaria como sendo dos pais dele.

* * *

No primeiro ano de faculdade, Sasha achou que estivesse grávida. Ela e Mullin estavam prestes a terminar outra vez, e o relacionamento andava tenso. Sasha estava indo para casa para o Dia de Ação de Graças e torcia para que as coisas parecessem mais fáceis ali, onde tudo era familiar. Não conseguia ignorar a sensação de que Nova York levava Mullin ao extremo; de que ele se sentia inseguro e desconfortável com os jovens sofisticados e muitas vezes ricos que ela conhecera na faculdade.

Era tradição da cidade ir ao Cap Club na quarta-feira à noite. Os universitários que haviam se mudado voltavam para casa para o feriado, loucos para mostrar como estavam se dando bem longe do confinamento daquela cidadezinha. O Captain's Club não era luxuoso — ficava em um prédio de tijolos diante da estação de trem e servia cerveja, drinques e, se a pessoa quisesse muito, um vinho que tinha gosto de vinagre e quase sempre chegava com pedaços de rolha. O bar contava com banquetas com assento de couro vermelho, mesas com bancos nos fundos, um jukebox e um alvo. Sasha deparou com os primos, e os barmen ignoravam o fato de que a maior parte deles tinha menos de vinte e um anos, porque eram amigos da família. Viver em uma cidade pequena era assim: perdiam-se algumas coisas, mas ganhavam-se outras.

Mullin estava meio esquisito, rindo alto demais e bebendo rápido. O irmão mais novo de Sasha, Olly, já tinha passado do ponto e se comportava como um idiota, usando uma camiseta que dizia COMA UMA BOCETA, É ORGÂNICA. Ele tentava fumar lá dentro e ainda reclamava quando Sasha o empurrava até a parte externa. Também havia outros colegas de classe, pessoas que agora estudavam em Boston, no Maine, em Connecticut. Sasha sabia que Mullin ficava constrangido por não ter saído de casa. Ele era mais inteligente que quase todo mundo ali, mas em vez de morar em um dormitório em New Haven ou Princeton continuava dividindo o quarto de infância e ia e voltava da faculdade todo dia, cortando grama logo cedo e recolhendo as garrafas vazias que seu pai deixava na cozinha. Sasha abraçou a cintura dele e sussurrou em seu ouvido: "Vamos ficar sozinhos em algum lugar. Estou com saudades".

Ela tinha bebido só meia cerveja, portanto dirigiu até o passadiço, onde estacionou no cascalho, com vista para o mar. Estava frio demais para sair do carro, então eles ficaram se beijando lá mesmo, depois passaram para o banco de trás para tirar a roupa. "Não tenho camisinha, você tem?", Sasha perguntou.

"Não, mas eu tiro antes", Mullin prometeu. Eles começaram a transar, e a princípio foi maravilhoso, mas então Sasha ficou preocupada. "Não esquece de tirar", ela sussurrou, enquanto Mullin se movia cada vez mais rápido. Com um gemido, ele gozou dentro dela. Sasha o empurrou para que saísse de cima.

"Porra!"

"Desculpa, desculpa. É que estava tão gostoso." Ele tirou o cabelo dos olhos.

"Mullin, não estou tomando pílula."

"Vai ficar tudo bem. Não se preocupa. Desculpa."

Sasha voltou a se vestir, brava com Mullin e consigo mesma. Naquela noite, deitada na cama sem conseguir dormir depois de ter deixado o namorado em casa, Sasha se perguntou se tinha mesmo sido um acidente ou se Mullin queria que ela voltasse para casa, se queria dar um jeito de mantê-la ali, com ele.

Então sua menstruação atrasou dois dias, e Sasha foi ao posto de saúde do campus para fazer um teste de gravidez. Deu negativo, e ela chorou, chegando a soluçar, de exaustão, raiva e alívio, e provavelmente também por causa dos hormônios, porque sua menstruação desceu no dia seguinte.

Sasha nunca contou a ninguém de sua família, claro. A mãe ficaria furiosa porque ela havia feito sexo sem proteção, e não deixaria mais que Mullin aparecesse lá. Sasha não tinha ideia de como o pai e os irmãos reagiriam, mas algo lhe dizia que colocariam a culpa nela. O que era verdade. Ela confiara em alguém que não levava seus interesses em conta.

Embora fosse doloroso perceber que sua família parecia incapaz de aceitar o término com Mullin, Sasha também ficava comovida ao ver como o tratavam. Viam que Mullin não tinha apoio em casa e faziam questão de incluí-lo na deles, pendurando uma meia para ele no Natal, mantendo a despensa sempre abastecida de Corn Chex e Pop-Tarts, que só Mullin comia. No início, Sasha pensara que a vida de casada seria igual — que ela se casaria com Cord e a família dele a incluiria em tudo. Mas não tinha sido o caso. A família dela era como um daqueles sofás de restaurante: sempre dava para apertar para caber mais um. Já a família de Cord era como uma mesa com cadeiras parafusadas ao chão.

Um mês antes do casamento, um homem de terno tocou a campainha. Sasha estava sozinha no apartamento, comendo iogurte e trabalhando no computador. Tinha sido contratada por um pequeno museu de arte contemporânea de Manhattan para fazer placas e sacolas de compras novas, além de anúncios publicitários. Ela olhou a câmera de segurança e viu que não era o FedEx, então correu para pôr um sutiã antes de abrir a porta.

"Você é Sasha Rossi?"

"Isso", ela confirmou, com um sorriso confuso.

"Trabalho no Fox Allston, escritório de advocacia, e representamos a família Stockton. Preparamos um acordo pré-nupcial para que você assine. Sugiro que contrate um advogado ou uma advogada e peça para a pessoa entrar em contato conosco para a negociação."

"Advogado?", Sasha repetiu, perplexa.

"É sempre melhor ter um advogado para assinar esse tipo de acordo. Gostaria de poder recomendar alguém, mas, infelizmente, terá que ser de outro escritório. Ligue se tiver alguma dúvida." O homem entregou a Sasha um envelope de papel pardo e assentiu antes de seguir para o elevador.

"Que porra é essa?" Sasha levou o envelope até a cozinha e ligou para Cord no trabalho. "Cord, aconteceu uma coisa superestranha. Um advogado acabou de aparecer aqui na porta pra me entregar um acordo pré-nupcial! Tipo, fui intimada!"

"Podemos conversar depois? Estou meio enrolado aqui", Cord pediu.

"Ah, tá, claro. Falamos hoje à noite." Sasha desligou. Aquela noite, no entanto, depois de jantarem no apartamento dele, Cord não demonstrou nenhum interesse em falar a respeito.

"Contrata alguém e deixa que a pessoa resolva isso", ele disse, dando de ombros.

"Vou contratar, mas você pretendia mencionar essa história pra mim?", ela perguntou.

"Não tem muito o que dizer. É só papelada. Eles discutem, você assina e a gente segue em frente."

"Bom, pra começo de conversa, você poderia dizer: 'Eu te amo e não quero me divorciar nunca'."

"Você pode pedir pro seu advogado incluir essa parte." Cord revirou os olhos.

"Nossa", Sasha disse, ofendida.

"Olha, não depende de mim. Todo mundo assina um desses. É como os casamentos funcionam. Casamentos são acordos legais. Faz parte. Não faz virar algo maior do que é."

"Talvez no seu mundo seja assim que os casamentos funcionam, mas no meu não é. Você acha que meus pais têm um acordo pré-nupcial?"

"Não entendo por que você está tentando fazer com que eu me sinta mal em relação a isso!", Cord disse.

"Porque *eu* me sinto mal em relação a isso!"

"Mas não deveria importar!"

"Se não deveria importar, por que você não me contou?"

"Porque não é importante!"

"Você *sabe* que é importante. Estou tentando construir uma vida com você, e você está deixando bastante claro que quer ter uma saída. Que, não importa o que aconteça, nunca vou ser parte de verdade da sua família."

"Vamos nos casar. O que mais você quer de mim?", Cord perguntou, com frieza.

"O que mais quero de você? Quero que me coloque em primeiro lugar. Quero ser a pessoa mais importante na sua vida. Quero que me diga que, não importa o que aconteça, você sempre estará do meu lado. Que se tivesse que escolher entre mim e sua família, escolheria a mim."

"Isso é ridículo. Eu nunca escolheria ninguém antes da minha família." Cord entrou no banheiro e fechou a porta. Sasha foi embora e dormiu em seu apartamento aquela noite. No dia seguinte, acordou cedo e foi para Rhode Island. Não suportaria olhar para Cord. Não conseguia se imaginar dormindo toda noite com outra pessoa que pusesse as necessidades dela em último lugar.

Quando Sasha contou o que havia acontecido, o pai pareceu furioso. "Ele mandou um advogado aparecer com a papelada, como se você estivesse em liberdade condicional? Isso é muito errado. Se esses ricos se comportam nesse nível, é melhor não se tornar um deles."

A mãe foi mais compreensiva. "Eu estava pensando se algo do tipo ia acontecer. Essas famílias podem ser bem esquisitas quando se trata das pessoas com quem se relacionam. Isso deve ser coisa dos pais, não de Cord."

Mas Sasha não tinha certeza daquilo. Talvez fosse Cord. Talvez fossem Chip e Tilda. De qualquer maneira, era uma baita humilhação saber que a família do noivo discutira aquilo, fizera um plano contra ela e que, em vez de recebê-la de braços abertos, se protegia de sua chegada.

Ela ligou para sua amiga Jill, que trabalhava como advogada em Providence, e as duas se encontraram para tomar um café. Sasha passou o envelope de papel pardo e Jill deu uma olhada, assentindo e fazendo algumas anotações a lápis em um bloquinho. "É um acordo pré-nupcial bem generoso, Sasha. Normalmente pediríamos mais algumas coisas, mas, de modo geral, é daí pra pior."

"Mas você acha normal? Com que frequência as pessoas assinam esse tipo de acordo?"

"Acho que de cinco a dez por cento da população assina, mas é bastante comum entre gente com dinheiro, claro."

"É difícil não me sentir ofendida. Parece que Cord pensa que estou querendo roubar o dinheiro dele."

"Tenho certeza de que para a família dele isso é tão normal quanto colocar aparelho nos dentes ou furar as orelhas, mais um passo rumo à vida adulta. Não necessariamente quer dizer alguma coisa", Jill disse. Sasha queria acreditar na amiga, queria deixar para lá, mas quando não conseguia dormir à noite ouvia a voz dele, falando baixinho, mas com sinceridade: "Eu nunca escolheria ninguém antes da minha família".

Nenhum amigo de Sasha dos tempos de faculdade morava em Brooklyn Heights. Via de regra, eles moravam em bairros a que só se chegava com uma baldeação no metrô ou de ônibus, bairros onde os mercadinhos vendiam salgadinhos apimentados em forma de cone que machucavam a língua, bairros onde a água dos canais tinha uma leve coloração de lavanda. A colega de quarto de Sasha no primeiro ano, Vara, escolhera se mudar para Red Hook, que, embora ficasse a dez minutos de bicicleta, parecia a uma centena de quilômetros (ou anos) de distância. O loft descolado de Vara na Ferris Street era próximo à água, com uma refinaria de açúcar e um estaleiro desmoronando lindamente diante do Buttermilk Channel. Guindastes transportavam contêineres de um lado para o outro no terreno ao lado, as calçadas eram grafitadas, e os galpões da vizinhança eram alugados todo fim de semana para casamentos hipsters.

Nas quartas à noite, Vara organizava o Taça e Traço, um evento no qual oferecia um vinho péssimo e um modelo nu a antigos colegas de classe que tivessem dez dólares para gastar. Cord andava trabalhando até tarde e Sasha estava com saudade dos amigos, então pôs o capacete, desceu a colina de bicicleta e chegou cinco minutos antes do horário. Sasha enfiou uma nota de dez dólares na lata de café à porta e escolheu um banquinho diante de um cavalete bem no meio do espaço, perto de Vara, para que pudessem fofocar enquanto desenhavam.

Vara estava vestida de maneira excêntrica como sempre, com um avental de lona por cima de uma blusa cropped e calça pink de seda e cintura alta. Seu cabelo preto comprido e cacheado caía sobre as costas, e ela usava óculos de armação dourada que Sasha nunca havia visto.

"Ei, me deixa ver isso daí." Sasha tentou pegar os óculos do rosto da amiga.

"Não, não, fico cega sem eles." Vara abaixou a cabeça e a afastou.

"É de mentira, né? Você não precisa de óculos."

"Preciso muito, para com isso." A voz dela saiu gritada e aguda.

"Hum, tá, então a partir de agora toda vez que a gente se encontrar você vai estar com esses óculos?"

"Bom, provavelmente não *esses* óculos", Vara se esquivou. "Vai depender da roupa."

"Sei, sei." Sasha sorriu.

Um bom grupo tinha se reunido aquela noite. Tammie, namorada de Vara, abria garrafas de vinho tinto e branco, cheirava a rolha e fazia careta.

Simon, um pintor com a cabeça raspada, cumprimentou Sasha com um beijo e depositou sua contribuição na lata. Zane, com cabelo bagunçado e tênis de skatista, trabalhava em uma fundição, desenhando tipos para impressão. Allison havia levado o cachorro, um velho labrador sonolento, que logo se acomodou aos pés dela e adormeceu. Sasha se serviu de um belo copo de vinho branco, tomou um gole e estremeceu. Era mesmo horrível, mas talvez aquilo fosse parte do charme da noite.

Mais e mais pessoas chegavam e se acomodavam, só que Vara não parava de verificar o celular, olhando com a cara fechada e parecendo irritada. "Argh, contratei um modelo novo, mas ele não está atendendo o telefone. Não faço ideia de onde ele está."

Sasha gemeu. Nas noites em que o modelo não aparecia, um dos participantes tinha que substitui-lo. A pessoa ficava com metade do dinheiro da lata, mas era uma furada, considerando que era preciso passar uma hora e meia na mesma posição, com os músculos gritando e os pés adormecidos. Da última vez que Sasha precisara fazer as vezes de modelo, passara uma semana com torcicolo.

Às sete e quinze, Vara desistiu de esperar o modelo e colocou uma dúzia de pincéis em um pote, um deles com a ponta azul. Quem perdesse posaria para os outros. Um a um, eles escolheram os pincéis, às cegas, e Sasha respirou aliviada quando percebeu que o seu não tinha nada de diferente. Quando Zane puxou o pincel com a ponta azul, soltou um palavrão. "Eu peguei a porra do pincel azul em fevereiro. É foda", ele reclamou enquanto tirava a camisa de manga comprida e virava o restante do vinho. Zane foi até o meio da sala, desabotoou a calça jeans e deixou que escorregasse até o chão. Estava irritado, e Sasha teve que se segurar para não rir. Era impagável ficar olhando para alguém fumegando com a bunda à mostra por noventa minutos. Bem naquela hora, a porta se abriu e um grandalhão tatuado entrou correndo. Ele deixou a mochila no chão e pediu desculpas, sem graça. O modelo havia chegado.

"Boa!", Zane exclamou, puxando a calça, vestindo a blusa e voltando para seu banquinho. Todos bateram palmas, e Vara deu alguns tapinhas no ombro dele. Era divertido, Sasha pensou. Embora ela já tivesse visto boa parte dos amigos nus em algum momento das aulas de desenho, aquilo era a coisa menos sensual do mundo. Mesmo assim, Sasha preferia quando havia um modelo profissional. Muitas vezes eram atores, que conferiam uma energia específica à pose, ou eram pessoas bem mais velhas, com um corpo tão diferente do dela que Sasha podia se perder completamente estudando o movimento da luz na pele. Ela adorava desenhar homens musculosos ou com barriguinha, mulheres com cicatrizes ou panturrilhas grossas e fortes — qualquer pessoa com uma aparência diferente, qualquer pessoa que a fizesse parar por um instante e ter uma nova perspectiva sobre as formas humanas.

Sasha deixou o copo plástico de lado e começou a desenhar. Em minutos, a sala ficou em silêncio, e o barulho dos lápis desenhando era interrompido apenas por um murmúrio ocasional ou o farfalhar do papel. Enquanto desenhava, Sasha pensava em como sua realidade devia parecer estranha à família de Cord. Ela se perguntou se Tilda já havia visto um corpo nu que não fosse o do marido — ou até mesmo se já tinha visto o dele próprio.

Mais tarde naquela noite, enquanto voltava de bicicleta para casa, um pouco tonta, Sasha pensou em sua cidade natal. Talvez adorasse o bairro de Vara porque a fazia se lembrar de Rhode Island. Diferente de Brooklyn Heights, que vivia lotado de turistas e pais com pouca idade e muito dinheiro, Red Hook era um bairro de trabalhadores. O lugar fazia sentido para Sasha, de maneira diferente.

Em Rhode Island, Mike Michaelson deixava seu bote em um trechinho de costa fluvial perto da casa dos pais de Sasha. Claro que a maior parte das pessoas deixava seus botes no quintal ou pagava para deixá-los acorrentados no ancoradouro, mas Mike Michaelson tinha no mínimo oitenta anos, e ninguém esperava que o homem arrastasse seu barco por um quarteirão inteiro até sua casa — ele sempre o mantivera lá. Então, um ano, uma família nova comprou a casa gigante que ficava do outro lado da rua e disse que o gramado na margem do rio pertencia a eles, segundo o que indicava a escritura. Uma placa pequena em que se lia PROPRIEDADE PRIVADA: PROIBIDO BARCOS foi posta ali. O bote de Mike Michaelson continuou onde sempre esteve, e no dia seguinte outro se juntou a ele. Depois, um terceiro. Logo, havia trinta botes na costa, e todo mundo que passava a caminho do ancoradouro dava risada. Os proprietários logo tiraram a placa.

Quanto mais Sasha tentava se encaixar na família de Cord, mais pensava naqueles botes. Cada sociedade tinha suas tradições, seu conhecimento institucional, sua percepção do melhor jeito de fazer as coisas. Quem crescia onde nevava sabia que devia levantar os limpadores de para-brisa antes de uma nevasca. Em Lower Road, quem desenterrava o carro da neve e saía com ele depois punha uma cadeira de praia no lugar para garantir que sua vaga continuaria ali. Quem levava seu barco de volta para o rio mantinha as boias vermelhas à direita e cuidava do sulco ao redor dos barcos menores. No bar, um porta-copos em cima de uma caneca de vidro significava que havia gente ali e a bebida não devia ser retirada. Aquelas regras estavam tão profundamente arraigadas em Sasha que ela mal precisava pensar a respeito, mas, de repente, com Cord, via-se sujeita a uma variedade muito diferente de sutilezas sociais: era preciso limpar as linhas da quadra de saibro depois de uma partida; nunca se devia vestir jeans para ir ao clube; nunca se devia aparecer de cabelo molhado; sempre se dizia "é bom ver você", e nunca "muito prazer", mesmo que você tivesse certeza de que não conhecia a outra pessoa.

Sasha se sentia inadequada em noventa por cento do tempo, mas também se sentia como Molly Ringwald em um filme dos anos 80, com todas as outras pessoas fazendo o papel do vilão engomadinho. O mundo de Cord era cheio de moças certinhas, que usavam os brincos da avó, camisas impecáveis e mocassim, todas cópias de si mesmas e sem nenhum sex appeal. Sasha desconfiava de que, caso as visse peladas, seu corpo seria tão liso e reto quanto o de uma Barbie. Jurava para si mesma que o dia em que amarrasse uma blusa de tricô sobre os ombros seria o dia de sua morte.

Quando Cord sugeriu que eles se mudassem para a casa na Pineapple Street depois de se casarem, Sasha hesitou. Era um imóvel grande e bonito, claro, mas no qual ela não se sentia confortável. Sasha adorava seu apartamento em um prédio com porteiro em Downtown Brooklyn. As janelas iam do chão ao teto, com vista para toda a Manhattan do outro lado do rio. Era um prédio novo, com paredes brancas e detalhes cromados, e Sasha adorava como era minimalista e moderno. Ela mantinha o apartamento sempre arrumado, com livros e vasos nas estantes e nada nas paredes, para descansar a vista depois de um dia trabalhando no Photoshop.

A casa na Pineapple Street não tinha nada de minimalista — às vezes, Sasha achava que a desordem era tanta que ia acabar tendo um ataque epiléptico, como se fosse atacada por luzes estroboscópicas. "E se em vez de nos mudarmos para a Pineapple Street fôssemos para o meu apartamento depois de casar?", ela perguntara a Cord, tentando persuadi-lo.

"Seu apartamento só tem um quarto, e queremos filhos. Em um ano teríamos que nos mudar novo. Não temos nem o que discutir, Sasha. Meus pais estão simplesmente nos *dando* uma casa de quatro andares."

Ela sabia que Cord queria muito morar lá, sabia que ele adorava o lugar. Portanto, mesmo que deixar seu apartamento repleto de janelas acabasse com ela, acabou concordando.

Sasha sentiu imediatamente a tensão que se criou com Darley e Georgiana. Não sabia se estavam bravas por Chip e Tilda terem deixado o lugar ou por ela, alguém de fora, ter ido morar lá, mas sem dúvida algo surgia no ar sempre que tocavam no assunto da mudança. A princípio, Sasha até entendeu, mas depois aquilo começou a cansá-la. Sim, as duas haviam crescido naquela casa, mas cada uma agora tinha seu apartamento. E uma casa de campo em Spyglass Lane. E o apartamento na Orange Street. Através da empresa de Chip e Cord, elas eram donas de metade de Downtown Brooklyn e Dumbo. Tinham inúmeras propriedades, e iam se irritar com Sasha morando em um lugar que era uma mistura de *Antiques Roadshow* e *Acumuladores compulsivos*? Eram duas mimadas. Não havia outra palavra para aquilo.

Sasha não se ressentia por os Stockton sempre haverem tido dinheiro, porque ela mesma tinha sorte. Nunca perdera uma excursão da escola, fizera aula de piano e ginástica artística, jogara softbol. Mas também passava aspirador no próprio quarto, colocava a louça na máquina depois do jantar e tirava o lixo quando era seu dia de fazê-lo. Cord nem limpava a pia depois de se barbear, certo de que haveria alguém para fazer aquilo. Na adolescência, Sasha trabalhava depois da aula e durante as férias. Vendia árvores na loja de jardinagem e atendia ao telefone na companhia de eletricidade. Seus irmãos entregavam o jornal e peças de barco na marina.

Enquanto isso, Cord e as irmãs praticavam esportes, iam ao acampamento de verão e faziam estágios não remunerados. Eles podiam passar as férias enriquecendo a mente e o corpo, enquanto Sasha passava as férias ganhando dinheiro para pagar a faculdade.

O estranho era que Sasha não trocaria de lugar com eles. Adorava trabalhar na loja de jardinagem (já a companhia de eletricidade era um pouco menos pitoresca); mesmo nos piores dias, pelo menos ela aprendia alguma coisa. Sasha queria ser bem-sucedida e compreendia que, se quisesse deixar sua marca em algo importante, precisava botar a mão na massa. Tinha feito carreira como designer e era capaz de se sustentar, tudo aquilo sem a ajuda de ninguém. No entanto, agora se via morando na casa da Pineapple Street, sentindo-se como uma intrusa, enquanto Georgiana alinhava um bote ao lado do outro naquele pedacinho ridículo de margem.

Sasha pedalou colina íngreme acima. Quando chegou em casa, levou a bicicleta até o porão, trancou a porta e deixou a chave na mesa da sala de visitas, lutando contra o estranho mau humor que a dominava. Então ouviu jazz tocando baixo. Sentiu cheiro de alho e tomate e se deu conta de que estava morrendo de fome. Cord saiu da cozinha com um punhado de talheres na mão e, quando a viu, seus olhos se iluminaram. "Minha pequena Van Gogh!", exclamou, abraçando-a. "Como está essa orelha?" Ele fingiu examiná-la enquanto beijava seu pescoço. Sasha não se sentia em casa, não estava em Red Hook, mas, depois de jantar macarrão e ir para a cama com Cord, tampouco sentia que havia puxado o pincel com a ponta azul.

Oito

GEORGIANA

Se a mãe de Georgiana tinha uma fraqueza, eram roupas. E vinho. E colocar a bola no corredor quando jogava em duplas. E repressão. E fofoca. E fazer compras na internet tarde da noite. E uma vez Georgiana a vira tentando fumar um charuto em uma festa, e fora como ver um baiacu tentando assobiar, mas isso é irrelevante. O ponto era que a mãe tinha uma coleção gigantesca de roupas, e sempre que Georgiana era convidada para uma festa à fantasia recorria ao guarda-roupa dela.

Das profundezas do closet da mãe, Georgiana escavara as seguintes fantasias: participante do reality show *Mães e Divas* (um vestido branco colado ao corpo, colar multicolorido e um travesseiro fazendo as vezes de barriga de grávida), papisa sexy (uma pashmina dourada amarrada como um top, calça branca de perna larga e um chapéu feito com um saco de farinha King Arthur) e Ruth "Baby" Ginsburg (por algum motivo inimaginável, a mãe tinha um *colarinho de renda*, mas ela tivera que comprar a chupeta na farmácia). Quando Georgiana ficara sabendo que o tema do aniversário de Sebastian, um amigo do ensino médio, seria "oligarca chique", as possibilidades eram tantas que ela nem sabia por onde começar. A mãe tinha mais peles que o zoológico do Bronx, além de inúmeros vestidos com penas e até mesmo uma coroa (que ela tentara fazer Darley usar em seu casamento, o que a filha prontamente recusara).

Na quarta-feira, depois do trabalho, Georgiana deu uma passada na casa dos pais para considerar suas opções. Eles estavam em casa. Berta estava fazendo pato com arroz jasmim, e a mãe serviu uma taça de vinho tinto para a filha e outra para si mesma enquanto supervisionava o assalto a seu guarda-roupa. (Tilda ofereceu um canudinho para que Georgiana não manchasse os dentes, mas a filha preferiu beber como uma pagã.) Georgiana encontrou um vestido longo de paetê preto que ficaria perfeito se não fosse quente demais. Também achou uma jaquetinha branca de pele de coelho tão macia que não conseguia parar de passar a mão nela. Havia até brincos na forma de panteras tão maravilhosamente espalhafatosos que Georgiana teria tirado sarro deles se não fossem de diamantes e tivessem o mesmo preço de um sedã médio.

"Seu amigo estará na festa?", a mãe perguntou, aparentando indiferença enquanto pegava um macacão de seda branca e o esticava sobre a otomana.

"Não, é uma festa com o pessoal da escola. Lena, Kristin e o resto da turma." Georgiana provou um vestido de couro e começou a suar na mesma hora. Era costume falar que não se devia usar sapato branco depois do Dia do Trabalho, mas vestidos de couro depois do Primeiro de Abril eram ainda menos práticos. Ela o deixou no chão e examinou os vestidos de paetê no fundo do closet. Estava de sutiã e calcinha, consciente de sua nudez parcial diante da mãe. Era engraçado como o corpo delas era ao mesmo tempo parecido e diferente. Só de ver a mãe na praia e experimentando roupas, Georgiana sabia como ficaria dali a quarenta anos. As duas tinham o mesmo biotipo: eram altas com quadris estreitos, ombros largos e seios pequenos. A barriga da mãe era mole e enrugada, e tinha uma dobra na parte inferior, onde três bebês tinham sido gestados; a barriga da filha era reta e um pouco mole também, mas de beber muita cerveja nos fins de semana. Georgiana era mais forte, mas sabia que a mãe estava em excelente forma para a idade, e isso graças à sua pura força de vontade, principalmente porque se recusava a perder a coleção de roupas que havia montado ao longo de quarenta anos.

Georgiana acabou escolhendo um vestido dourado decotado, salto alto com tiras e tachinhas, óculos escuros Chanel bem grandes e um chapéu com estampa de oncinha. Também queria pegar joias emprestadas, como um anel com um rubi do tamanho de uma jujuba, mas a generosidade da mãe tinha limites.

Antes do jantar, os convidados iam todos se reunir no apartamento de Sebastian no East Village, para irem juntos a Brighton Beach, em um ônibus-balada. A festa aconteceria em um salão de baile russo, e Georgiana admirou o comprometimento dos amigos com o tema. Os homens estavam de camisa parcialmente desabotoada, deixando metade do peito cheio de colares de ouro à mostra. As mulheres usavam todo tipo de pele e couro, apesar do calor, mas de alguma forma o traje oligarca chique havia se transformado em algo parecido com um visual balada anos 90, com os olhos bem delineados, os cabelos armados e os saltos bem altos.

Havia um bar no fundo do ônibus, com vodca e garrafas magnum de champanhe. Quando o motorista acendeu as luzes coloridas de discoteca, com o ônibus sacolejando, Georgiana se sentiu como se já estivesse bêbada, embora ainda fossem sete da noite. Além de Lena e Kristin, Sebastian tinha convidado os amigos de sempre e seu colega de quarto do primeiro ano, Curtis McCoy. Georgiana não o conhecia muito bem, mas havia ido à casa da família dele em Martha's Vineyard com Lena uma vez e descoberto que eles eram donos de todo o condomínio e que os Clinton e os Obama já haviam passado o verão em casas ali. A riqueza de Curtis era de outro nível. O pai dele era um CEO da indústria bélica, o que fazia Georgiana se sentir desconfortável com Curtis, como se o fato de sua família produzir mísseis o tornasse instantaneamente perigoso e alguém de quem era melhor manter distância.

Quando chegaram ao salão de baile, desceram do ônibus e passaram ao vestíbulo. De repente, Georgiana se sentia como se estivessem entrando de penetra em um casamento, diante das famílias com adolescentes de terno e mulheres de meia-idade com vestidos de cetim drapeado. Um homem de camisa branca engomada os conduziu até uma mesa bem no meio do salão, e um enxame de garçons começou a servir vodca e travessas enormes de picles e peixe defumado, panquecas com pilhas de ovas rosadas e frias, carne fatiada e *blini* recheado com queijo. Sebastian e os amigos pularam a comida e se concentraram em beber, mas Georgiana sabia que, se não tomasse cuidado, acabaria ficando mal, portanto fez um prato de *blini* e picles.

Devia haver umas trezentas pessoas no salão, comendo, bebendo e sobretudo ignorando as duas mulheres em vestidos estilo Jessica Rabbit no palco que cantavam "The Climb", da Miley Cyrus. Noite adentro, outros artistas subiram ao palco e grupos se dirigiram à pista de dança. Os homens, agora totalmente bêbados, tiravam selfies com torres de garrafas vazias de vodca sobre a mesa. Lena e Kristin quiseram dançar, e Georgiana as acompanhou até a pista, feliz por não ter escolhido o casaco de pele quando se juntou à multidão suada. Era como um bat mitzvah exagerado, como estar no palco no show do intervalo do Super Bowl. O fato de todas as outras pessoas ali serem russas e morarem a cerca de uma hora da região de Nova York que frequentavam permitia que dançassem como loucas, com suor escorrendo pelas têmporas, sentindo a maquiagem cuidadosamente aplicada se esvair.

Georgiana precisou fazer xixi e deixou a pista para encontrar um banheiro. Subiu uma escada de mármore que dava em um lindo lounge cheio de cadeiras acolchoadas e espelhos com moldura dourada. Secou o rosto com o papel-toalha e retocou a maquiagem na cabine do banheiro, que tinha uma penteadeira. Tirara o chapéu já fazia tempo e usava os óculos escuros Chanel na cabeça. Seus pés doíam e Georgiana estava morrendo de sede, então em vez de voltar para a pista seguiu o labirinto de corredores atapetados até a mesa, onde viu Curtis sentado sozinho. Meio altinha e mais simpática, Georgiana pegou uma água e puxou a cadeira ao lado dele.

"Oi, Curtis. Está se divertindo?", ela perguntou, com um sorriso.

"Não muito." Ele fez uma careta, e seus olhos passaram brevemente por Georgiana antes de desviarem para além dela.

"Por que não?"

"O fato de me perguntar isso significa que nem vale a pena entrar no assunto", ele disse.

"Quê?" Georgiana ficou confusa. Por que Curtis estava sendo grosseiro com ela?

"Tem ideia de quão absurdo é tudo isso? Nem consigo acreditar que estou aqui."

"De quão absurda é esta festa? Não, acho que não tenho ideia", Georgiana respondeu, irritada.

"Você acha que é legal um bando de jovens brancos e ricos que se conheceram em uma escola particular se fantasiar para tirar sarro de um grupo imigrante no bairro deles? Não vê nenhum problema nisso?"

"O traje é oligarca chique. Estamos tirando sarro dos ricos. E russos são brancos", Georgiana disse, intrigada.

"Como eu disse, o fato de você perguntar significa que não vale a pena discutirmos isso. Belos óculos escuros." Curtis deu as costas para ela e pegou o celular.

"Vai se foder, Curtis. Você nem me conhece."

"É claro que eu te conheço. Você é uma menina mimada que vive do dinheiro da família que enriqueceu no ramo imobiliário e só tem uma leve noção de que existe todo um mundo além do um por cento mais mimado."

"Enquanto você mora na periferia e passou muito perrengue na vida? Por acaso não estudou em Princeton?"

"Ah, então você está dizendo que *não* vive do dinheiro da família?"

"Trabalho para uma organização sem fins lucrativos que fornece assistência médica em países em desenvolvimento", Georgiana disse, fria.

"E quem paga seu aluguel?"

"O apartamento é meu."

"Porque seus pais te deram."

"Comprei com o dinheiro que meus avós deixaram para mim, não que isso seja da sua conta."

"E como foi que eles conseguiram esse dinheiro?"

"Bom, uma parte foi herdada..."

"Então sua família enriqueceu sendo rica."

"Não, meu avô trabalhou muito duro."

"O que ele fazia exatamente?"

"Investia em propriedades imobiliárias."

"Gentrificação." Curtis assentiu, convencido, como se isso confirmasse o que estava querendo dizer.

"Você é um cretino."

"Devo ser mesmo. Mas pelo menos tenho noção disso. Divirta-se ridicularizando pessoas que não chegaram no *Mayflower*." Curtis afastou a cadeira da mesa e saiu do salão. As bochechas de Georgiana estavam pegando fogo. Para seu horror, ela sentiu uma lágrima rolar até o canto de sua boca, então enxugou-a depressa, pegou um copo qualquer da mesa, encheu de vodca e deu um gole. Curtis era um babaca.

Naquela noite, enquanto o ônibus-balada passava pelo Belt, Georgiana olhou em volta. Claro que seus amigos tinham sorte, claro que tinham vantagens muito injustas, mas ela os conhecia e sabia que eram boas pessoas. Lena e Kristin se deitariam no meio da rua por ela. Votavam nos democratas, faziam doações a ONGs em prol da saúde reprodutiva das mulheres e para museus. Suas famílias eram membros de conselhos, pagavam por mesas inteiras em eventos beneficentes, davam gorjetas generosas. Os pais de Georgiana tinham pagado a faculdade dos filhos de Berta. Curtis McCoy era um hipócrita afetado. Mas Georgiana continuava abalada pela conversa. Quando acordou na manhã seguinte, cheirando a picles e bebida, não sabia quanto sua ressaca era física e quanto era remanescente da crueldade fortuita de Curtis.

Ela não conseguia levantar o astral. Ficou o domingo todo daquele jeito, sentindo-se como se tivessem acabado de lhe contar que um incêndio destruíra seu apartamento, que tinham descoberto que avocado dava câncer ou outra notícia terrível. Era besteira. Um bilionário idiota cuja família vendia bombas para o governo achava que *ela* era uma má pessoa. Aquilo era risível, na verdade.

Naquela noite, Georgiana foi até a Pineapple Street e deixou o vestido de seda da mãe na lavanderia. A regra era que podia pegar emprestado o que quisesse, desde que devolvesse limpo, só que Georgiana descobrira uma brecha: o cartão de crédito da mãe estava cadastrado na lavanderia, e eles ainda entregavam na casa dela, de modo que era só deixá-lo lá que o trabalho estava feito.

Cord e Sasha tinham convidado a família para um jantar, e ela cogitou por um momento parar na loja de vinhos para comprar uma garrafa, embora soubesse que a mãe sempre levava o bastante para todos. Georgiana ainda tinha a chave da casa, então simplesmente entrou e tirou os sapatos à porta.

"Cord! Darley! Cheguei!", ela gritou, indo para a cozinha. Sasha estava se desdobrando, tirando um frango assado do forno, polvilhando a salada com amêndoas laminadas e transferindo o arroz quentinho da panela para uma tigela. A mãe estava debruçada sobre sua Le Creuset, vigiando o que parecia ser um ragu de cordeiro, enquanto Darley dispunha com cuidado palitos de peixe empanado no forninho. A cozinha estava quente e movimentada, e Georgiana sentia a discórdia no ar, como um campo invisível que a repelia em direção ao corredor e então até seu pai na sala de visitas. Malcolm também tinha ido se esconder ali, enquanto Poppy e Hatcher brigavam para decidir quem seria o cachorro no Monopoly.

"Oi, pai, oi, Malcolm, oi, crianças." Georgiana cumprimentou todos com um beijo, depois se jogou no sofá ao lado dos sobrinhos. Sem demonstrar muito entusiasmo, ficou ouvindo o pai ensinar as regras do jogo aos pequenos enquanto brincava com a franja do tapete persa e relembrava as palavras de Curtis: *Então sua família enriqueceu sendo rica.* Era verdade, claro. Mas a culpa não era do pai. Ele não era preguiçoso, não era egoísta; era um investidor no mercado imobiliário, que ajudava a construir prédios onde as pessoas trabalhariam e viveriam. O que devia fazer? Deixar que prédios antigos simplesmente se deteriorassem? Era trabalho do pai fazer a cidade avançar. Ele recompensava os sócios, ficava preocupado com eles quando o mercado sofria uma baixa, trabalhava até altas horas da noite, acordava cedo toda manhã. O pai encarava o trabalho como um empreendimento pessoal: sabia que estava a seu alcance deixar a cidade mais bonita e queria deixar sua marca. Era fácil dizer que dinheiro era a fonte de todos os males, mas muitas das coisas que o dinheiro podia comprar proporcionavam mais dignidade, saúde e conhecimento.

Georgiana olhou para o cunhado, que estava brincando com as crianças. Malcolm não herdara dinheiro como eles, mas seu pai era químico analítico; ele tivera uma vida confortável e agora trabalhava no mercado financeiro. Malcolm não salvava a vida das pessoas — ele trabalhava em um banco —, mas seu conhecimento e sua pesquisa ajudavam a manter a indústria aérea de pé, aparando as arestas de um setor que consistia em conectar pessoas no mundo todo. Havia certa honra naquilo. E ninguém poderia questionar a dedicação de Malcolm à sua profissão. Pelo que Georgiana sabia, ou ele estava trabalhando ou estava com Darley e os filhos. Enchia sua família de amor. Talvez fosse o homem mais bondoso que já conhecera, e se não estivesse casado com sua irmã talvez ela acabasse meio apaixonada por ele.

Era aquele o tipo de casamento que Georgiana queria ter um dia, o tipo de casamento que ela e Darley haviam desejado para Cord. Ela e a irmã tinham ficado muito chateadas com a péssima reação de Sasha ao acordo pré-nupcial e com o que aquilo significava: que ela nunca poderia se tornar sua irmã de verdade, que nunca conquistaria a confiança que Malcolm merecia junto aos Stockton. Tinham começado a chamar Sasha de "a interesseira" depois que se mudara para a casa da Pineapple Street. Não era simpático, mas parecia justo.

Quando Cord anunciou que o jantar estava na mesa, Georgiana teve que rir. Nada combinava: havia porções pequenas de uma dezena de coisas diferentes, a decoração da mesa era sofrível e todo mundo parecia tenso e rabugento diante daquilo. Tilda estava especialmente irritada. Georgiana procurou ser política ao se servir, pegando bastante cordeiro e só um pedacinho de frango e elogiando o ragu da mãe em alto e bom som. As crianças comeram um palito de peixe empanado cada, depois ficaram um pouco debaixo da mesa antes de desaparecer para brincar em um dos quartos.

Enquanto comiam, conversaram sobre a cantora islandesa Björk, que estava vendendo seu apartamento na Henry Street por nove milhões de dólares (ela e o ex, Matthew Barney, costumavam estacionar seu iate preto no East River); a dupla de tênis da mãe (Frannie havia machucado o punho e talvez passasse semanas sem jogar, deixando Tilda desolada); e os estranhos túneis que conectavam muitas das antigas propriedades de testemunhas de Jeová na região (os túneis faziam sentido quando eram todos parte da mesma organização, mas o que fazer com um covil subterrâneo cheio de lavanderias e depósitos ligando seu apartamento ao de completos desconhecidos?). Quando perguntaram a Georgiana sobre a festa de aniversário de Sebastian, ela contou sobre o salão, a música e a comida, mas não mencionou nada a respeito de Curtis.

"Mas eu estava pensando... o traje era oligarca chique. Vocês acham isso ofensivo?"

"Quando eu estava no terceiro ano de faculdade, um grupo de estudantes foi convocado pelo comitê disciplinar por fazer uma festa de Cinco de Mayo com sombreros", Cord disse, comendo um pedaço de frango. "Na época achei meio exagerado, mas não faria uma festa dessas hoje."

"Quando eu era caloura, fizeram uma festa de cafetões e prostitutas. Todo mundo usou regatinha e brinco de argola, e os garotos davam dinheiro pras meninas em troca de beijos", Darley anunciou, com os olhos arregalados. "Ninguém nem pensou em denunciar, mas agora fico horrorizada só de pensar."

"Você foi?", Sasha perguntou.

"Fui, mas de roupa normal", Darley disse, mordendo o lábio. "Acho que com uma blusa de frio da Brooks Brothers."

"Mas, tipo, vocês acham que essa história de oligarca chique é ofensiva?", Georgiana insistiu.

"Acho que é como se fosse uma festa de casais de mafiosos ou algo assim", Malcolm arriscou. "Tipo, não é uma questão de ofender os mafiosos ou os oligarcas, mas de perpetuar estereótipos em relação aos americanos de ascendência italiana ou russa."

"Faz sentido", Georgiana concordou, querendo morrer por dentro ao ver que tinha sobrado para a única pessoa não caucasiana da família lhe dar uma lição sobre estereótipos étnicos. A conversa se desviou para *Os Sopranos* e *The Americans*, e, como acontecia com todas as conversas relacionadas a cinema e televisão, acabou com o pai dizendo que nunca havia achado Woody Allen engraçado, como se sua falta de senso de humor indicasse que intuíra os crimes do diretor graças a uma poderosa onisciência, quando na verdade ele só não gostava de *Noivo neurótico, noiva nervosa*.

Georgiana estava revirando os olhos para Cord quando Poppy chegou correndo e aos gritos na sala. "Hatcher está vomitando!"

Darley saiu em disparada, e os outros a seguiram pelo apartamento até o antigo quarto dela, onde o menino estava ajoelhado no chão, chorando diante de uma poça de vômito com uma pedrinha branca no meio.

"O que é isso?", Tilda perguntou.

Darley, que como mãe de crianças pequenas era imune aos horrores dos fluidos corporais, pegou a pedrinha branca do vômito e a estendeu contra a luz.

"É um dente."

"Um dente?", Malcolm repetiu, alarmado, acariciando as costas de Hatcher. As crianças tinham cinco e seis anos e ainda não haviam perdido nenhum dente. "Me deixa ver, filho. Qual foi?" Ele examinou a boca aberta de Hatcher. "Não estou enxergando nada."

"Aqui, usa a lanterna do meu celular." Georgiana ligou a lanterna e apontou para a boca de Hatcher, procurando o buraco onde o dente estivera.

"Não tem nenhum faltando." Malcolm franziu a testa.

"Encontramos na gaveta", Poppy sussurrou.

"Encontraram na gaveta?", Darley repetiu. "Que gaveta?"

"Achamos que era um saco de chicletes. Ali." Poppy apontou para uma gaveta ligeiramente entreaberta. Malcolm tirou de lá um saco plástico antigo cheio de coisinhas brancas.

"São todos dentes?", ele perguntou, horrorizado.

"Ah." Darley mordeu o lábio, constrangida. "São meus dentes de leite."

"Ai, meu Deus." Georgiana sentiu uma risada se formando dentro dela e se esforçou para se controlar. "Seu filho encontrou seus dentes de leite de trinta anos em um saco, achou que era chiclete, comeu e vomitou. Ai, meu Deus. Dar, isso é *incrível*." Sem conseguir se segurar mais, ela irrompeu em risos e sua ansiedade evaporou no ar. Georgiana olhou para a família e viu Poppy e Hatcher dando risadinhas hesitantes, Malcolm e Chip com uma leve cara de nojo e Darley mortificada. Quando reparou em Sasha, a interesseira parecia absolutamente triunfante.

Na terça-feira, enquanto caminhavam até a quadra, Georgiana contou a Brady sobre o fim de semana, mencionando a festa e os comentários de Curtis, mas não o episódio dos dentes, porque era nojento demais para compartilhar com um homem com quem ela esperava continuar transando.

"Meu amigo Sebastian deu uma festa de aniversário esse fim de semana em Brighton Beach e convidou um cara chamado Curtis McCoy." Quando Georgiana parou ao farol, Brady pegou a bolsa pesada que ela carregava. Ele estava sempre fazendo aquele tipo de coisa — carregando suas coisas ou pagando seu café —, o que a deixava com um friozinho na barriga de emoção. Os dois não haviam dito "eu te amo" nem nada parecido, mas Georgiana tinha certeza de que o amava e estava começando a achar que o sentimento era recíproco. "Ele é um babaca. A família dele mora em Wilton e tem, tipo, cavalos. O pai dele é CEO de um dos maiores fornecedores de armas dos Estados Unidos. O cara é dono de metade de Martha's Vineyard e..."

"Hum, George? Você está tentando me deixar com ciúme me contando sobre um bilionário bonitão com quem se encontrou no fim de semana?", Brady brincou.

"Não!" Georgiana deu um tapa no braço dele. "Estou tentando dizer que esse cara cresceu basicamente como o príncipe Harry usando fantasia de nazista e agora está querendo agir como o príncipe Harry casado com a Meghan."

"Não estou conseguindo acompanhar sua linha de raciocínio." Brady riu.

Georgiana não estava a fim de entrar na questão da apropriação da oligarquia, então simplificou. "Esse cara é mais rico do que qualquer outra pessoa que eu conheço, mas estava todo rabugento na festa, e quando perguntei o motivo ele explodiu. Me acusou de ser uma herdeirazinha mimada que lucrava em cima de pobres coitados. Falou como se eu fosse a Maria Antonieta!"

"Seus amigos parecem muito divertidos", Brady comentou, com ironia.

"Ele *não é* meu amigo." Georgiana fez beicinho. Não sabia bem aonde queria chegar com aquela conversa, mas com certeza não pretendia lembrar Brady de que era uma jovem privilegiada com amigos péssimos.

"Olha, se ele não consegue ver que você é uma pessoa incrível, melhor pra mim. Aí não vou precisar me preocupar com a possibilidade de você fugir pra viver com ele no haras ou na metade de Martha's Vineyard que ele tem." Brady tocou a bunda de Georgiana com a raquete, de brincadeira.

Algo ainda incomodava Georgiana, algo que ela queria que Brady compreendesse. "Quero ser uma pessoa incrível, mas é difícil. Ou mesmo ser uma pessoa mais ou menos boa. Tipo, nosso trabalho... Se trabalhamos em uma organização sem fins lucrativos, é porque queremos melhorar o mundo."

"Eu não." Brady franziu a testa.

"Você não o quê?"

"Não é por isso que trabalho com saúde mundial."

"Tá, então por quê? Por que não trabalha como advogado corporativo ou com investimentos?"

"Cresci assim. Com meus pais. Viajando pra diferentes países, conhecendo gente, me mudando de um lugar pra outro... essas coisas eram normais para mim. Morei três anos no Equador quando pequeno, dois anos no Haiti, morei na Índia..."

"Você estudava em casa?"

"Não, em geral estudávamos em escolas locais. No Equador, meu pai colocava a gente num quatro por quatro e literalmente atravessávamos um rio para chegar à escola. Pegar o ônibus escolar sempre me pareceu meio chato depois daquilo."

"Isso é incrível", Georgiana disse.

"Era incrível mesmo. Mas tinha partes ruins. Pegamos uma infecção de pele horrível uma vez, e demorou semanas para a farmácia receber os antibióticos certos. E algumas histórias assustadoras. Lembro uma vez no Haiti que minha mãe levou a gente a uma cachoeira. Não lembro onde meu pai estava naquele dia. Já estávamos quase indo embora quando duas mulheres apareceram com os filhos e facões na cintura. Achamos que quisessem uma carona, porque todo mundo pegava carona lá, mas queriam nossas roupas. Elas nem precisaram puxar os facões: tiramos a blusa e entregamos, depois a mochila, o chapéu, os óculos escuros. Minha mãe procurou parecer tranquila, como se ficasse feliz em lhes dar alguma coisa, mas meu irmão e eu estávamos morrendo de medo."

"E depois disso vocês quiseram voltar para casa?"

"Na verdade, não. Tipo, todo mundo que cresceu em Nova York nos anos 80 foi assaltado em algum momento. Deve ser mais ou menos a mesma coisa."

Georgiana riu.

"Bom, pra mim, nosso trabalho é normal. Fora que me permite viajar. Fico facilmente entediado." Brady deu de ombros.

Estaria sendo modesto? Georgiana sabia que Brady suava a camisa, porque passara mais tempo do que queria admitir lendo sobre seu trabalho em hospitais locais e vendo fotos dele em campo. Georgiana e Brady chegaram à quadra, trocaram de calçado e começaram a jogar, mas as palavras dele ecoavam na cabeça dela sem parar: *Fico facilmente entediado*.

* * *

Parte do trabalho de Georgiana consistia em coordenar a presença da organização na Conferência pela Saúde Global, em Washington, D.C. Ela nunca viajara a trabalho, e nas semanas que antecederam o evento conseguiu comentar aquilo em tantas conversas casuais que seus amigos começaram a provocá-la.

"Sim, você é uma mulher adulta, George. Que legal." Lena riu. Ela viajava a trabalho com o chefe o tempo todo, e até mantinha um nécessaire já pronto debaixo da pia do banheiro para só incluir na mala.

Georgiana vinha fazendo hora extra para montar o estande da organização. Tinha mandado a sinalização para o centro de convenções, reservado o espaço, enviado folhetos atualizados para impressão e até providenciado ampliações enormes e brilhantes de fotos recentes da equipe em ação, embora o rosto de Brady aparecesse somente em uma. (Em particular, ela se perguntava se seria esquisito se a roubasse e a guardasse em seu apartamento.)

Como eles eram uma organização sem fins lucrativos, a conferência inteira devia ser planejada da maneira mais econômica possível, de modo que todos os participantes, desde o cargo mais baixo (Georgiana) até a diretoria, precisariam dividir o quarto com outra pessoa. Georgiana ficaria com Meg, do departamento de captação de recursos. Apenas alguns anos mais velha que ela, Meg era uma pessoa superintensa, que mantinha um pote gigante de Advil ao lado do computador e tomava três comprimidos toda tarde, porque não suportava a pressão dos prazos que recaíam sobre ela. Estava sempre de calça social, sapatilha e camisa, com o cabelo loiro e armado preso em um rabo de cavalo bastante sóbrio. Não usava maquiagem, raramente sorria e se comportava como se um dia fosse concorrer à presidência, um projeto sob constante ameaça de qualquer erro de digitação ou deslize verbal que pudesse cometer. Georgiana achava que ela era uma mistura de Tracy Flick, do filme *Eleição*, e Ann Taylor.

Brady também ia para Washington, e Georgiana tinha devaneios elaborados e meio bobos envolvendo os dois subindo os degraus do Lincoln

Memorial e dando risada, depois tirando selfies lá em cima, com o Passeio Nacional se estendendo atrás deles. Na verdade, ela não sabia nem se o veria muito, que dirá a estátua gigante do presidente. Georgiana ficaria o tempo todo no estande, distribuindo folhetos e conduzindo os participantes até seus painéis, enquanto Brady assistiria a palestras sobre técnicas de liderança, desafios políticos em diferentes regiões e boas práticas aprendidas com outros setores. Ele até ia falar um dia, como parte de um pequeno painel sobre superação de barreiras linguísticas na assistência médica. Era bem sexy, na verdade.

No fim de semana antes da conferência, Brady entrou no apartamento de Georgiana depois de terem corrido e notou a mala cuidadosamente preparada no chão. "Sério que você fez a mala com quatro dias de antecedência?", ele perguntou, rindo.

"É minha primeira viagem a trabalho!", ela disse, na defensiva, sentindo-se um pouco constrangida.

"Você vai escrever isso no seu crachá ou prefere simplesmente contar a tudo mundo que encontrar?"

"Ah, imaginei que fossem fazer algum tipo de cerimônia em minha homenagem. Não vão?" Georgiana tirou a camiseta molhada e bateu em Brady com ela. "Ou que fosse ter um bolo decorado com 'Primeira Conferência' me esperando no estande."

"É, não sei se isso cabe no orçamento. Um bolo custaria pelo menos quinze dólares, e estamos contando os centavos." Brady pegou a camiseta molhada das mãos de Georgiana e a jogou no cesto de roupa suja.

"Não consigo acreditar que a gente vai ter que dividir quarto. É tão esquisito. Queria poder dividir com você, pelo menos." Ela tirou a camiseta de Brady por ele.

"Bom, vou ficar com Pete, que talvez vá embora depois do painel dele, então talvez eu tenha o quarto só pra mim já na segunda noite. Você pode furar a festa do pijama com Meg e se juntar a mim. A menos que tenham grandes planos de fazer pedicure e skincare juntas."

"Acho que robôs não têm dedos dos pés", Georgiana brincou. "Vai ser tão divertido! Nós dois juntos em D.C.! Adorei." Ela o beijou, e os dois nem se deram ao trabalho de enxugar o suor antes de ir para a cama. O amor às vezes era meio nojento mesmo.

* * *

Quando chegou ao centro de convenções na terça-feira, puxando sua mala perfeitamente arrumada, Georgiana ficou aliviada ao ver que os novos pôsteres haviam sobrevivido ao transporte e que o estande havia sido montado exatamente como prometido. Georgiana trabalhou sozinha, montando os displays de plástico e enchendo-os de folhetos com duas dobras, dispondo livros nas mesas e afixando as ampliações aos quadros de cortiça. A bem da verdade, não tinha ideia do que estava fazendo, mas o cara que ocupara seu cargo antes havia deixado um manual de instruções detalhado, que ela seguira à risca, torcendo pelo melhor. Quando terminou, Georgiana estava toda suada e suja da viagem de trem e do esforço físico, portanto foi para o hotel se trocar e encontrar o restante da equipe.

Meg já estava no quarto quando ela chegou, desfazendo a mala e pendurando seus terninhos e blusas no pequeno guarda-roupa.

"Oi, colega de quarto", Georgiana brincou, jogando-se na cama ao lado da janela.

"Ocupei só metade dos cabides, então ainda tem bastante espaço para suas coisas." Meg levantou os olhos da mala por um momento. "Gosto de tomar banho à noite, então você pode ficar com o banheiro de manhã, ou podemos decidir quem usa primeiro."

"Ah, legal. Na verdade, estou toda suada de ficar montando o estande, então pensei em tomar um banho antes do jantar. Você sabe se o pessoal vai sair?"

"Gail e eu vamos encontrar nossos pares do PeaceWorks, mas com certeza vai alguém do trabalho no bar do hotel mais tarde." Meg franziu a testa enquanto espanava um mocassim e depois o colocava com cuidado no chão do armário.

Quando Georgiana saiu do banho, Meg já tinha ido embora. Ela vestiu uma calça jeans e uma blusa bordada e desceu para o bar com o livro que estava lendo, a biografia de Roger Federer. Pediu vodca com refrigerante e um sanduíche de peru e se alternou entre ler e ficar observando as pessoas enquanto comia. Parecia que a maioria dos hóspedes do hotel estava ali por causa da conferência. Havia muitas mulheres brancas usando sáris, um estilo que já estava saturado no escritório, porque todo mundo que voltava da Índia chegava carregado de seda, que passava a usar em plena Nova York, com tamancos nos pés e o cabelo grisalho ou tingido com henna. De sua parte, a mãe de Georgiana preferiria ir ao Colony Club de roupão de banho a usar sári e tamancos.

Às nove, Georgiana tinha terminado seu sanduíche e sua bebida. Como não estava particularmente a fim de ficar sozinha no bar do hotel, voltou para o quarto, vestiu o pijama e ficou lendo na cama até Meg chegar, às dez, e entediá-la com seus comentários sobre os excelentes contatos que fizera no jantar. Se aquilo era viajar a negócios, Georgiana não entendia qual era a graça.

O dia seguinte se passou em um borrão no estande. Georgiana se sentia como uma comissária de bordo, repetindo sempre as mesmas frases com um sorriso fixo no rosto e os pés doendo de tanto ficar de pé sobre um carpete tão fino que era como se ela pisasse diretamente no concreto. O próprio centro de conferências parecia um aeroporto. Perdia-se a noção do tempo ali, e as pessoas corriam de um lado para o outro como formigas, tomando água de garrafinha e usando crachás laminados no pescoço. A diferença era que naquele caso não havia bares, e Georgiana poderia matar alguém por uma dose de vodca para espantar o tédio.

Ela não viu Brady o dia todo, mas às cinco da tarde recebeu uma mensagem dele:

Pete foi embora. Às dez no quarto 643?

Georgiana respondeu com um sinal de positivo, já sentindo os pés doerem um pouco menos. No quarto aquela noite, Meg se vestiu para jantar, trocando a camisa e a calça social por uma combinação quase idêntica. Georgiana estava mexendo no celular, tentando decidir onde jantaria antes de encontrar Brady, quando Meg soltou um palavrão alto.

"MERDA! Estou com uma espinha! Que profissional..." Ela examinava o queixo no espelho em cima da cômoda, com a testa franzida.

"Tenho corretivo, se quiser", Georgiana ofereceu, já pegando seu nécessaire de maquiagem ao lado da cama.

Meg se virou parecendo intrigada, como se tivessem lhe oferecido sais de banho. "Pode passar pra mim?", ela perguntou.

Georgiana não sabia como Meg havia chegado aos trinta anos sem nunca ter precisado esconder uma espinha, mas pegou o corretivo e aplicou no ponto avermelhado da pele da colega, depois usou o indicador para espalhar com todo o cuidado. "Prontinho."

"Nossa, não dá nem pra ver." Meg se admirou no espelho, parecendo maravilhada.

"Por isso que maquiagem faz tanto sucesso."

"Bom, só fiz isso porque tenho um jantar de negócios", Meg desdenhou. "Não vou ficar passando produtos químicos no meu rosto sem motivo." Ela calçou os sapatos práticos e foi embora.

Georgiana pegou uma folha de papel do bloco do hotel e escreveu um bilhete dizendo: *Vou ficar com uma amiga da faculdade, não se preocupe comigo!*, que deixou na cama de Meg. Era muito mais fácil mentir no papel. Ela passou produtos químicos no rosto, colocou um vestido longo verde florido e foi até o café de uma livraria, onde passou duas horas muito agradáveis bebendo um vinho e comendo macarrão com alcachofra acompanhada de seu livro antes de voltar para o hotel para encontrar Brady.

Brady acordou às sete para pegar o trem para Nova York. Georgiana precisava desmontar o estande e despachar tudo, então voltou para seu quarto para vestir jeans e um tênis. Deu uma batidinha leve na porta antes de entrar e deparar com Meg acordada, arrumando a mala e tomando café de um copinho de papel.

"Onde você passou a noite?", Meg perguntou, dobrando um paletó ao meio e alinhando as duas ombreiras antes de guardá-lo na mala.

"Fiquei com uma amiga da faculdade", Georgiana disse apenas, tirando os brincos e guardando no nécessaire.

"Tome cuidado, Georgiana", Meg disse, encarando-a pela primeira vez. Georgiana não desviou os olhos, e as duas ficaram em silêncio por um momento. Era possível que Meg achasse que ela ficara com um desconhecido? Ou seria contra a política da organização visitar conhecidos durante viagens a trabalho, inclusive depois do expediente?

"Com o quê?", Georgiana perguntou, intrigada.

"Com Brady", Meg disse. "Ele é casado."

Foi como se Georgiana tivesse levado um tapa. "Tá", ela sussurrou, desviando os olhos e pegando o tênis, que estava debaixo da cama.

"Você consegue se virar com o estande? Vou tentar voltar para o escritório a tempo de pegar a reunião do Banco Mundial. Tem alguém para ajudar você?", Meg perguntou.

"Não, mas vai ser simples. Tenho as instruções", Georgiana garantiu, com a mente ainda girando.

"Então tá. A gente se vê no escritório." Meg assentiu e puxou a mala de rodinha porta afora, deixando Georgiana atordoada e sozinha.

Nove

DARLEY

Darley não achava que se daria bem na prisão. Sentiria falta de sua máquina de café, para começar. E das crianças. Mas tinha certeza de que alguém fecharia com a Azul depois que a negociação de Malcolm com a American Airlines havia dado errado. Passou a tarde pesquisando a concorrência e teve certeza de que seria a United: eles não tinham muita presença no mercado sul-americano e precisavam resolver aquilo. Darley verificou o preço das ações. Mentalmente, fez uma movimentação volumosa. Uma semana depois, a CNBC anunciou que a United pagara cem milhões por cinco por cento da companhia aérea brasileira. O preço das ações explodiu. A carteira imaginária de Darley engordou.

Por pior que fosse Malcolm ter sido demitido, ser investigado por uso de informações privilegiadas com certeza era pior. Seu contrato com o Deutsche Bank o deixava preso por três meses. Embora Malcolm não trabalhasse mais lá, não podia comprar e vender ações no setor aéreo, tampouco Darley. Ele receberia três meses de salário e os bônus prometidos, e só. O tempo estava passando, e ela e Malcolm esperavam que ele conseguisse um emprego antes que aquele dinheiro acabasse.

Finalmente, o intenso trabalho de networking de Malcolm deu certo e ele conseguiu uma entrevista no Texas Pacific Group, do ramo de private equity. Era para um cargo de prestígio, que ele ficaria muito mais satisfeito em aceitar do que aqueles em bancos menores que os headhunters vinham lhe oferecendo, mas após a primeira rodada de entrevistas ficou claro que se Malcolm fosse contratado teria que trabalhar no escritório de Dallas.

"Você aceitaria se mudar para Dallas?", ele perguntou a Darley, roendo a unha do dedão, algo que fazia quando ficava nervoso. Ela sabia que Malcolm não tinha absolutamente nenhuma vontade de morar no Texas, fazer as crianças se mudarem e viver ele mesmo tão longe dos pais.

"Vamos morar onde quer que você more, meu amor", Darley prometeu. Malcolm precisava do emprego, e ela precisava apoiá-lo. Ele pegou um avião na quinta-feira de manhã para dois dias de entrevistas e um fim de semana jogando golfe com um amigo da faculdade que trabalhava na empresa. Darley lhe desejou sorte, sem saber o que queria dizer com aquilo, ou se devia cruzar os dedos ou não.

No domingo, Darley acordou os filhos logo cedo. Eles foram ao treino de futebol, depois foram à lojinha de bagel tomar um café mais reforçado, foram ao carrossel em Dumbo, cujo ingresso para passear nos cavalos antigos custava dois dólares, depois devoraram um prato gigantesco de macarrão pelo qual Darley pagou dezesseis dólares no Time Out Market, porque era feito com queijo gruyère e bacon lardon, duas coisas que não faziam a menor diferença para os pequenos vorazes. Seus filhos se comportavam melhor quando se exercitavam até beirar a exaustão, portanto, em vez de levá-los para casa depois do almoço, onde sem dúvida implorariam para ver desenho no iPad e acabariam se transformando em zumbis rabugentos, Darley os levou até a academia para dar continuidade à maratona que era um fim de semana sozinha com as crianças.

A academia ficava dentro do Hotel St. George, que já fora o maior e mais glamoroso da cidade de Nova York e hospedara presidentes americanos e celebridades que iam de Frank Sinatra a Cary Grant. Em seu auge, ocupava um quarteirão inteiro e contava com uma enorme piscina de água salgada com espelho no teto e cascatas, um salão de baile onde se realizavam casamentos e mais de mil funcionários. Nos anos 80, o hotel tinha sido vendido para uma incorporadora, que o havia reduzido e fechado a piscina. Parte do prédio fora transformada em moradia estudantil e a torre fora dividida em apartamentos de luxo. No saguão agora havia uma bodega, um açougue, uma loja de bebidas e uma academia, que ficava no vasto espaço bem no meio, no lugar da antiga piscina. Fantasmas do hotel permaneciam, como as galerias internas, verdes, que antes tinham vista para a piscina e agora abrigavam uma série de elípticos onde idosos e universitários se exercitavam sem ir a lugar nenhum, com fones no ouvido. Carpetes luxuosos cobriam uma estranha área de espera perto das quadras de squash, e o caminho para ir do vestiário até a minúscula piscina nova passava por uma série de degraus, portas e curvas que faziam Darley sentir como se estivesse andando de maiô molhado em plena Penn Station.

No vestiário feminino, ela e os filhos vestiram as roupas de banho — maiôs L.L.Bean para as meninas e calção e camiseta de manga comprida com proteção solar para Hatcher, que era tão magro que ficava azul e batia os dentes se entrava sem camisa na água. Poppy estava tão acostumada a ver Hatcher daquele jeito que da primeira vez que vira um cara com o peito nu na piscina gritara: "Mamãe, aquele homem está PELADO", causando um pequeno alvoroço.

Eles enfiaram os tênis e roupas nos armários, calçaram chinelos, enrolaram as toalhas brancas e finas da academia em volta do corpo e começaram a longa caminhada até a piscina, com Darley no fim da fila e carregando uma sacola com óculos de natação, protetores nasais, tubarõezinhos de brinquedo e toucas. Passaram pelos chuveiros femininos e pelas saunas, atravessaram uma porta e desceram um lance de escada com azulejos verdes lascados, então seguiram por um corredor sinuoso e frio até a piscina, onde estava muito mais quente e cheirava a cloro. As crianças deixaram as toalhas de lado e pularam na água na mesma hora, ignorando o pedido de Darley para que esperassem por ela. Eram ambos excelentes nadadores, e ela muitas vezes ficava impressionada que aqueles bracinhos fossem fortes o bastante para deslocá-los tão depressa. Pareciam pequenas enguias de elastano, dando risadinhas de prazer na água azul-clara.

Havia algumas outras pessoas na piscina, todos pais e filhos. Darley entrou pela escadinha, seguindo a etiqueta tácita e se mantendo a alguns passos de distância dos outros, cumprimentando os pais que puxavam os filhos pequenos segurando pranchinhas de isopor cheias de mordidas. Poppy e Hatcher não tinham nenhum senso de decoro e seguiam alegremente, desviando dos adultos e crianças, mergulhando para pegar brinquedos aos pés de desconhecidos, chutando água e molhando todo mundo que estava por perto. Darley olhou em volta, surpresa outra vez com o estado precário em que a academia se encontrava. Os azulejos da piscina estavam rachados em determinados pontos e havia uma estranha ducha ali no meio, acionada por uma corrente e muito parecida com um chuveiro de prisão. Uma jacuzzi lotada de idosos borbulhava perto da salva-vidas. Como o prédio do lado abrigava uma moradia assistida, a academia vivia cheia de octogenários. Enquanto os via mergulhados na jacuzzi, Darley muitas vezes sentia como se estivesse assistindo a cenas de *Cocoon*.

Ela havia saído para pegar os óculos de natação dos filhos quando ouviu a salva-vidas apitar. "Levanta! Levanta!" Darley olhou em pânico e viu Hatcher flutuando com o rosto mergulhado na água. Ela correu na direção dele, mas o menino ouviu o apito e se virou na mesma hora, passando a boiar de costas.

"Hatcher, o que você estava fazendo?"

"Eu só estava boiando de barriga pra baixo, mamãe", ele explicou, rindo.

"Bom, é confuso para a salva-vidas, então não faça mais isso."

"Tá bom." Ele deu uma risadinha e se debruçou para fora da piscina para pegar os óculos de natação.

Cinco minutos depois, a salva-vidas voltou a assoviar. Era Poppy quem estava boiando com o rosto na água. Darley a virou. *"Para com isso"*, ela sibilou, mas a filha só riu. Eles fizeram aquilo outras três vezes antes que a salva-vidas pedisse que se retirassem.

Humilhada, Darley voltou com os dois pelo corredor, todos com uma toalha fina enrolada no corpo e tremendo. Ela costumava secá-los à beira da piscina e enrolá-los em toalhas novas e quentinhas para o caminho de volta, mas estava puta da vida. "Qual é o problema de vocês? Por que continuaram fazendo aquilo mesmo depois que a salva-vidas mandou parar?"

"Aiden disse que se afogar é o pior jeito de morrer", Hatcher explicou, sério, e sua voz ecoou no longo corredor de azulejos.

"Ele disse que os pulmões enchem de água", Poppy completou.

"Vocês sabem nadar. Foi por isso que ensinamos, para não se afogarem. É isso então? Vocês têm medo de se afogar? Porque isso não vai acontecer."

"Não temos medo."

"Só queríamos ver como é. Morrer." Poppy abriu um sorriso doce.

"Vocês não vão morrer antes dos cem anos", Darley disse, firme, apressando os dois no último lance da escada. Eles entraram sob o jato de água quente do chuveiro, e ela lavou o cabelo de ambos com xampu antes de mandá-los se vestir sozinhos perto dos armários. Enquanto tirava o maiô molhado, Darley deixou a água quente bater no rosto. Se os filhos a fizessem ser expulsa da Eastern Athletic, aí sim ela ficaria irritada de verdade. A única coisa mais constrangedora do que ser sócia da academia mais decrépita do Brooklyn era ser expulsa dela por mau comportamento.

Quando Darley saiu do chuveiro, as crianças estavam sentadas em um banco, totalmente vestidas, olhando para as senhoras nuas que haviam acabado de sair da aula de aeróbica. Elas falavam sobre a instrutora, sobre uma colega que estava hospedando parentes de Nova Jersey, sobre alguém cujo marido estava doente e que visitariam levando bolo e flores. Ao mesmo tempo, guardavam as blusas suadas em sacos plásticos, punham a touca de banho sobre os cabelos brancos e se agachavam para guardar os tênis sob os bancos, expondo a própria bunda. Darley desviou o olhar, um pouco horrorizada. Tivera dois bebês e sabia que seu corpo não era o mesmo de seis anos antes, mas quando via aquelas mulheres cheias de rugas, com os seios caídos, as coxas cheias de celulite, varizes e cicatrizes, não conseguia acreditar que um dia pareceria tão velha. Ou que ficaria pelada em público, se fosse o caso.

"Não fiquem encarando", Darley sussurrou, e as crianças olharam para a mãe, como se tivessem saído de um transe.

"Elas têm quase cem anos?", Poppy perguntou, alto.

"Xiu." Darley quis morrer. "Não sei. Por que não ficam vendo Netflix no meu celular enquanto arrumo nossas coisas?" Ter filhos provavelmente era a experiência mais constrangedora de sua vida.

Ainda faltavam horas até o jantar. Darley foi buscar os patinetes das crianças debaixo da escada da academia e os levou até o parquinho em Pierrepoint. Lá, encontrou um banco vazio e ficou no celular enquanto

Poppy e Hatcher exploravam os cantos mais nojentos do parque, incluindo a pilha de gravetos úmidos à porta do banheiro público, os saquinhos plásticos jogados no ralo da fonte e os frutos de ginkgo biloba entreabertos e fedorentos caídos ao pé da árvore. Teria que dar outro banho neles quando chegassem em casa, mas valia a pena para fazer o tempo passar, para chegar a mais uma noite de domingo com uma semana toda de escola para os filhos e liberdade para ela.

Darley estava se torturando lendo sobre as conquistas de pessoas que haviam estudado com ela quando notou a cunhada sentada em um banco do outro lado da cerca de ferro. "Sasha!", ela gritou, acenando. Sasha teve um sobressalto, então juntou suas coisas e foi para o parquinho. Estava usando uma calça jeans que parecia masculina e camiseta preta, e embora Darley soubesse que aquela roupa a faria parecer uma sósia do Johnny Cash, de alguma forma ficava bem em Sasha. Ela tinha cabelo castanho-avermelhado brilhante até as orelhas, pele clara cheia de sardas e lábios rosados bonitos. Era pequena e magra, o corpo perfeito para jogar squash. Darley não conseguia evitar: os anos vivendo com a mãe e a irmã a haviam tornado o tipo de pessoa que avaliava o biotipo das mulheres e chegava a uma conclusão quanto ao melhor esporte ao qual se dedicar. Era uma maluquice.

"Oi!" Sasha riu. "Não vi vocês chegando."

"Acabamos de ser expulsos da piscina da Eastern Athletic por simulação de afogamento." Darley fez uma careta.

"Você não devia fingir se afogar, é um péssimo exemplo para as crianças."

"É que tenho dificuldade de nadar depois de passar o dia todo bebendo." Darley riu e bateu no banco para que a cunhada se sentasse. Sasha pareceu um pouco surpresa, mas Darley estava desesperada para conversar com um adulto, por isso abriu seu sorriso mais simpático. As duas ficaram olhando para Poppy e Hatcher, que estavam agachados diante do ralo da fonte, alternando-se para mergulhar gravetos compridos por entre a grade e pescar folhas úmidas em decomposição.

"O que você estava fazendo?"

"Ah, estava de bobeira com meu sketchbook." Sasha mostrou um bloco espiralado.

"Posso ver?"

Sasha entregou o caderno, e Darley o folheou. Continha principalmente retratos de pessoas. Ela passou por um senhor tocando trompete em um banco, um casal abraçado em uma sacada, uma mulher fumando à janela. Então virou a página e viu seu irmão, com os pés apoiados em uma cadeira, lendo um livro. Era impressionante como Sasha havia conseguido capturar a coisa engraçada que Cord fazia com a boca enquanto lia, a maneira como parecia segurar o livro como se fosse deixá-lo cair. Era estranho ver alguém que Darley amava tanto através dos olhos de outra pessoa.

"São desenhos incríveis. Você estudou na Cooper Union, né?"

"É. E agora passo meus dias discutindo com clientes qual foto de fronha vai ficar mais sexy no catálogo de Natal. Estou realmente fazendo valer meu diploma."

"Fiz MBA pensando em intermediar aquisições de empresas, mas em vez disso passo meus dias discutindo com crianças se nuggets e isca de frango contam como dois grupos alimentares diferentes", Darley disse, sentindo-se igual a todas as vezes que mencionava seus estudos: orgulhosa por ter um diploma, mas constrangida por não haver feito nada desde então. Não sabia bem por que dissera aquilo justamente para a cunhada.

"Bom, acho que são duas coisas diferentes, mesmo", Sasha comentou. "Nuggets a gente leva de lanche na escola, e isca de frango a gente come no bar quando fica bêbado e o jogo que foi ver ainda está no intervalo."

"Hum, é, os cinco grupos alimentares são: bêbado, sóbrio, ressaca, lanche escolar e comida de bar."

"Acho que ficou faltando o grupo da comida de segunda-feira."

"Que seria?"

"Os alimentos saudáveis, como brócolis e salada, que a gente faz todo mundo comer porque está enjoado de toda a pizza e donuts do fim de semana."

"Ah, verdade, o grupo alimentar da segunda-feira. É o mais deprimente que existe, cheio de cenouras e arrependimento." Darley olhou para o parquinho, rindo baixo. "Uma mulher que eu conheço posta quantas calorias ela ingere por dia no Instagram, com fotos de grão-de-bico e peito de frango seco."

"Que vergonha", Sasha disse, horrorizada.

"Né? Tive que fazer uma captura de tela e mandar para todos os meus amigos, perguntando se eles achavam que ela havia postado por acidente. Chegamos até a pensar em fazer uma intervenção!"

"Mas não fizeram?"

"Não, porque decidimos que era mais simpático ficar falando dela pelas costas."

"Claro. Concordo totalmente." Sasha assentiu, séria, então recebeu uma notificação no celular e olhou para a tela. "Ah, nossa."

"O que foi?"

"Minha mãe acabou de me escrever dizendo que meu pai está tentando pegar um *morcego* que apareceu no porão. Parece que está deixando o cachorro maluco."

"Morcegos não transmitem raiva?"

"Vou mandar uma mensagem pra ela. MÃE, NÃO DEIXA O PAPAI ENTRAR MAIS NO PORÃO. CHAMA ALGUÉM."

O celular apitou de novo com outra notificação, e Sasha grunhiu. A mãe havia mandado uma foto de alguém com máscara e luvas de goleiro de hockey e uma rede de pesca na mão.

"É seu pai?"

"É meu irmão, ainda bem."

De repente, uma gota caiu no braço de Darley. Poppy e Hatcher chegaram correndo, com seus gravetos nojentos na mão.

"Está chovendo, mamãe!"

"Tá, coloquem os capacetes." Darley suspirou. Agora teriam que passar o resto do dia confinados no apartamento. A tarde ainda se estendia à frente, tão longa quanto uma viagem de carro atravessando o país ou uma convocação para integrar um júri popular.

"Por que vocês não vêm comigo para a Pineapple?", Sasha sugeriu.

"Querem ir?", Darley perguntou aos filhos, esquecendo por um momento que poderiam dizer algo totalmente inadequado como *Não, a casa da Sasha tem um cheiro estranho* ou *Só se lá tiver comida melhor do que em casa*. Eles a surpreenderam, dando pulinhos de animação e sorrindo para Sasha. Os dois adoravam revirar as coisas velhas dela.

Saíram todos do parquinho e subiram a Willow Street até a Pineapple. As crianças estacionaram os patinetes no vestíbulo, tiraram os tênis enlameados e, com todo o cuidado, deixaram os gravetos nojentos de lado, enquanto Darley pendurava a mochila da natação antes de entrar de fato.

"Tenho um monte de materiais de arte no meu quarto, se quiserem desenhar", Sasha disse, conduzindo as crianças escada acima. "Tudo bem por você? Se eles forem lá?"

"Claro." Darley sorriu. Não fazia nenhuma objeção às crianças brincarem sozinhas. Sasha indicou a cozinha com o queixo, e ela a seguiu. A nova dona da casa tirou uma garrafa de vinho branco da geladeira e serviu duas taças. A chuva batia contra as portas de vidro que davam para o pátio.

"É melhor eu mandar uma mensagem pro Malcolm." Darley pegou o celular. "Deixa eu ver... o jogo de golfe já deve ter terminado." Ela escreveu uma mensagem rápida avisando que as crianças tinham sido expulsas da piscina e agora estavam todos na casa da Pineapple Street. Depois pôs o telefone na mesa com a tela para baixo. "Desculpa."

"Malcolm está jogando golfe?"

"É, com amigos da faculdade, no Texas."

"Vocês se falam bastante durante as viagens dele?"

"Umas quatrocentas vezes por dia." Darley riu. "Você e Cord se falam o dia todo?"

"Não, acho que Cord prefere concentração total quando está no escritório. Ele meio que esquece que é um ser humano. Volta morrendo de fome porque não almoçou, aí come um pacote de salgadinho inteiro antes do jantar."

"Ele gosta de trabalhar com papai?"

"Adora. Os dois são iguaizinhos." Sasha sorriu. "É difícil Malcolm viajar tanto a trabalho? Você sente falta dele?"

Darley não respondeu por um momento. Embora Malcolm tivesse sido demitido do Deutsche Bank havia tempos, ninguém na família sabia. Darley havia decidido que era melhor assim. Mas aquele fim de semana estava sendo longo e solitário demais, e o segredo se tornara um fardo. "Não conta pro Cord, mas o Malcolm foi demitido. Ele viajou pra fazer uma entrevista de emprego."

"O Malcolm foi demitido?", Sasha repetiu, e a taça de vinho tilintou quando ela a apoiou na bancada.

"Não foi culpa dele. Um analista estragou um negócio e acabou sobrando pro Malcolm."

"Que merda. Ele deve estar arrasado. Sei o quanto amava o trabalho."

Darley ficou surpresa ao ver os olhos de Sasha se enchendo de água. Era como se a cunhada entendesse por que aquilo a deixava tão assustada. "Ele está mesmo. E esse mundo dos bancos é muito brutal. Um deslize e já se vira persona non grata."

"A entrevista é em outro banco?"

"Não, ele está pensando em começar a trabalhar com private equity. Mas não conhece muita gente no ramo." Darley tomou um longo gole de vinho.

"Seus pais não conhecem alguém que poderia ajudar?"

"Não vamos contar a eles", Darley disse, firme.

"Por que não?"

"É complicado." Darley não queria falar sobre os pais, sobre como tinha medo de que, nas profundezas do inconsciente deles, onde não conseguiam admitir nem para si mesmos, tivessem recebido Malcolm tão prontamente na família por conta de sua estabilidade financeira. Caso o dinheiro acabasse, caso o brilho do sucesso esmorecesse, continuariam se sentindo do mesmo jeito em relação a ele? "Só me promete que não vai comentar nada com o Cord. Vou contar depois que Malcolm tiver arranjado um emprego. Não quero colocar essa pressão toda nele agora."

"Claro." Sasha assentiu. "Sem problemas. E logo mais ele vai ser contratado. O cara é um gênio." Chegou outra notificação no celular, e ela foi ver o que era. "Ai, meu Deus." Sasha mostrou a tela para Darley. O pai e o irmão seguravam a rede com um morceguinho marrom dentro, com ar de vitória.

"Não acredito", Darley murmurou, tentando visualizar Chip fazendo algo com uma rede que não fosse tirar os mosquitinhos mortos da piscina da casa de campo.

"Talvez o Malcolm não tenha que viajar tanto no novo emprego", Sasha comentou.

"Sabe aquela minha amiga, Priya Singh? Ela e o marido trabalham no Goldman, e não tenho ideia de como conseguiram engravidar do segundo filho, porque os dois *nunca* se veem."

"Parece muito solitário."

"E tem uma mãe lá da escola que é casada com um astro da NBA que foi trocado com um time de Los Angeles. Agora os filhos só veem o pai na TV."

"Bom, isso até parece legal", Sasha disse. "Acho que eu não ficaria triste de ser casada com uma estrela do basquete."

"Verdade. Eles ganham muito dinheiro e se aposentam aos trinta. Aí os dois podem ficar sem fazer nada e passar o tempo juntos."

"Acho que Cord nunca vai se aposentar. Ele ama o trabalho."

"Parece que vários caras entram no mercado financeiro com grandes planos de se dar bem logo e se aposentar aos trinta, mas aí, não importa quanto dinheiro tenham, eles sabem que vão ganhar mais se continuarem trabalhando. Tipo, nunca chega o momento em que eles pensam: *Bom, tenho dez milhões de dólares, já deu.*"

"Não, porque todo mundo que esses caras conhecem tem essa mesma grana e faz jus a isso na hora de gastar. Mesmo que a pessoa já tenha mais do que precisa ao longo da vida, ela nunca acha que é o bastante."

"Total", Darley concordou, e terminou a taça de vinho.

Sasha serviu mais um pouco para ela, então ligou o forno e tirou duas pizzas do congelador. "Faço pizza com salada?"

"É tudo o que as crianças comem."

Quando a pizza ficou pronta, Darley chamou os filhos, que se sentaram à ilha da cozinha e devoraram um pedaço depois do outro, enquanto discutiam sobre capas de invisibilidade. Hatcher achava que elas existiam, mas Poppy não tinha certeza. Depois de jantar, eles foram para os sofás da sala de visitas, e Sasha ligou o som. As crianças dançaram um pouco, depois espalharam almofadas pelo lugar e começaram a fingir que o chão era lava. Darley e Sasha riam e bebiam, às vezes jogando uma almofada perdida em um deles. A mãe mataria Darley e a nora se vissem o que estavam fazendo em meio aos móveis que pertenceram ao governador do estado.

De alguma maneira, de repente eram oito e meia da noite, e Darley se deu conta de que já tinha passado a hora do banho e logo seria hora de dormir. O temido domingo passara em um alegre borrão. Ela pôs os capacetes nas crianças, que pegaram os gravetos. Enquanto saíam para a noite quente, Darley pegou o braço de Sasha, séria. "Foi *muito* divertido."

"Fico feliz que tenham sido expulsos da piscina, ou não teríamos nos encontrado." Sasha sorriu.

Enquanto os três seguiam pelas calçadas úmidas até o apartamento, Darley pegou o celular. Tinha perdido uma mensagem e uma chamada de vídeo de Malcolm.

Espero que esteja sobrevivendo ao domingo.

Darley estava um pouco bêbada, e as letras pareciam se mover. Ela teve que fechar um olho para responder.

Mt legal. Tomei vinho. Amanhã cenoura e arrependimento.

Havia coisas que se podia fazer com a família e simplesmente não se podia fazer com os amigos. Por exemplo, sua família podia te ver usando a mesma roupa três dias seguidos. Você podia convidá-los para almoçar e depois basicamente ignorá-los até conseguir enfim falar com seu provedor de internet. Podia conversar um tempão usando adesivos de clareamento dental. De repente, Darley sentiu a guarda baixar com sua nova amizade com Sasha. Ela era divertida, tranquila, e gostava de passar tempo com Poppy e Hatcher. Trabalhava como freelancer e muitas vezes estava livre para encontrá-los no parque no meio do dia, ou para comer bagels, andar no carrossel, tomar sorvete com eles. Assim como Cord, Sasha sabia ser brincalhona com as crianças. Fingia que seus óculos escuros lhe davam visão de raio X, insistia que entendia os latidos dos cachorros que passavam e entrava em discussões longas e sérias pesando os prós e contras de ter um pégaso ou um unicórnio como animal de estimação.

Darley sabia que Cord ficava feliz em ver sua esposa e sua irmã se divertindo juntas. Ele convidou Darley a entrar no mundinho de piadas internas e teorias bobas do casal. Os dois desconfiavam de que o açougue horroroso que ficava dentro do Hotel St. George era mera fachada de uma boca de fumo e lhe apresentaram todas as provas.

"Eles têm, tipo, quatro pedaços de carne e um pacote de macarrão à venda. Impossível que seja o modelo de negócio dos caras", Cord disse.

"E o atendente fica irritado sempre que alguém tenta comprar alguma coisa, como se fosse estragar o cenário", concordou Sasha.

"Por favor..." Darley balançou a cabeça. "Estamos em Nova York. Ninguém precisa de fachada. Dá pra comprar drogas por aplicativo."

"E que aplicativo seria esse?", Cord provocou.

"Bom, *isso* eu não sei!", Darley precisou confessar.

Sasha nunca havia comido churrasco coreano, então Darley decidiu que iriam ao restaurante que havia aberto em Gowanus — um lugar refinado, com revestimento de madeira nas paredes, que ficava entre uma empresa de mudança e uma mecânica e servia drinques e chouriço. Malcolm estava obcecado pelas short ribs deles, e depois de seis ligações Darley conseguiu fazer uma reserva para quatro pessoas no sábado à noite. Só que Cord tinha degustação de conhaque no Union Club aquela noite. Ela ligou outra vez, e depois de implorar e insistir conseguiu uma reserva para dali a três semanas, e só então se lembrou de que Malcolm tinha feito planos para o aniversário da mãe. "É como se eles fossem Clark Kent e Bruce Wayne", Darley se lamentou para Sasha.

"Não dá pra eles serem os dois, mamãe." Poppy revirou os olhos. Estavam sentados no banco do lado de fora do Joe Coffee, esperando seu pedido.

"Claro! Porque na verdade eles são a mesma pessoa! Um super-herói e seu alter ego."

"Não, mamãe, Clark Kent é o Super-Homem e Bruce Wayne é o Batman. São duas pessoas diferentes."

"Ah. Bom, e quem é o papai?"

"Acho que o Bruce Wayne", Poppy disse, depois de pensar. "E você é Pennyworth."

"Quem é Pennyworth? A repórter bonitinha?"

"Não, o mordomo. Ele é velho", Hatcher disse.

"Ah, legal, legal." Darley assentiu, mas fez uma careta para Sasha por cima da cabeça de Hatcher. "Porque sou velha."

Darley nunca tinha se dado conta de como se sentia sozinha. Muitas de suas amigas se desdobravam entre o trabalho e a maternidade, com a semana cheia de jogos de futebol e e-mails furtivos, sem nunca conseguir ficar em dia com o trabalho. Ela tinha os irmãos, os pais, os sogros e Malcolm, quando ele estava em casa, mas todos eles tinham jantares com clientes, jogos de tênis, festas de aniversário com tema veneziano, partidas de golfe e um zilhão de coisas mais divertidas para fazer do que ficar vendo as crianças andando de bicicleta em círculos por horas no Squibb Park. Sasha também tinha coisas mais interessantes para fazer, claro. Trabalhava e tinha seus amigos da escola de artes, mas morava pertinho, e em vez de comer sozinha à mesa olhando para o computador preferia passar na casa de Darley com uma salada em uma quarta-feira qualquer.

Nos fins de semanas com tempo bom, Darley e Malcolm punham os filhos na Land Rover, com Cord e Sasha espremidos no outro banco, e iam todos até a casa em Spyglass para jogar tênis e fazer churrasco de salsicha. Os casais ficavam acordados até tarde, depois que as crianças iam para a cama, bebendo vinho e jogando baralho. Chip e Tilda em geral também iam, mas sempre tinham um jantar ou um evento no clube de campo e chegavam perto da meia-noite, meio tontos e animados, e a mãe fazia o marido pegar o conhaque para tomarem enquanto conversavam e fofocavam. De alguma maneira, Tilda sempre saía das festas com as melhores fofocas — sobre subcelebridades, membros de conselho de diferentes escolas particulares e quais condomínios estavam alegremente fechando as portas para atores de Hollywood que procuravam as ruas arborizadas de Brooklyn Heights como periquitos, fazendo barulho e chamando a atenção, totalmente deslocados.

Agora que Darley era amiga de Sasha, via como sua família podia ser estranha com pessoas de fora e como podia ser difícil compreender seu pequeno clã. Já sabia da piada interna de Sasha e Malcolm, que sussurravam NEMF quando se sentiam excluídos, mas agora percebia que podia simplesmente ter estendido a mão para Sasha muito tempo antes. Ela lembrava a cunhada de levar roupa branca de tênis para jogar em Spyglass. Passava um porta-copos sempre que a via prestes a apoiar sua bebida na mesa de centro da mãe. Fazia sinal de fechar a boca com zíper sempre que Sasha mencionava um reality show de propriedades imobiliárias na presença de Chip.

Uma noite, eles estavam jantando no Cecconi's, em Dumbo, quando a sopa de legumes chegou dentro de um pão, em vez de numa tigela. Enquanto Sasha arrancava pedaços para comer, Darley viu que a mãe mantinha os olhos arregalados fixos na nora.

"Você não vai comer o pão, vai?", Tilda perguntou, surpresa. Até onde Darley sabia, a mãe não comia pão desde os anos 70.

Sasha parou por um momento, com o pão a meio caminho da boca, pingando. "Ele absorveu a sopa", ela disse, e todos na mesa congelaram.

Darley também havia pedido sopa. Sabendo que era a única que podia controlar os ânimos, arrancou um pedaço do próprio pão. "Hum, fica bem gostoso", confirmou. Então, mudando de assunto com toda a graça de uma bailarina do Lincoln Center, perguntou: "Vocês já foram àquele novo restaurante italiano na Henry Street? Ouvi dizer que a comida é péssima, mas que o novo James Bond é um dos sócios". Darley continuou comendo o pão com entusiasmo, e Tilda mordeu a isca, regalando todos com uma história sobre os problemas que a esposa do novo James Bond estava enfrentando ao reformar a casa. Cord olhou por um momento para a irmã mais velha, com o canto do lábio retorcido para cima em um sorriso secreto de agradecimento.

Dez

SASHA

Quando Sasha tinha dez anos, era tão apaixonada por Harrison Ford que às vezes se deitava na cama e chorava sem parar porque os dois nunca poderiam ficar juntos. Ela sabia que era esquisito. Ele era um homem adulto e um ator famoso, e ela era uma criança começando a ter consciência de que pelos cresciam em suas pernas, o que resultava em uma tragédia tão grande que Sasha mal suportava vê-lo nos filmes quando havia outra pessoa presente. Os irmãos obviamente sabiam da paixonite dela e a provocavam sem dó. Anos depois, quando estava na manicure e viu em uma revista de celebridades que Harrison tinha furado a orelha, Sasha voltou a sentir todo o constrangimento de ter sido obcecada por alguém tão mais velho.

Ela já estava se apaixonando por Cord mesmo antes que ele lhe contasse sobre sua paixão de infância, mas provavelmente a revelação definira os rumos do relacionamento. Certa noite estavam os dois deitados na cama, alegrinhos depois de beber, e ela lhe contou sua história com Harrison.

"Você se sentiu assim em relação a alguém quando pequeno?", Sasha perguntou. "Sentiu algo tão intenso e confuso?"

"Ah, total. Eu era apaixonado pela Pequena Debbie", ele confessou.

"Quem era?", Sasha perguntou, passando um dedo pelo peito nu de Cord. "Uma vizinha?"

"Não, aquela menina de chapéu da caixa de bolinhos."

Sasha se sentou na hora. "Você era apaixonado pela menina da caixa de bolinhos? Aqueles de chocolate que têm gosto de parafina?"

"Eu achava que ela tinha uma cara boa. Cabelo castanho enrolado, um sorriso simpático..."

"Talvez fosse só fome."

"Pode ser", Cord concordou, pensando a respeito. "Eu adorava aqueles biscoitos de aveia recheados de creme."

Sasha morreu de rir. Juntos, eles fizeram uma lista dos mascotes mais atraentes. Sasha achava que o tigre Tony, do Sucrilhos, ganhava disparado. Ele exalava masculinidade cis, com seu peitoral amplo e entusiasmo exagerado. A moça das passas Sun-Maid era linda, com suas bochechas rosadas e blusa e touca de camponesa. A chita do Cheetos devia ser uma companhia divertida, mas ambos concordaram que provavelmente transava de óculos escuros. O Gigante Verde da lata de ervilhas talvez fosse ainda mais bonito que o tigre Tony, mas Sasha desconfiava que fosse um namorado péssimo, porque passava o tempo todo na academia. Era musculoso demais. "Ah, então você prefere alguém como o bonequinho da Pillsbury?", Cord perguntou. "Mais encorpado?"

"Não, ele é branco demais. É esquisito!"

"E o coronel Sanders, do KFC?"

"Argh, não! Ele também é branco demais, fora o cavanhaque!"

"O cara da aveia Quaker?"

"Para! Todos os mascotes masculinos humanos são velhos! Por que as mulheres são todas bonitas?"

"Tipo quem?"

"Tipo a Miss Chiquita."

"Ela é linda", Cord concordou.

"A Wendy."

"Ah, não." Cord franziu o nariz.

"Espera, então você amava a Pequena Debbie, mas não a Wendy? Elas são iguais."

"Não fala bobagem." Cord sacudiu os ombros dela, de brincadeira. "A Pequena Debbie é tipo fofura e bolinhos recheados. A Wendy parece o Conan O'Brien de trança e cheira a hambúrguer gordurento." Com a questão resolvida, eles apagaram as luzes e ficaram abraçadinhos. Quando já estavam pegando no sono, Cord sussurrou na orelha dela, como o tigre Tony: "Você *é demais*!". Sasha soube naquela noite que ele era a pessoa certa para ela.

Se Mullin era todo escuridão e trovão, Cord era puro sol, sempre de bom humor, emocionalmente fácil e um homem de prazeres simples. Ele gostava de muitas coisas. Depois que dava a primeira mordida, fosse em um sanduíche de bacon ou em uma vieira grelhada, parava por um momento e jogava a cabeça para trás, em êxtase, enquanto mastigava. "Aahh", ele gemia de prazer. "Que gostoso. Muito, muito gostoso." Quando o garçom punha o prato à sua frente nos restaurantes, Cord soltava um grunhidinho que beirava o pornográfico de tão cheio de luxúria e adulação inconsciente. Ele adorava usar tênis novos, sentir o sol batendo no rosto. Cantava junto qualquer coisa que estivesse tocando no rádio, mesmo que não soubesse a letra, mesmo que fosse pop adolescente ruim. Tinha a mesma abertura em relação a filmes, topava assistir ao que Sasha quisesse, de modo que os dois tinham visto juntos todas as produções estreladas por Catherine Keener e toda a filmografia de Nancy Meyers. Tinham chorado em *O pai da noiva* e assistido de novo a parte em que Steve Martin jogava basquete com a filha.

"É esse tipo de pai que eu quero ser", Cord comentou, enxugando as bochechas molhadas no cobertor. "Mas com tênis, em vez de basquete."

"Você é o Steve Martin do clube de campo."

"Mas não tão engraçado."

"Mas não tão engraçado", Sasha concordou, triste, e Cord fez um beicinho.

Sasha sabia que ele seria um pai maravilhoso. Os sobrinhos o idolatravam. Cord era muito brincalhão e fazia sotaques engraçados para falar com eles. Convencera os dois de que era amigo próximo do Coelhinho da Páscoa. Uma vez, fingira achar que encontrara uma cobra de verdade em uma lata de pegadinha e gritara pelo menos doze vezes seguidas.

Embora os dois concordassem que queriam ter filhos, só haviam conversado a respeito muito superficialmente, sem estabelecer um planejamento ou demonstrar qualquer senso de urgência. Em junho, no entanto, o melhor amigo de Cord, Tim, teve um bebê, e ele ficou obcecado pelo assunto. Sasha só ouvira falar daquele fenômeno ocorrendo entre mulheres, ou talvez galinhas chocas, mas não havia outra maneira de definir: Cord queria um bebê. Quando andavam pela rua, ele olhava para os carrinhos como outros homens olhariam sedentos para mulheres ou motos, soltando um assovio baixo e se virando para observar melhor. "Esse é o novo YOYO, que fica menor que uma mala de mão quando dobrado, sabia?", Cord comentava. Ou: "Esse é o UPPAbaby Vista. Dá pra acrescentar mais um lugar para o segundo filho". Ele arrastou Sasha até a Picnic de Cobble Hill só para comprar um presente para o bebê de Tim, e passou uma hora escolhendo pijaminhas minúsculos e um chocalho que parecia um táxi. Quando eles foram visitar Tim, Cord entrou junto no quarto do bebê quando o pai precisou trocá-lo, anunciando que era melhor começar a aprender logo como se fazia.

A esposa de Tim arregalou os olhos para Sasha, que só balançou a cabeça, achando graça. "Não estou grávida. Ele só está bem empolgado."

"Com fraldas?", a mulher perguntou.

"Cord é uma pessoa muito entusiasmada", Sasha respondeu.

Ela não sabia o que aconteceria com seu negócio quando tivesse um bebê; seu estúdio de design só tinha uma funcionária, ela mesma, sem departamento de recursos humanos, portanto imaginava que teria que fazer uma pausa nos projetos e torcer para que os clientes a estivessem esperando quando retornasse. Tinha um cliente, uma fábrica de roupa de cama sediada no Brooklyn, para quem prestava serviços desde a abertura. Tinha feito o logo, o site, as embalagens e até o anúncio deles para o metrô. Outro cliente, um hotel de luxo em Baltimore, a contratara para fazer tudo, desde o cardápio dos restaurantes e as caixas de fósforos até a placa de dois metros e meio na entrada. Sasha também trabalhava para uma cervejaria artesanal, um serviço de entrega de comidas de bebê orgânicas, uma empresa que vendia impressoras 3-D e um restaurante sueco-chinês (sim, bem esquisito). Ela poderia fazer as campanhas de fim de ano e, esperava, tirar licença-maternidade na primavera, quando as coisas se acalmassem. Era assustador pensar naquilo, mas Sasha não via outra opção.

"Fico imaginando você como uma mãe muito foda", Cord disse a ela mais tarde aquela noite. "Trabalhando com o bebê amarrado no peito."

"E ensinando o bebê a usar o Photoshop?", Sasha perguntou.

"A gente pode ensinar o bebê a trabalhar por nós e aí passamos o dia inteiro abraçadinhos", Cord sugeriu, enfiando o nariz no cabelo dela.

"Você se sente pronto, né?"

"Sim. E você?"

"Estou chegando lá." Sasha assentiu. Seus amigos também estavam começando a ter filhos. Já não parecia mais maluquice ou irresponsabilidade, e era muito legal imaginar um serzinho que seria metade Cord, metade ela. Sasha conseguia imaginar as cenas: o marido fazendo vozes engraçadas para o bebê, fingindo que a banheira era mar aberto, dançando na sala com o filho nos braços. Cord direcionaria sua alegria e bobeira naturais para a paternidade, e eles viveriam em uma casa feliz e cheia.

Sasha ligou para a mãe para discutir o assunto. "A hora perfeita para ter um bebê nunca existe", a mãe disse. "Seu pai e eu não tínhamos onde cair mortos quando tivemos Nate, mas deu tudo certo. Você é saudável, está apaixonada e tem menos de quarenta anos. Na minha época, qualquer gravidez acima dos trinta e cinco era considerada 'geriátrica' e botavam uma pulseirinha de papel vergonhosa na mulher no hospital. É melhor começar a tentar."

Foi o que eles decidiram fazer. Alguns amigos de Sasha contavam às pessoas assim que começavam a tentar engravidar. Ela sempre achara engraçado, porque, na verdade, o que estavam dizendo, além de que fariam sexo? Portanto, em vez de informar a toda a família Stockton sobre o festival sexual que estava para começar, os dois só esperaram a menstruação de Sasha descer e, duas semanas depois, transaram cinco dias seguidos. Não funcionou da primeira vez, e ela ficou surpresa com a decepção que sentiu ao ver a mancha amarronzada na calcinha. No mês seguinte, quando sua menstruação atrasou um dia, Sasha correu para a farmácia e comprou quatro testes de gravidez.

"Não dá pra saber assim tão cedo", Cord disse, apertando os olhos para as letrinhas pequenas das instruções.

"Estou ansiosa demais pra esperar!" Sasha fez xixi no palitinho. Ali, ao lado da linha de controle, apareceu uma tênue linha rosa.

"Isso não é uma linha." Cord balançou a cabeça.

"Acho que é, sim, só que está muito fraca."

"Não sei", ele disse, intrigado. "Vamos esperar para ver se fica mais escura." Os dois deixaram o teste de gravidez na bancada do banheiro, foram fazer o jantar e voltaram uma hora depois para dar uma olhada.

"Continua fraca, mas acho que é uma linha, sim", disse Sasha.

"Ih, olha." Cord releu as instruções. "Aqui diz que depois de trinta minutos o resultado não é mais válido."

"Argh, tá bom, a gente faz de novo amanhã. Dizem que o xixi é mais concentrado pela manhã mesmo."

Na manhã seguinte, a linha clara reapareceu. Na outra, estava um pouco mais escura. No quarto teste de gravidez, a linha saiu magenta. Sasha estava grávida.

Se Cord era uma galinha choca, Sasha de repente se transformara em uma galinha preparando o ninho. Quando olhava para a casa, o que antes via como uma desordem total agora chamava sua atenção mais pelo perigo que representava: a mesa de centro antiga com uma base em formato de ostra e tampo de vidro, o carrinho de bar italiano dos anos 50 com sua variedade de venenos caros, as luminárias de porcelana cujos fios velhos serpenteavam o chão. Havia centenas e centenas de oportunidades de cortes, batidas e choques, e Sasha começava a se coçar toda só de pensar a respeito.

"Cord, acho que devemos montar o quarto do bebê no antigo quarto de Georgiana", ela sugeriu uma manhã. Cord estava tomando café e comendo uma tigela de cereal — havia misturado cereais de três tipos e usava o que parecia ser uma colher de servir para levar a mistura açucarada até a boca.

"Podemos usar meu antigo quarto." Ele mastigou. O leite estava cinza.

"Seu quarto fica no quarto andar. É melhor o bebê ficar no terceiro, com a gente."

"Ele não vai ficar num miniberço com a gente nos primeiros meses? Minha mãe sempre diz que dormíamos em um cesto no chão do quarto principal."

Sasha tentou imaginar Tilda colocando um bebê em um cesto no chão, depois o cercando de guardanapos e flores combinando. *O tema de hoje é "Sono Impecável"!* "Tá." Sasha tentou uma abordagem diferente. "Ouvi dizer que dá pra contratar uma consultoria para tornar a casa segura para um bebê. Uma pessoa vem e mostra tudo o que pode ser perigoso."

"Minha nossa!" Cord riu. "Não precisamos pagar alguém pra dizer que nossa casa é um perigo. Não vamos nos preocupar com isso agora. O bebê não vai se meter em problemas até engatinhar, o que só vai acontecer daqui a um ano." Cord ergueu a tigela de cereal com as duas mãos e bebeu o restinho do leite açucarado. Um floco de chocolate ficou grudado em seu lábio.

"Um ano?"

"Pelo menos. Vamos curtir a gravidez sossegados."

Curtir a gravidez. Para os homens aquilo era fácil. Mas Sasha deixou para lá. Estava cansada demais para discutir, porque a gravidez sugava toda a sua energia. Tinha lido uma vez que formigas tiravam duzentas sonecas curtas por dia, o que lhe parecia muito interessante naquele momento. Estava exausta, e de acordo com a internet não podia nem tomar um Red Bull sem açúcar.

Na quarta-feira, Sasha foi de bicicleta até o loft de Vara para o Taça e Traço. Ela só poderia participar de metade das atividades da noite, claro, mas se abster do vinho que Vara oferecia não era lá uma grande perda. Ela montou seu cavalete ao lado de Trevor, um amigo, e ficou ouvindo as fofocas: alguém da turma havia começado a ficar com uma pessoa que era uma proeminente designer de interiores e de repente seus quadros eram vendidos por todo o Upper East Side; outra começara uma residência artística no Studio Museum, no Harlem, e todo mundo fez questão de dizer que aquilo era maravilhoso, enquanto por dentro se remoía de inveja. Sasha não tinha muito a acrescentar; andava fechada em seu mundinho e ficou feliz em apenas ouvir a conversa.

Quando a pessoa que serviria de modelo aquela noite chegou, murmúrios de aprovação percorreram o cômodo. Tratava-se de uma mulher com pelo menos oito meses de gravidez, talvez nove. Todos ficaram animadíssimos, porque desenhar uma figura em um estado extremo daqueles era empolgante, mas Sasha se pegou estudando o corpo da modelo de outra forma. Em vez da bola de basquete perfeita que ela costumava imaginar, a barriga da mulher era baixa e meio oval e seu umbigo se destacava como um dedal. Veias se destacavam em seus seios, sinuosas, azuis e roxas sob a pele. Aquele exercício de desenho foi o momento da semana em que Sasha se sentiu mais desperta. De alguma maneira, ver aquela desconhecida nua tornava sua própria gravidez real.

"Você está tão quieta", Vara sussurrou, aproximando-se dela por trás.

"Estou só desenhando", Sasha respondeu, usando o dedão para esfumar os traços a lápis do cabelo da modelo.

"Você não está bebendo", Vara insistiu.

"Meu Deus, Vara." Sasha riu.

"Acha que seus peitos vão ficar grandes assim? Provavelmente não. E as roupas de grávida são horrorosas, nossa. Você vai ser uma daquelas grávidas irritantes que de repente começa a usar só estampa de bolinha? Me promete que não vai começar a se vestir como um bebê adulto?"

"Vara, quando eu tiver um motivo para discutir escolhas de vestuário de procriadoras, farei isso. Agora para", Sasha disse. Vara abriu um sorriso presunçoso e a deixou sozinha.

Quando Sasha estava de oito semanas e tinha confirmado a gravidez em consultório e ouvido o coraçãozinho de beija-flor do bebê no ultrassom, ligou para a mãe para contar a novidade.

"Ah, Sasha! Que boa notícia! Me conta tudo! Como aconteceu?"

"Mãe! Credo! Não vou te contar *como aconteceu*."

"Ah, não! Não quis dizer literalmente. Desculpa, não quero saber como aconteceu. Mas parabéns! Parabéns para os dois! Você está com enjoo? Tem conseguido dormir?"

"Estou bem, só um pouco cansada. Mas muito animada. E você, como está? E o papai?"

"Ah, estamos bem. Espera um minuto, vou lá para baixo." Sasha ouviu o som abafado da mãe descendo os degraus acarpetados e se deslocando pelo corredor. Uma porta se abriu e fechou, então seguiu-se um rangido e uma batida. O cachorro latiu, nervoso. "Pronto. Não quero que seu pai me ouça."

"Onde você está?"

"Na despensa."

Sasha deu risada. A despensa dos pais estava sempre lotada de vidros de picles e molho de pimenta. A mãe devia estar espremida entre as prateleiras. "Por quê?"

"Seu pai não comenta muito a respeito, mas a respiração dele anda um pouco curta. Tem usado o inalador pra asma, mas não está ajudando."

"Nossa, mãe! Ele está bem?"

"Fiquei morrendo de medo uma noite. Ele tossiu por uma hora e estava respirando muito mal."

"Quando foi isso? Por que você não me contou?"

"Ah, bom, não tinha motivo pra envolver você. Já temos os meninos que não largam do nosso pé aqui. Não queremos que se preocupe."

"Mas eu me preocupo, claro. Ele foi ao médico?"

"Marquei uma consulta pra amanhã. Agora tenho que garantir que ele vá."

"Posso ir junto?"

"Não precisa, querida. Seu pai não quer que a gente faça escarcéu. Insiste que só está fora de forma. Fica sem fôlego só de dar a partida no barco. Você sabe que o motor só pega com um puxão forte. Morro de medo de que numa dessas ele acerte o olho de um de nós." Ela riu. "Bom, agora vou sair da despensa. Não conte ao seu pai que contei a você. Estou muito feliz com a notícia, Sasha. Desculpa por ter mudado de assunto. A conversa inteira deveria ter sido sobre você!"

"Ah, sei que está feliz por mim, mãe. Mal posso esperar pra que venha me ajudar com o quarto do bebê."

"Quando você quiser."

Elas se despediram, então Sasha desligou, encarando o celular com uma careta. De repente, sentia-se muito distante. Num acesso de frustração, foi até a sala, pegou duas dúzias de CDs velhos e enfiou tudo em um saco. Abriu a gavetinha da mesa de canto com tampo de mármore, pegou todos os post-its velhos, canetas e clipes que havia ali e juntou ao saco. Ela se movia como uma louca, pegando revistas velhas, uma almofada bordada empoeirada, um controle remoto que ninguém sabia do que era, um saco hermético cheio de pilhas velhas e uma garrafa com um barquinho dentro, que poderia valer uma fortuna, mas provavelmente não era o caso. Não se importava. Antes que fosse pega no flagra, Sasha desceu com o saco para o porão, seguiu até o beco e o enterrou na lata de lixo dos vizinhos.

Onze

GEORGIANA

Depois da conferência em Washington, Georgiana mandou uma mensagem a Brady. **Sei que você é casado.** Então desligou o celular e passou três dias na cama, nem dormindo nem acordada, magoada e sofrendo. Na segunda-feira, sem ter mais como se esconder, ela se levantou às sete, tomou um banho, se vestiu e preparou a marmita do almoço. Quando saiu do prédio, viu que Brady a esperava logo na entrada, com dois copos de café na mão. Georgiana aceitou um, quase incapaz de olhá-lo no rosto de tanta dor que lhe causava. Os dois foram até a Promenade e se sentaram em um banco para conversar. O céu estava aberto, e o tempo, quente. Pessoas passavam correndo por eles, babás ofereciam croissants em sacos de papel encerado às crianças nos carrinhos. Mais adiante, além do píer, as balsas se moviam no rio, e uma barcaça laranja soava uma buzina fúnebre, como se reclamasse da vida que continuava enquanto o coração de Georgiana estava partido.

Ela se sentia oca, com as têmporas latejando e o estômago embrulhado, enquanto apoiava o café sobre as pernas. Não achava que tivesse forças para levá-lo até os lábios.

"Desculpa, George", Brady começou. "Achei que você soubesse. E aí, quando percebi que não era o caso, não encontrei uma maneira de contar a você. Pareceu ser tarde demais."

"Como eu saberia? Você nunca falou nada."

"É, eu sei. Mas pensei que todo mundo no trabalho soubesse. Amina já trabalhou lá. Era gerente de projetos, mas alguns anos atrás conseguiu um emprego na Gates Foundation, em Seattle, e teve que aceitar. O plano era que eu fosse trabalhar lá também, ou arranjasse outra coisa em Seattle e me mudasse, mas na verdade eu não queria. Amo Nova York. Amo meu trabalho. Então as coisas ficaram assim. Eu moro aqui, ela mora em Seattle. Alguns fins de semana ela vem, alguns fins de semana eu vou."

"Então quando você disse que estava em uma conferência sobre malária em Seattle na verdade estava com ela?"

"Bom, eu tinha que ir à conferência mesmo, mas fiquei com ela."

"E todo mundo no trabalho a conhece. Por isso ninguém sabe sobre nós."

"Desculpa, Georgiana. Não consigo explicar por que menti pra você. Só não queria que acabasse."

"Você a ama?"

"Amo. Mas também amo você." Brady olhava fixamente para ela, com os dedos brancos da força com que segurava a beirada do banco. Georgiana balançou a cabeça, levantou-se e seguiu sozinha por Columbia Heights até o escritório. Subiu os degraus da mansão, atravessou o salão, passou pelo departamento de captação de recursos e entrou em sua salinha, onde ligou o computador e passou horas olhando para uma folha presa na janela.

Não se levantou da mesa o dia inteiro, sem querer arriscar uma ida à cozinha ou ao banheiro que fosse, com medo de deparar com ele no corredor. Na terça-feira, em vez de jogar tênis com Brady, Georgiana saiu mais cedo, vestiu uma roupa de corrida e foi para Navy Yard, passando pelas intermináveis construções em Dumbo, procurando abafar os pensamentos ouvindo música no último volume. Não conseguia dormir, doente de desespero, então começou a correr antes do trabalho, primeiro oito quilômetros, depois onze, e mais cinco ou seis no fim da tarde, até começar a sentir dores na canela e tensão nos quadris.

Lena passou a semana toda viajando com o chefe, mas na sexta à noite chegou com duas garrafas de vinho e uma pizza do Fascati. Elas se sentaram no terraço para ver o sol se pôr sobre Staten Island. Lena deitou a cabeça no ombro de Georgiana.

"Sinto muito. Ele é um babaca."

"O pior é que não consigo me convencer disso. Tinha certeza de que ele estava apaixonado por mim."

"O cara mentiu pra você. O tempo todo, estava escondendo algo superimportante. Vocês se viram?"

"Vi Brady no corredor algumas vezes, mas abaixei a cabeça. Nem consigo olhar para ele. Não porque esteja brava, mas porque ainda gosto dele. É muito humilhante. Como posso ser tão patética?"

"Você não é patética, Georgiana. Só está muito magoada."

Na verdade, se Georgiana soubesse onde procurar, teria percebido que Amina sempre estivera lá. Em sua salinha apertada, Georgiana vivia cercada por edições antigas da newsletter da organização, anos e anos de histórias sobre exames de tuberculose nas ilhas Salomão, programas de saúde reprodutiva no Haiti, campanhas de vacinação contra cólera na República Democrática do Congo. Quando examinou o arquivo com atenção, viu fotos e fotos de Amina e seu nome escrito nas letras pequenas das legendas. Amina dando aula, apontando para um desenho colorido da anatomia humana. Amina com uma prancheta, agachada diante de uma geladeirinha, contando doses de medicação ao lado de um homem com um colete cáqui. Seria possível que, em certo nível, Georgiana soubesse dela? Quem a enganara? Brady ou ela mesma?

Na terça-feira, depois do trabalho, Brady a alcançou quando ela voltava para casa pela Hicks Street. "Podemos conversar?"

Georgiana sentiu o rosto esquentar e uma dor aguda percorrer seu corpo, da garganta até a virilha. Ela assentiu com a cabeça e o conduziu até seu apartamento. Assim que a porta se fechou, os dois começaram a se beijar. Os lábios dela, vorazes, foram de encontro aos dele, e lágrimas rolaram por seu rosto, mas Georgiana não parou. Ela chorou e o beijou e tirou a camisa, o sutiã e a calça. Ele beijou o pescoço e a barriga de Georgiana, deitou-a na cama e fez sexo oral nela. Ela se sentiu desarmada por Brady, pela oportunidade de tocá-lo quando tinha certeza de que nunca o faria de novo. Ele a penetrou, e ela o beijou de novo. Depois de gozarem, os dois ficaram deitados em silêncio na cama, enquanto o sol se punha. Jantaram bolacha com queijo, como inválidos, e dormiram juntos, emaranhados. Georgiana sentiu que enfim conseguia descansar naquela semana.

Logo era como se nada tivesse mudado, embora não fosse verdade. Havia uma intensidade e uma seriedade que eram novas a eles. Os dois pararam de jogar tênis — parecia uma perda de tempo em que poderiam ficar a sós — e começaram a passar horas e horas na cama. Brady era carinhoso com Georgiana, tirando seu cabelo dos olhos, às vezes a olhando como se tivesse medo de que ela pudesse derreter sob ele. Não dava para saber como aquilo acabaria. Brady deixaria Amina? Georgiana passaria a juventude toda desesperadamente apaixonada por um homem cujo coração estava a milhares de quilômetros de distância? Os dois nunca falavam a respeito. Quando estavam juntos, Georgiana tinha medo de quebrar o encanto e vê-lo desaparecer como fumaça.

O apartamento de Brady não parecia o apartamento de outra mulher. Na primeira vez que foi lá, Georgiana ficou nervosa, certa de que daria de cara com a cômoda repleta de vidros de perfume, porta-retratos na estante, absorventes e maquiagem no banheiro. Embora houvesse mesmo absorventes debaixo da pia, ali não era o lar de uma mulher. Era o lar de Brady. Cheio de mapas e tapetes grossos que ele havia comprado no Marrocos, um buda de bronze do Camboja, uma fileira organizada de tênis de basquete e de corrida perto da porta. A geladeira estava abastecida de cerveja e molho de pimenta, havia uma bicicleta pendurada na parede, a cama tinha uma colcha azul bonita e várias biografias se empilhavam sobre a mesinha de cabeceira. Georgiana se perguntou que cara o lugar tinha antes de Amina se mudar para Seattle. Eles tinham ganhado um jogo de jantar de casamento que ela levara consigo? Um jogo de taças de champanhe? Uma boleira de cristal que um homem solteiro que vivia de comida pronta nunca pensaria em comprar para si mesmo? Georgiana se perguntou se o apartamento em Seattle teria traços de Brady, como desodorante masculino, lâmina de barbear, uma caixa de camisinhas.

Ela não conseguia nem pensar naquilo. No fato de que o homem que amava também transava com outra pessoa. Os dois sabiam que era melhor não tocar no assunto, mas Georgiana convivia com aquela certeza. Quando Brady voltou depois de passar um fim de semana em Seattle, ela teve que morder a língua e se beliscar para não pensar nele em cima da esposa, beijando o rosto dela e segurando sua mão, os dois suados.

Às vezes, Georgiana sentia que tentava gravar Brady na memória, como se ele fosse desaparecer e deixá-la sonhando com as pequenas sardas em suas costas. Outras vezes, parecia que os dois tinham todo o futuro pela frente, e ela via Brady experimentando e flertando com aquela vida possível. Eles descobriram que gostavam de dormir do mesmo jeito, com o dedão e segundo dedo de um pé envolvendo o tendão de aquiles do outro. "Se tivéssemos filhos, aposto que eles dormiriam assim também", Brady comentou.

"Se tivéssemos filhos, eles seriam ótimos atletas." Georgiana sorriu.

"Eu ia querer que eles tivessem seu cabelo."

"Eu ia querer que eles tivessem seu rosto."

"Eu ia querer que eles tivessem seus peitos."

"Isso seria estranho se fossem meninos. Bebezinhos com seios de mulher."

"Eu amaria nossos filhos mesmo assim", Brady prometeu, todo sério. "Nossos menininhos com lindos peitos, cabelo castanho comprido e rosto de homem com a barba por fazer."

Quando Amina chegou para uma visita e Georgiana não pôde passar o fim de semana com Brady, todo o seu corpo latejou de tristeza. Ela saiu para jantar com Kristin e Lena e tentou prestar atenção nas duas falando sobre a chefe de Kristin, que sempre usava fone nas reuniões; jogou tênis com a mãe no Casino e depois as duas almoçaram no apartamento, em silêncio, enquanto a mãe lia a revista de ex-alunos de Yale de Cord com um marcador de texto, procurando pelos filhos de conhecidos seus. Quando Darley perguntou sobre Brady, Georgiana deu de ombros e murmurou qualquer coisa sobre o relacionamento ter esfriado. Não podia dizer à irmã que Brady era casado, tampouco contar que ela mesmo assim transava com o marido de outra pessoa.

Na segunda-feira, Georgiana acordou feliz. Amina iria embora e Brady seria dela outra vez. Quando Georgiana cruzou com ele no corredor, a caminho da biblioteca, Brady apertou de leve o braço dela e os dois sorriram um para o outro como idiotas antes de seguirem apressados em direções opostas.

Agora que Georgiana prestava atenção, Amina parecia estar em toda parte. No almoço, os amigos de Brady sempre mencionavam Seattle em suas conversas; até se dirigiam a ele no plural, perguntando "Vocês vão para o Maine no Memorial Day?" ou "O Prius é de vocês ou alugado?". Todos conheciam Brady muito bem, enquanto Georgiana tinha a impressão de que mal sabiam o nome dela.

Ninguém no escritório nunca lhe perguntava o que ela faria no fim de semana ou elogiava uma blusa nova. As pessoas eram simpáticas, mas não chegavam a ser suas amigas. Em alguns aspectos, aquilo chegava a ser intrigante. Embora Georgiana tivesse crescido no Brooklyn, naquele mesmo bairro, as pessoas do escritório não pareciam em nada com as que ela conhecia da vida real. Enquanto seus pais jogavam golfe, seus colegas de trabalho faziam ioga. Enquanto seus pais e seus amigos passavam as férias na Flórida, seus colegas de trabalho passavam as férias no Equador e na Costa Rica. Era BMW de um lado e Subaru do outro, Whole Foods e feira, sapatos envernizados e Birkenstocks com meias. Havia uma mulher chamada Sharon que trabalhava no andar de Brady. Tinha cabelo curto e grisalho — não grisalho fashion prateado, e sim daquela tonalidade amarelada de quem não se cuidava. Usava roupas de linho que sempre pareciam amassadas e vincadas na cintura e nas axilas. E fazia massagem nas pessoas sem que elas pedissem. Georgiana sabia que Sharon era uma boa pessoa, porém toda vez sentia uma pontinha de horror esperando que a mulher largasse seus ombros e partisse para a próxima. Havia outra mulher, Mary, que tinha cabelo loiro e brilhante na altura do queixo e sempre cheirava a perfume francês, mas só usava roupas que comprara no Nepal — calça saruel de seda e blusas bordadas. Usava um broche na jaqueta com os dizeres LIBERTEM O TIBETE e tinha um buda com um celular de plástico na mesa. Havia homens com rabo de cavalo comprido e grisalho e óculos pequenos estilo John Lennon. Havia uma mulher da idade de Georgiana com piercing no septo e tatuagens astrológicas. Georgiana preferiria raspar a cabeça a fazer uma tatuagem.

Embora fosse fácil justificar sua falta de amigos no trabalho pelas diferenças culturais, aquilo também era por causa de Brady. Como Georgiana poderia construir uma amizade de verdade com alguém justamente no lugar onde sua vida era um enigma, onde precisava ser mais cuidadosa por causa do terrível segredo que carregava? Desde a conferência em Washington, ela sentia que Meg vinha tentando se aproximar. Ela se sentava ao lado de Georgiana na mesa do almoço e as duas conversavam cordialmente sobre os prazos de Meg, sobre a programação de Meg, sobre a futura viagem de Meg ao Paquistão. Em geral, apenas gerentes de projeto faziam viagens de campo, mas eles estavam concorrendo a um financiamento de dez anos do USAID na área de saúde da mulher, de modo que Meg iria junto para dar mais robustez à proposta deles. Seria a primeira vez que visitaria outro país a trabalho, a primeira vez que iria ao Oriente Médio e um grande passo em sua carreira. Georgiana tinha reparado que elas só falavam sobre Meg em seus almoços, mas de certa maneira aquilo tornava a amizade mais fácil. Ela não precisava se contorcer porque lhe perguntavam sobre seus planos para o fim de semana ("Ah, eu planejo transar quatro vezes e comer comida tailandesa pelada com nosso colega Brady, conhece ele?"). Georgiana sabia que seu relacionamento com Brady também criava pequenas barreiras entre ela e suas outras amigas. Lena e Kristin achavam que ela havia terminado com Brady depois de descobrir que ele era casado. Georgiana precisava mentir quando passava as noites de sábado com ele, dizendo que ia ajudar a cuidar de Poppy e Hatcher, que estava cansada, que não estava a fim de sair. Preocupadas que ela estivesse deprimida, as amigas tentavam convencê-la a ir, mas Georgiana encerrava o assunto e silenciava o celular. A logística de mentir para Darley era mais fácil, porque a irmã estava sempre ocupada demais com as crianças para implorar que fosse a festas nos fins de semana. Só que a vergonha que Georgiana sentia por saber que Darley reprovaria sua conduta a fazia se irritar com a irmã por antecipação. Só porque Darley tivera a sorte de conhecer o amor da vida dela na faculdade não significava que as coisas eram igualmente simples para todos. Era fácil uma pessoa encher a boca para defender a santidade do casamento quando nunca havia se apaixonado profunda e dolorosamente pela pessoa errada.

Quando Georgiana descobriu que Brady também ia para o Paquistão, ficou irritada. "Você não acabou de voltar de viagem?", ela perguntou, com uma pontada de queixa na voz.

"Faz meses que não visito nenhum projeto. É a melhor parte do trabalho, ir para o campo."

"Quanto tempo você acha que vai ficar lá?"

"Tipo um mês?"

"Essa é a pior coisa que já me aconteceu." Georgiana fez beicinho.

"Então você tem muita sorte." Brady deu um beijo no nariz dela. "É só instalar o WhatsApp e a gente vai poder conversar o tempo todo."

No fim de semana antes da viagem, os dois mal saíram da cama. Riram e brincaram que eram como camelos sexuais, estocando tudo o que podiam na corcova antes que Brady fosse para o deserto. No domingo, quando Georgiana saiu do banho, ele escondeu algo nas costas, parecendo culpado.

"O que está fazendo?", ela perguntou.

"Estou escrevendo bilhetes pra você", Brady admitiu. "Vou esconder pelo apartamento pra que possa encontrar depois que eu for embora. Agora ou fecha os olhos ou volta pro banheiro."

Georgiana sorriu e voltou para o banheiro, onde penteou o cabelo diante do espelho enquanto ouvia Brady indo à sala, levantando almofadas e abrindo e fechando gavetas. Aquela noite, depois que ele foi embora, ela encontrou um bilhete na despensa colado no saco de pão, dizendo: *Você tem uma bela bunda.*

Quatro dias depois de Georgiana ter dado um beijo de despedida em Brady, o fundador da organização convocou todo mundo para uma reunião no refeitório. Assim que chegou, Georgiana percebeu que algo terrível havia acontecido. Todos pareciam abalados, confusos. Sharon, a recepcionista, tinha um lencinho na mão e assoava o nariz enquanto lágrimas escorriam por trás de seus óculos. De alguma forma, Georgiana soube que aquilo tinha a ver com Brady. A sensação se espalhou pelo seu corpo, uma dor fria que irradiava para os braços e descia até o estômago. Com um soluço de choro preso na garganta, o fundador mal conseguia falar. Ele contou a todos que Meg, do departamento de captação de recursos, uma gerente de projetos chamada Divya e Brady haviam pegado um voo em Lahore, no leste do Paquistão, com destino a Karachi. A cabine havia relatado dificuldades técnicas e o avião retornara a Lahore. A cinquenta e seis quilômetros da cidade, o avião caíra. Sem deixar sobreviventes.

Quando Georgiana ouviu as palavras "sem deixar sobreviventes", precisou apoiar uma mão na parede para se equilibrar. Sua visão fechou até um alfinete de luz, e o chão pareceu se inclinar sob seus pés. Ela sentiu o toque do papel de parede antigo, em meio à escuridão, sem saber se estava de pé ou caindo. Quando voltou a enxergar, todo mundo em volta tinha levado uma mão à boca, horrorizado. Georgiana não conseguia encarar ninguém. Não podia voltar à mesa. Desceu a escada em silêncio, atravessou o vestíbulo e saiu para a rua. Não sabia aonde ir.

Brady tinha morrido. Seu corpo, suas costas sardentas, os dedos dos pés que envolviam o tornozelo ao dormir, tudo havia sido reduzido a cinzas, em um lugar onde Georgiana nunca estivera e aonde provavelmente nunca iria. Nunca mais o abraçaria, nunca mais veria seu rosto, beijaria sua boca, nunca choraria sobre o corpo que havia adorado com tanto fervor. Ela subiu aos tropeços os degraus de pedra de sua casa de infância e usou a própria chave para entrar. Chorava tanto que não conseguia respirar ou enxergar. Largou a bolsa no corredor, do lado de fora do quarto, e entrou no armário. Puxou as roupas dos cabides e enterrou o rosto nos tecidos bolorentos até perder o ar. Chutou a perereca de madeira que escondera. Georgiana tinha sido uma criança, uma criança idiota, mas Brady a vira. O amor que sentia por ele a enchia de vergonha, mas também de um poder que ardia quente e forte. Agora que Brady havia partido, ela nunca mais sentiria aquilo novamente.

Georgiana chorou até a barriga doer, até não ver mais nada, até seu rosto inchar e sua pele ficar cheia de manchas vermelhas. Não sabia quantas horas tinham se passado quando ouviu um barulho na escada e a porta do armário se abrindo devagar. Era Sasha.

"O que aconteceu? Está tudo bem?"

"Fiz algo terrível", Georgiana disse. E contou a ela.

Doze

DARLEY

"Antes de nascer eu tinha cauda", Poppy disse, encarando Darley com toda a seriedade. Eles estavam jantando no Tutt's, um restaurantezinho na Hicks Street, e havia molho de tomate no queixo da menina.

"Você tinha cauda?", Darley repetiu, sem saber se estavam operando no reino da fantasia ou na realidade.

"Eu tinha cauda, que nem um girino."

"A gente tinha cauda que nem girino", Hatcher concordou, separando com cuidado o pimentão e as azeitonas da salada e colocando-os na mesa.

"Eu nadava muito, muito, muito rápido, depois virei um ovo", Poppy disse.

Darley olhou para Malcolm com cara de interrogação.

"Você sabe que nunca teve cauda, né? Humanos não têm cauda", Malcolm explicou à filha.

"Eu tinha! Tinha uma cauda de girino, depois virei um ovo, depois cresci dentro da barriga da mamãe!", Poppy insistiu, indignada.

Darley começou a rir. "Malcolm", ela sussurrou, "Poppy quer dizer que foi um espermatozoide."

A escola havia mandado um bilhete dizendo que começariam a falar de saúde e sexualidade humana na aula de ciências. Devia ser aquilo. Darley não queria ser careta, mas na época dela só viam aquele tipo de conteúdo no quinto ano. Abordar o assunto no jardim de infância parecia cedo demais, mas ela imaginava que era melhor aprenderem na escola que na internet. Só torcia para que Poppy não começasse a falar de esperma no clube de tênis.

* * *

Desde os tempos em que Darley estudava lá, trinta anos antes, a escola da Henry Street realizava um leilão no outono para arrecadar fundos para seu sistema de bolsas. Os pais vestiam suas melhores roupas e se reuniam no ginásio para oferecer dezenas de milhares de dólares por refeições preparadas por chefs famosos, ingressos para ver os Knicks de perto, camarotes de shows, semanas viajando de iate e certa vez até a chance de seus filhos aprenderem a nadar com um medalhista olímpico que aparecera na caixa do cereal Wheaties. Em anos anteriores, os Stockton haviam adquirido uma viagem para esquiar, um passeio de balão, uma sessão de fotos de família com alguém que fotografava para a *National Geographic* e um quadro horroroso pintado pela turma do quinto ano de Cord, que lhes custara quatro mil dólares.

As famílias eram incentivadas a fazer doações generosas e superar os lances dos outros. Aquela também era uma chance de exibir seus contatos. Se seu genro trabalhava na administração da liga de beisebol, você conseguia um encontro com os Yankees para o leilão. Se você era do conselho do Mark Morris Dance Group, arranjava uma apresentação na sala de estar com os principais bailarinos. Como quase todo mundo tinha casa em Long Island ou Litchfield County, não era lá grande coisa oferecer uma estadia lá, mas quem também tinha casa em Aspen, Nantucket ou St. John era praticamente obrigado a incluí-las na lista de prêmios. Melhor ainda seria emprestar o jatinho para o translado.

Os Stockton tinham descoberto uma opção sempre viável quando Darley estava no ensino fundamental e eles compraram mais propriedades com vista para a água. Desde então, ofereciam uma festa temática em um imóvel que não estivesse ocupado — uma festa do Oscar no cinema de Brooklyn Heights, um baile de máscaras onde costumava ficar o Jane's Carousel, um jogo para descobrir quem era o assassino na região do antigo Navy Yard.

Naquele ano, Tilda havia se superado e organizado uma noite com o tema "Era de Ouro de Hollywood" na Montague Street, onde antes era o Hotel Bossert. O hotel era uma das propriedades no Brooklyn Heights que pertenciam às testemunhas de Jeová e das quais tinham começado a se desfazer em 2008 — e que os Stockton tinham arrematado durante o leilão bélico que se estendeu por cinco anos. (Diziam que o custo total do imóvel beirara cem milhões de dólares.) Tratava-se de um prédio deslumbrante, com saguão de mármore, lustres gigantescos e um restaurante de dois andares no topo, onde os jogadores do Dodgers haviam comemorado um título mundial na década de 50. O hotel estava fechado ao público fazia trinta anos, e a vizinhança fervilhava de curiosidade quanto ao local, que era enorme e ficava perto de tudo. A bem da verdade, Tilda poderia oferecer uma noite comendo sanduíches de manteiga de amendoim no chão do saguão que ainda assim as pessoas perderiam a cabeça nos lances só para passar pela porta.

O leilão da escola era dividido em dois: o leilão ao vivo e o leilão silencioso. Em anos mais recentes, o leilão silencioso se dava em um aplicativo, para que as pessoas pudessem conversar e beber enquanto faziam lances pelo celular. Darley havia repassado o catálogo com a mãe antes do evento, e as duas tinham montado uma estratégia em relação aos lances que dariam por educação e ao que de fato queriam adquirir. Ambas concordaram que, no leilão ao vivo, Tilda faria lances para um jantar de dez pratos com o célebre chef Tom Stork, porque os filhos de Tom estavam na classe de Poppy, e os Stockton às vezes o viam na hora de deixar e buscar as crianças. No leilão silencioso, ela faria um lance pela casa em Nashaun, uma ilha particular perto de Martha's Vineyard, porque seus amigos da família Forbes também tinham um imóvel lá, e seria divertido viajarem todos juntos. (Havia apenas trinta casas em Nashaun, e todas pertenciam aos Forbes. A menos que casasse um de seus filhos com um Forbes, aquele leilão poderia ser a única chance de Tilda de passar férias lá.) Para serem educadas, claro, também dariam lances pelas obras de arte produzidas pelas classes de Poppy e Hatcher — uma colcha de retalhos com o rosto das crianças e uma espreguiçadeira com suas assinaturas trêmulas. Torciam para não ganhar nem uma nem outra, mas os professores ficariam magoados se os artigos não fossem vendidos por pelo menos quatro dígitos.

Todo ano, o leilão abria com a venda de um ursinho de pelúcia usando uma camiseta da escola. Embora valesse apenas dez dólares, era uma demonstração de boa-fé dar um lance alto por ele para que a noite começasse bem. Quanto mais conseguissem pelo ursinho, maiores as chances de que o leilão fosse um sucesso. Chip e Tilda preferiam ficar de fora da guerra de lances. O ursinho era só para se mostrar, e os dois deixavam aquilo para os verdadeiros pesos-pesados, pessoas cujo nome estampava alas da Biblioteca Pública de Nova York ou as instalações esportivas de Harvard.

Naquela noite, Malcolm ficou em casa com as crianças enquanto Darley foi ao leilão com os pais. Tilda estava maravilhosa, com o cabelo loiro preso em um coque banana e a maquiagem profissional. Usava um vestido longo verde e carregava uma bolsa tão pequena que Darley se perguntou se cabia um celular lá dentro. A própria Darley comprara uma calça de seda de cintura alta e uma blusa combinando para o casamento de um primo, Archie, que seria dali a algumas semanas, e como os convidados seriam de grupos diferentes decidiu que poderia repetir o figurino. Desde que ninguém publicasse fotos nas redes sociais, não haveria problema.

Quando eles chegaram ao portão da escola, a equipe de jovens organizadores ensinou como baixar o aplicativo no celular e dar um lance e como habilitar a opção para que novos lances fossem dados automaticamente sempre que outra pessoa cobrisse seu lance anterior. "Assim, se realmente quiserem alguma coisa, não precisam ficar olhando o celular o tempo todo pra garantir que ninguém mais pegue!", uma mulher explicou.

"Devemos fazer isso com a casa em Nashaun?", Tilda perguntou a Darley.

"Não, e se alguém pirar? É melhor ficar acompanhando de perto nos últimos vinte minutos", Darley aconselhou. Ficava estressada de pensar nos pais gastando todo aquele dinheiro em um leilão quando havia uma boa chance de que precisaria pedir para que pagassem a escola dos filhos ao fim do semestre.

"Vamos ser sensatos." Chip franziu a testa. "Se eu vir uma de vocês virando pinot grigio e mexendo no celular, vou confiscá-lo."

"Ah, Chip, não seja ridículo." Tilda riu. "Você sabe que só bebo chardonnay."

Alguns outros pais das salas de Poppy e Hatcher já estavam por lá, e Darley, Chip e Tilda se juntaram a eles no bar para tomar uma bebida. Muitos dos alunos haviam estudado antes na Grace Church ou na Plymouth, de modo que todos se conheciam e haviam passado os últimos anos marcando encontros para brincar, indo a festinhas e participando de diferentes eventos beneficentes.

Enquanto esperavam as bebidas e conversavam com outros convidados, Chip deu uma olhada no leilão silencioso no celular e notou um item que, de alguma maneira, a filha deixara passar. "Ei, Darley, você viu isso?" Ele apontou para a lista. "Aventura nas alturas. Junte-se a um piloto experiente em um Cirrus SR22 por uma tarde. De Montauk a Hot Springs, o mundo é seu. Quatro horas no ar com um delicioso piquenique para dois."

"Não vi isso", Darley disse, surpresa. "Devem ter subido hoje."

"Quem está oferecendo?" Tilda olhou para a tela de Chip.

"Não sei, não consigo pensar em ninguém das turmas mais novas que tenha um SR22. Acho que a maioria dos pais da classe de Poppy usa aviões corporativos ou NetJets." Darley olhou em volta, curiosa. "Tudo bem se eu for investigar?"

Chip assentiu, e ela se aproximou do aglomerado de mulheres com iPads na mão perto do palco. Sharon, do departamento de desenvolvimento, indicou que ela falasse com Cy Habib, um homem bonito usando gravata Hermès sentado a uma banqueta com um grupo de pais de alunos mais velhos.

"Com licença." Darley se aproximou e tocou o ombro dele. "Sou Darley Stockton, tenho filhos pequenos na escola. Foi você quem doou o passeio no SR22?"

"Sim. Vai dar um lance?" Ele se levantou para apertar a mão dela e sorriu, revelando seus lindos dentes brancos.

"Talvez! Mas precisava conhecer o dono."

"Sou eu mesmo. O maluco que comprou aquela coisa. Você sabe o que dizem: se voar ou flutuar, é melhor alugar."

Na verdade, aquela não era a expressão completa. Darley já a ouvira um milhão de vezes: *se voar, flutuar ou trepar, é melhor alugar*. A ideia era que comprar um avião, um barco ou uma esposa era um desperdício de dinheiro. Ela gostou do senso de decoro daquele homem.

"É um belo avião. Muito luxuoso por dentro, como um carro esportivo. Todo em couro", Darley comentou.

"Assim que vi as portas tipo asas de gaivota eu sabia que não tinha mais jeito. E a aviônica..." Cy balançou a cabeça.

"Fora os paraquedas. Amo que o avião tenha seu próprio paraquedas."

"Bom, o slogan deles é: 'Se tiver que cair, caia com estilo'." Os dois deram risada.

"Você trabalha na área ou é um aviador de fim de semana?"

"Trabalho com companhias aéreas. E quando saio do escritório gosto de voar. O que posso dizer? Queria ser uma pessoa com interesses variados, mas jogo golfe muito mal." Cy sorriu, e Darley retribuiu o sorriso. "E quanto a você? Trabalha na área?"

"Ah, não. Meu marido que trabalha. Sou só louca por aviões."

"Metade das pessoas aqui tem hábitos piores e mais caros. Acho que não precisamos ter vergonha de nada."

Eles conversaram por mais alguns minutos. Cy lhe entregou seu cartão e convidou Darley e Malcolm para darem uma volta de avião com ele quando quisessem. Ela voltou para os pais, radiante.

"E então? De quem é o avião?", Tilda perguntou, em um tom conspiratório. Um Cirrus SR22 custava pelo menos um milhão de dólares, e Tilda fazia questão de saber quem podia gastar aquele nível de dinheiro em um hobby.

"O nome do cara é Cy Habib. Ele mora em Gardner Place."

"De onde é esse sobrenome?" Chip parecia intrigado.

"Do Oriente Médio", Darley respondeu.

"Ah", Chip respondeu, assentindo, como se a informação confirmasse uma desconfiança particularmente sagaz.

Darley bufou, aborrecida. Mas não era surpresa que o outro pai que também pilotava avião fosse alguém racializado. Ela e Malcolm já haviam conversado a respeito de quão diverso o mundo da aviação era nos Estados Unidos. Às vezes a paixão começava cedo, porque muitos filhos de imigrantes pegavam longos voos internacionais com muito mais frequência, porque iam visitar os avós na Índia, em Singapura ou na África do Sul. Enquanto Darley só precisava percorrer três quarteirões para ir à casa de Pip e Pop, Malcolm tinha que viajar até a Coreia do Sul. Ele ia à cabine conhecer os pilotos e afixava asas de plástico na camisa cuidadosamente passada. Havia algo de glamoroso em voar para o exterior, e quando o bichinho da aviação mordia alguém, era um caminho sem volta. A paixão por voar era um sentimento para a vida toda.

Quando o leilão ao vivo começou, Chip e Tilda deixaram as bebidas de lado e ficaram com seu número a postos. A pessoa que conduzia o leilão apresentou o ursinho de pelúcia, com as apostas se iniciando em mil dólares, e Darley ficou empolgada. Seria estranho gostar de ver os outros gastando dinheiro? Imaginava que não fosse diferente de ver pessoas jogando notas de um dólar no ar em casas noturnas. Todo mundo gostava de ver dinheiro jorrando.

O jogador da NBA e a esposa levantaram seu número várias vezes e acabaram comprando o ursinho por oito mil dólares, e a partir dali a noite decolou. Logo já haviam vendido uma ponta em uma novela, uma guitarra que Bruce Springsteen havia tocado, uma bandeira autografada pelo jogador de golfe Arnold Palmer, ingressos de camarote para um show de Billie Eilish e uma fantasia infantil de Homem-Aranha autografada por Stan Lee.

"Droga, a gente devia ter comprado para o Hatcher", Tilda sussurrou para Darley.

"Você comprou uma dessas três anos atrás." Darley revirou os olhos. "Está guardada em uma caixa, pra que ele não tente usar."

Quando chegou a hora do jantar particular feito por Tom Stork, Tilda levantou seu número. O próprio Tom estava sentado a uma mesa próxima, e ela abriu um grande sorriso na direção dele. Darley se encolheu quando Tom virou o restante da bebida e saiu da sala, supostamente para pegar outra, mas sem dúvida para evitar o desconforto de ter todo mundo olhando para ele.

"Qual é o sentido de dar um lance se ele nem vai ver?", Tilda lamentou. Ela levantou o número até chegarem a cinco mil dólares, então desistiu e deixou que um casal do outro lado do salão levasse o prêmio. "Espero que a esposa dele lhe diga que tentamos." Tilda fez beicinho e pegou o celular da bolsa. "Nossa, Darley, não consigo ver nada nesse aplicativo. Qual foi o último lance pela casa em Nashaun?"

"Não trouxe os óculos?", Darley perguntou, olhando por cima do ombro da mãe.

"Não cabia na bolsa." Ela afastou o celular do rosto o máximo que conseguiu e ergueu o queixo para digitar.

O restante da festa passou em um borrão de beijos na bochecha e conversas rápidas com os professores e a diretoria. Darley sentia pena deles, resignados a bebericar seu vinho branco quente para se manter sóbrios o bastante a ponto de lembrar o nome de todos os pais. Os lances se encerrariam às nove horas, e conforme o horário se aproximava os Stockton foram ver ao vivo a colcha e a espreguiçadeira que os alunos haviam feito. Alguns pais que eles conheciam estavam perto dos itens do jardim de infância. Uma mulher com gravidez avançada estava sentada na espreguiçadeira assinada.

"Reivindiquei pra mim!", ela comentou rindo quando eles se aproximaram. "É literalmente a única posição em nove meses em que minhas costas não doem. Meu marido está fazendo um lance depois do outro!"

"Você merece", Darley respondeu de forma simpática, no fundo satisfeita que não fossem acabar com o trambolho. Agora torcia para que alguém se apegasse da mesma maneira à colcha. À medida que os minutos passavam, as pessoas ficavam cada vez mais ligadas aos celulares, querendo garantir que ninguém roubasse seus itens no último instante.

"Acho que vamos conseguir a casa", Tilda sussurrou animada no ouvido de Darley.

"Alguém está disputando a espreguiçadeira comigo", o marido da grávida murmurou.

"Quem faria isso, quando você já está sentada nela?", Darley perguntou, olhando em volta e meio que esperando ver outra grávida olhando feio para as duas.

Quando o relógio bateu nove horas, vivas e grunhidos percorreram o salão. "Conseguimos a casa!" Tilda agitou o celular no ar, feliz, na ponta dos pés.

"Nãããão! Perdi a espreguiçadeira!", o homem se lamentou.

"Quê?" A grávida parecia prestes a chorar. "Vou ter que me levantar?"

Chip ajudou o marido a tirá-la com delicadeza do conforto da lona. A mulher usava sapatilhas, e Darley notou que seus tornozelos estavam inchados. Ela verificou o aplicativo e descobriu que a festa da mãe no hotel Bossert havia sido vendida por quatro mil e quatrocentos dólares, um excelente preço. Tilda foi buscar o certificado para as férias em Nashaun, mas voltou cinco minutos depois, mordendo os lábios.

"É melhor irmos nessa", ela sussurrou para Chip.

"Por quê? Já pegou seu certificado? Passou o número do cartão de crédito?" Chip franziu a testa.

"Sim, mas também compramos a cadeira."

"Quê? Como?"

"Eu cliquei na opção de lances automáticos. Pagamos três mil e duzentos dólares por ela."

"Por uma espreguiçadeira de lona toda rabiscada?", Chip perguntou, ficando vermelho.

"Podemos dar para Cord e Sasha." Tilda deu de ombros. Darley olhou para o pai, querendo concordar com ele, mas a mãe a cortou. "Não seja assim, Chip. É tudo por uma boa causa." Cansada de sentir remorso, Tilda bateu em retirada, seguida por Darley e Chip, que carregava a frágil espreguiçadeira, toda rabiscada.

Quando Darley leu que Bill Gates deixaria para os filhos menos de um por cento de sua fortuna, meros dez milhões de dólares cada, seu primeiro pensamento foi: *Ainda é demais*. Heranças sempre acabavam arruinando as pessoas. Sem dúvida nascer na pobreza era incomparavelmente pior, mas como ambos os pais de Darley tinham nascido ricos, ela tinha vários primos que demonstravam como o dinheiro podia acabar com alguém. Alguns eram advogados, políticos, médicos, claro, mas outros não faziam absolutamente nada. Darley tinha primos que só viajavam e farreavam, primos que fingiam trabalhar, mascarando seu interesse por compras através de uma carreira de "colecionador", investindo em horário comercial e depois apostando no pôquer on-line à noite. Uma prima se casara com um artista e passava os dias vendo-o trabalhar, referindo-se a si mesma sem nenhuma ironia como a musa dele. Um primo investira todo o seu dinheiro em uma start-up que fazia camas elásticas para iates.

Em geral, a família nuclear de Darley lidara com seu enorme privilégio de maneira respeitável. Cord também estudara em Yale e depois em Stanford, Georgiana havia se formado na Brown e feito pós-graduação em literatura russa em Columbia. Darley odiava pensar que sua educação tão cara havia sido desperdiçada, odiava pensar que apesar das vantagens excepcionais que tivera passava os dias marcando consultas no dentista para as crianças e cuidando da logística das roupas do marido na lavanderia. O problema era que ter filhos com idades tão próximas acabava com a carreira de qualquer uma.

A primeira gravidez e o retorno da licença-maternidade tinham sido terríveis. Darley ficava tão enjoada pela manhã que não conseguia fazer nada. Trabalhava no Goldman Sachs, e esperavam que estivesse em sua mesa às sete da manhã. Assim como Malcolm, integrava a divisão de investimentos. Dava tudo de si, sempre fazendo hora extra e implorando para participar do maior número possível de projetos, desesperada para se diferenciar dos colegas e para trilhar seu caminho rumo ao setor de companhias aéreas. A gravidez de Poppy pegou Darley de surpresa, e ela estava determinada a não deixar que a atrapalhasse. Ficava tão enjoada no táxi que passou a ir de metrô ao escritório, só que o longo trecho pela High Street a deixava tão tonta que ela precisava descer na Canal Street para vomitar na lixeira da plataforma. Darley chegava ao trabalho pálida e suada, com gosto de vômito e chiclete na boca. Só conseguia controlar a náusea chupando balas azedas, que carregava no bolso de couro da capinha do celular e enfiava na boca quando ninguém estava olhando. Quando a barriga começou a despontar, seus colegas homens pareceram visivelmente alarmados e enojados. "Tem certeza de que não vai ter gêmeos?", eles perguntavam. Ou pior: "O estresse não faz mal para o bebê? Eu nunca deixaria minha esposa virar a noite trabalhando se estivesse grávida". Darley tinha tanto medo de que sua bolsa estourasse no trabalho que mantinha toalhas e uma calcinha em uma bolsa de academia debaixo da mesa.

Ela voltou ao trabalho seis semanas depois de Poppy nascer. Os colegas lhe perguntavam se tinha aproveitado as "férias", reclamando sem parar sobre como tinham ficado sobrecarregados por conta de sua ausência. Quando Darley tentava ir à enfermaria para tirar leite, eles davam risada, cerravam os punhos e fingiam ordenhar uma vaca, fazendo barulho com a boca.

Darley suportou aquilo por seis meses. Tirava leite em banheiros de aviões cruzando o país. Deixava Poppy com Soon-ja, pedia para os funcionários dos hotéis guardarem as mamadeiras de leite até que o pessoal do FedEx as retirasse e levasse para casa. Não punha a filha para dormir, não dava banho nela e perdeu a primeira vez que engatinhou. Aprendeu a usar discos de algodão no sutiã para não manchar suas blusas de seda quando as reuniões se estendiam e ela não conseguia tirar o leite na hora certa. Se fosse ser honesta consigo mesma, queria ter outro bebê. No trabalho, estava tudo dando errado. Aquilo não era vida. Darley não aguentava mais. Estava destruída, e outro bebê seria uma saída. Todo mundo compreenderia quando se demitisse.

Malcolm foi ótimo quando ela contou que estava grávida de Hatcher. Ela poderia parar de trabalhar e cuidar das crianças. Aquilo significava que no futuro próximo seriam uma família com apenas uma fonte de renda. Já era tarde quando Darley se deu conta de que não pensara no que abrir mão de sua herança significaria para ela enquanto mulher. Embora tivesse passado a infância e a adolescência pedindo dinheiro aos pais para viajar, comprar roupas e óculos escuros, sair para jantar e cortar o cabelo, havia começado a usar o dinheiro de sua própria conta para pagar a faculdade de administração, o carro, o notebook e a mensalidade da academia com sauna. Depois de se casar, o acesso àquela conta foi cortado, e o dinheiro desapareceu em uma nuvem de vapor cheirando a madeira. Desde então, ela só tinha a conta conjunta com Malcolm.

Darley havia lido um artigo no *New York Times* sobre como os casais felizes tinham cada um sua conta além de uma conta conjunta, mas aquilo não fazia sentido para ela, porque só Malcolm tinha renda. Assim, os dois tinham cartões American Express iguais, ligados à mesma linha de crédito — a de Malcolm. Sempre que ela gastava oitocentos dólares em uma consulta dermatológica, mil dólares no Bergdorf's, quatrocentos dólares no salão de beleza no SoHo, Malcolm via. Era como fazer xixi de porta aberta: algo que os casais faziam, embora perigosamente corta-clima.

No entanto, funcionava. Eles tinham um belo apartamento, faziam viagens de férias bacanas, as crianças estudavam em uma boa escola e, nas noites em que dormiam na mesma cama, Darley e Malcolm ficavam de conchinha. Só que, com Malcolm desempregado, aquele estilo de vida era caro demais. Ele precisava trabalhar. Ela precisava trabalhar. Ou precisaria dizer aos pais que estivera equivocada aquele tempo todo.

Treze

SASHA

Sasha achava que ter nascido cento e vinte anos depois da Guerra Civil Americana a livraria de ouvir disparos de canhões nas proximidades, mas, infelizmente, Archie, primo de Cord, ia se casar no iate clube de Greenwich, e a família compareceria em peso. O assistente de Chip alugou uma casa enorme à beira da água, com seis quartos. Se Poppy e Hatcher dormissem juntos, Berta poderia ir também para cuidar deles depois da cerimônia. Darley e Malcolm foram com seu carro, com as crianças no banco de trás assistindo o tempo todo a Disney+. Os pais de Cord foram em outro carro com Berta, então Cord e Sasha convidaram Georgiana para se juntar a eles. Sasha vinha tentando conversar com a cunhada desde que a encontrara no armário, mas estava claro que Georgiana tinha se arrependido de contar o que acontecera. Sasha tentara abraçá-la aquele dia, mas a cunhada fora embora apressada e na manhã seguinte não atendera nem retornara sua ligação para saber se estava tudo bem. Sasha ainda mandou uma mensagem convidando-a para tomar uma cerveja, que tampouco foi respondida. Ela se sentia perdida, sem saber como ajudar alguém que claramente não queria sua ajuda.

Eles encontraram Georgiana no estacionamento da Henry Street. Ela jogou a mala no banco de trás, amassando o vestido que Sasha pendurara com todo o cuidado ali. Sasha lhe ofereceu o banco da frente, mas Georgiana revirou os olhos e recusou, preferindo ir atrás com fones no ouvido e olhando pela janela. Durante a viagem, Sasha deixou Cord a par das últimas fofocas envolvendo a família. Como a respiração do pai parecia ter melhorado, ele e a mãe de Sasha pediram que Nate, irmão dela, ficasse com a cachorra, que era um pouco neurótica, para poderem sair uma noite. Quando Nate a levara de volta na manhã seguinte, ela entrara em casa correndo e balançando o rabo, tão feliz por estar em casa que acabou vomitando na cozinha. Só que, em vez de ração, o que apareceu na poça de vômito foi uma calcinha preta de renda, e agora a mãe de Sasha achava que Nate estava namorando.

"Por que cachorros gostam tanto de calcinha?", Cord perguntou, rindo.

"Porque são uns pervertidos." Sasha franziu o nariz.

"São mesmo", Cord concordou. "Mas meio que entendo."

Sasha riu e fez menção de dar um soquinho nele, de brincadeira, então se lembrou de Georgiana, perdida em seu mundinho triste no banco de trás.

Quando eles chegaram à casa, os pais de Cord já tinham ocupado a suíte principal no térreo e deixado a suíte ao fim do corredor para Berta. As crianças precisavam ficar ou ao lado de Darley ou em frente a ela, portanto Cord e Sasha se instalaram no quarto menor, equipado com uma cama de casal padrão debaixo de um beiral, que dava para tocar com os pés se a pessoa levantasse as pernas. Sasha tinha comprado um vestido — um vestido longo de alcinha, de uma seda gelo-azulada, que amassava fácil. Ela o esticou na cama e se maquiou de calcinha e sutiã, esperando até o último momento para vesti-lo. Sua barriga ainda não tinha crescido o bastante para denunciar a gravidez. Eles chegaram à cerimônia bem na hora e se sentaram nos fundos, usando os programas para proteger os olhos do sol da tarde refletido na superfície da água. Pelo visto Archie era um ávido marinheiro, e tiros de canhão foram disparados depois dos votos. Então alguns homens de uniforme (provavelmente sócios antigos do clube) fizeram uma salva de vinte e um tiros sobre a baía. Sasha riu sozinha, imaginando que poderiam afundar um veleiro por acidente, embora tivesse quase certeza de que usavam balas de festim.

A noiva era de Grosse Pointe, e os Stockton a conheciam do clube de Jupiter Island. Na verdade, ela era a irmã mais nova de uma garota com quem Archie ficava quando adolescente, e Cord se perguntava em silêncio se eles reconheciam o fato de que seu primo costumava deixar marcas de chupão na irmã da noiva em seus encontros noturnos no gazebo ou se aquele assunto era proibido. A irmã estava ali com o marido e três filhas pequenas, todas usando laços enormes no cabelo, de modo que parecia que ninguém ligava muito para aquilo.

Mais da metade dos convidados eram sócios do clube de Jupiter Island (e a outra metade devia ser sócia do mesmo clube de golfe). Quando os padrinhos, pais e noivos se encaminhavam do altar para ir tirar fotos nas docas, Sasha de repente se deu conta de que a noite seria muito, muito longa. Ela estava mantendo a gravidez em segredo até que fizessem o ultrassom morfológico. Não tinha contado a ninguém além da mãe. O que significava que passaria a festa toda fingindo beber e confusa quanto ao que poderia comer. *Não é como se você estivesse em uma mina de carvão*, ela repreendeu a si mesma. *Se anima aí*. Era uma noite linda, com céu aberto. Os barcos balançavam na água cintilante, ouvia-se a música alegre de um quarteto de cordas e o espocar das garrafas de champanhe.

A mãe de Archie se aproximou com a cerimonialista e pediu que a família Stockton ficasse por perto — logo seria a hora de tirar as fotos do lado do noivo. Sasha e Cord estavam morrendo de fome e foram direto para os garçons, que estavam começando a circular com os aperitivos. Cord tinha aperfeiçoado havia muito a arte de se empanturrar em casamentos. Adorava camarões empanados em coco e minibife Wellington, espetinhos de frango e batatinhas com tartar de atum. Ele logo identificou a tenda de onde os garçons saíam e ficou por ali, para não deixar passar uma bandeja que fosse. Não tinha nenhuma vergonha. Era capaz de ir até um grupo de desconhecidos pegando triângulos dourados de massa folhada e dizer "Ora, ora, o que temos aqui?", apesar de já ter experimentado meia dúzia deles. Georgiana costumava agir igual. Eles comiam como animais selvagens e adoravam perseguir os garçons, deixando a mãe horrorizada. Só que aquela noite Georgiana mantinha os olhos fixos na água. Sasha estava desesperada para contar o segredo dela a Cord, porque precisava da ajuda do marido, mas sabia que não podia fazê-lo, porque Georgiana confiara nela.

Cord tinha acabado de colocar uma taça de martíni cheia de patas de caranguejo na mão de Georgiana quando um garçom saiu depressa da tenda com uma bandeja repleta de taças de champanhe. Ela se encolheu para dar passagem e bateu o cotovelo em um mastro da tenda, derrubando a taça inteira de coquetel de caranguejo na roupa.

"Ah, merda", Georgiana xingou. O molho de tomate ensopou seu peito. O vestido estava arruinado. Cord pegou uma pilha de guardanapos, mas não tinha jeito. Não havia papel que pudesse absorver o estrago.

"Georgiana, as fotos são em cinco minutos", Tilda disse, horrorizada.

"Vou ver se eles colocaram removedor de manchas ou algo parecido no banheiro feminino." Sasha correu para lá e deparou com cestinhas cheias de balas de hortelã, grampos, spray para o cabelo e lenços. Georgiana apareceu atrás dela.

"Nada?"

"Não, só spray pra cabelo e balas."

"Vou usar papel molhado."

"Não dá pra molhar a seda assim. Vai estragar o vestido."

"Acho que pior não fica", Georgiana disse, desanimada.

"Na lavanderia provavelmente conseguem resolver. Mas se usar um papel molhado vai ficar manchado pra sempre."

"Merda." Georgiana se olhou no espelho, carrancuda.

"Vem, vamos trocar de vestido." Sasha começou a desabotoar as costas da própria roupa.

"Não, imagina."

"Eu trouxe outro vestido. Coloca esse pra tirar as fotos em família enquanto eu pego um Uber pra ir até lá me trocar. Volto a tempo do jantar. Não conheço ninguém aqui mesmo. Não tem problema nenhum." Sasha tirou o vestido azul de seda e ficou só de calcinha e sutiã, esperando que a cunhada o aceitasse.

"Tem certeza?"

"Tenho. Só não me deixa aqui pelada!" Sasha riu.

Georgiana tirou o vestido cheirando a tomate por cima da cabeça. "Você foi muito esperta de trazer dois vestidos. Eu nunca teria pensado nisso."

"Ah, eu nunca sei o que usar com a sua família, então sempre trago mais de uma opção."

Georgiana pôs o vestido azul e se virou para que Sasha pudesse abotoá-lo. Ficou um pouco apertado, mas serviu, e Sasha sentiu uma onda de felicidade e calor fraterno. Ela colocou o vestido lavanda pela cabeça e ajeitou o quadril diante do espelho, com a mancha mais nojenta do que nunca. "Bom, vou esperar o Uber na entrada. Diga a Cord que volto em vinte minutos."

"Obrigada, Sasha." Georgiana se inclinou para dar um beijo na bochecha dela antes de voltar para o gramado para as fotos.

Quando Sasha chegou à casa alugada, atirou-se na cama, tomando cuidado para não chutar o teto baixo. Quanto tempo ela poderia passar ali sem que alguém percebesse? Sasha pegou o celular e pensou em assistir à Netflix por meia hora. Certamente ninguém sentiria sua falta naquele curto período. Ela levou uma mão à barriga ainda reta. *Oiê*. Então, sentindo-se culpada, levantou-se, trocou de roupa e chamou outro Uber para voltar à festa.

Quando encontrou Cord, as fotos em família já tinham sido tiradas e o coquetel estava terminando. Os lugares à mesa eram marcados, e os irmãos acabaram separados: Darley e Malcolm do outro lado do salão, com os primos de Washington, Georgiana sentada com os mais jovens e a prima que era mais próxima dela, Barbara, a quem todos chamavam de Bubbles, e Sasha e Cord foram parar na mesa dos banqueiros. Sasha apertou a mão e cumprimentou com beijos todo mundo à mesa, depois se sentou ao lado de Cord, enfiando sua bolsinha atrás das costas com todo o cuidado e estendendo o xale no encosto da cadeira.

"Finalmente." O homem à direita dela abriu um sorriso enorme e estendeu a mão. "Ainda não conhecia a cara-metade de Cord."

"Ah, oi." Sasha riu, hesitante. Sempre achava meio engraçado quando um homem se referia a uma mulher como cara-metade. Aquilo era sempre dito meio de brincadeira, bem ao estilo de "minha esposa é quem manda", quando não era nem um pouco verdade. "Cara-metade" pressupunha que os dois lados eram iguais e tinham o mesmo status no casamento, e Sasha sabia que a maior parte da família de Cord não achava que ela estava à altura dele.

"Fiquei muito triste de perder o casamento", o homem prosseguiu. Era um pouco mais velho que Cord, mas tinha o mesmíssimo nariz, o qual Sasha se pegou encarando, hipnotizada enquanto ele falava. "Eu queria ir, mas minha esposa estava grávida de nove meses do nosso quarto filho e fiquei com medo de perder o parto."

"Ah, então vocês têm um bebê! Parabéns." Sasha sorriu.

"Obrigado. Sinto como se tivesse um daqueles cartões-fidelidade e depois de dez cafés fosse conseguir um de graça. Estou quase na metade."

"Noah, para de dar em cima da minha esposa", Cord disse, debruçando-se.

"Cord, não me interrompa enquanto dou em cima da sua esposa." O homem o dispensou com um gesto da mão. "Ouvi dizer que você é uma empreendedora, Sasha. Me conte sobre o seu negócio."

Sasha não costumava pensar em si mesma como uma empreendedora, mas de fato era sua própria chefe. Depois de se formar em artes, começara a trabalhar como designer em uma pequena agência. Fazia capas de livros e anúncios, relatórios corporativos anuais e catálogos. Depois de ascender na empresa, acabara abrindo o próprio escritório, porque era uma forma de ganhar mais dinheiro e se concentrar no tipo de projeto de que mais gostava, vendo as marcas como um todo e criando o visual e a história completos. Alugara um pequeno escritório em Dumbo, onde deixava um computador e podia receber e enviar pacotes. Aos trinta e cinco anos, estava ganhando mais dinheiro do que seus pais jamais haviam ganhado. Por seus padrões, ela era um sucesso.

Não que aquele tipo de sucesso significasse muita coisa para os outros. Os pais e irmãos de Sasha sabiam que ela tinha um negócio, sabiam que prestava serviços de design para lugares de que já haviam ouvido falar — o Museu do Trânsito, Brooklinen, Sixpoint Brewery, a Filarmônica de Nova York —, mas num nível abstrato o bastante para ninguém querer falar muito a respeito. A família de Cord talvez ficasse ainda menos impressionada, se era possível. Às vezes, parecia que todo mundo na órbita deles trabalhava no mercado financeiro, no mercado imobiliário ou como advogado, e que qualquer outra área era irrelevante ou até inferior. Sasha queria ser artista, claro, e obviamente preferiria passar os dias desenhando e pintando. Mas tinha o Taça e Traço e havia encontrado uma maneira de incluir a arte em sua vida, de usar seus talentos para ganhar dinheiro.

Na verdade, o primo de Cord era um ávido colecionador de arte, conhecia uma pessoa que havia dado aula a ela na Cooper Union e ficou fascinado em ouvir como Sasha usava sua formação clássica para criar identidades visuais para marcas. Os dois conversaram sobre seus fotógrafos preferidos e suas galerias favoritas em Chelsea, e ele a encantou tanto que o jantar se passou em um alegre borrão em meio à conversa fácil.

Depois do jantar, o baile começou, e Sasha se animou a seguir Cord para a pista. Suspeitava que os homens da família tinham tanto trauma das aulas de dança de salão feitas a contragosto na adolescência que nenhum deles sabia dançar como uma pessoa normal, preferindo sempre se esconder no bar. Cord era a exceção que comprovava a regra: nunca perdia a oportunidade de passar vergonha na pista e arrastava Sasha junto, girando-a de maneira exagerada, fazendo-a rir enfiando o rosto em seus seios enquanto ela fingia usar a gravata dele como uma coleira. De canto de olho, Sasha viu Darley dançando com Malcolm, e até Chip e Tilda fizeram uma breve aparição em uma música dos Beatles.

Quando o bolo foi cortado, os convidados mais velhos começaram a ir embora depois de uma enxurrada de beijos e abraços bêbados. A banda parou de tocar e os primos mais jovens saíram da tenda e passaram ao clube, onde o bar continuava aberto. Os garçons passaram a circular com bandejas de hamburguinhos e cones de batatas fritas. Georgiana ficou recolhida em um sofá de couro, os sapatos havia muito abandonados, Bubbles estirada de maneira pouco elegante ao seu lado. Darley e Malcolm se juntaram a elas, corados e felizes. Ele havia tirado a gravata e enfiado no bolso do paletó.

Em meio a aplausos e gritos, Archie e a nova esposa chegaram, e logo ele começou a contar a todos sua história preferida da casa em Spyglass Lane. Sasha já havia ouvido aquela história meia dúzia de vezes, mas nunca se cansava dela. Archie e a esposa estavam de férias em Telluride e, depois de um longo dia esquiando, tomaram um pouco de vinho e decidiram assistir a um filme pornô no quarto do hotel. Cinco minutos depois, Archie percebeu por que tudo lhe parecia tão familiar: os atores estavam transando na chaise longue da casa em Spyglass Lane. Não havia dúvida de que aquela era a casa dos Stockton — dava para ver o labirinto de sebes e as quadras de tênis ao fundo. Archie duvidava muito que tio Chip e tia Tilda tivessem ficado sem dinheiro a ponto de precisar alugar o lugar para cineastas, portanto ligou para Cord e contou tudo a ele. Aquilo deixou o primo na posição muito desconfortável de ter que comunicar aos pais que sua casa de campo era cenário de um filme pornô, ao qual ele não havia assistido, embora conhecesse alguém que havia, e que provavelmente era melhor ligarem para os advogados.

No fim das contas, havia anos que a empresa que cuidava da jardinagem durante a semana vinha usando diferentes casas de veraneio sem nunca ter sido pega — mas dava para imaginar quantas pessoas haviam visto aqueles filmes e ficado com vergonha demais para tentar solucionar o mistério. Tilda mandara o caseiro botar as chaise longues no lixo e comprar outras com estofamento melhor, além de fazer uma bela faxina em tudo e despejar produtos suficientes na piscina para matar qualquer bactéria causadora de clamídia ou qualquer outra forma de vida infecciosa.

Enquanto Archie e Cord riam abraçados, Sasha pediu licença e foi ao banheiro fazer xixi e retocar a maquiagem. Quando saiu, não viu Cord em lugar nenhum, e Darley estava conversando com alguém, portanto se permitiu relaxar em uma poltrona escondida, de modo a conseguir ficar no celular. Enquanto dava uma olhada em seus e-mails, entreouviu Bubbles contando sobre a viagem que pretendia fazer às ilhas Cayman. Darley a interrompeu de repente, confusa. "George, você não estava usando um vestido lavanda?"

"Sim", a irmã disse, sonolenta. "Mas estou com este vestido desde a hora do coquetel."

"Espera aí, você trocou de vestido?", Bubbles perguntou. Estava bêbada e falava mais alto do que alguém sóbrio falaria.

"Eu estava usando um vestido lavanda, mas derrubei coquetel de caranguejo nele todo, e Sasha trocou de vestido comigo."

"Sasha te deu o vestido dela?", Darley repetiu, confusa quanto ao que a cunhada estaria usando naquele caso.

"Espera, quem?" Bubbles parecia genuinamente perdida.

"Sasha tirou o vestido dela e deu pra mim", Georgiana tentou explicar.

"Ah, que engraçado! Sasha! Eu não fazia ideia de quem vocês estavam falando. Sempre chamam ela de 'a interesseira'." Bubbles deu risada. Georgiana riu talvez pela primeira vez a noite toda. Sasha sentiu a pele gelar. Levantou-se em silêncio e foi para o estacionamento.

Sasha nunca contou a Cord o que havia acontecido no casamento em Greenwich: só disse que estava com enxaqueca e usou óculos escuros por todo o trajeto até o Brooklyn no dia seguinte. Depois daquilo, decidiu que não ia mais tentar se aproximar das irmãs de Cord. Não ia mais convidar a família dele para jantar na sua casa, não ia mais levar bagels para o brunch na Orange Street, não ia mais passar fins de semana com eles em Spyglass, não ia mais almoçar no apartamento de Darley durante a semana. Certos eventos seriam inevitáveis, como aniversários ou datas comemorativas, mas, fora aquilo, manteria distância. Sim, Georgiana estava sofrendo. Tinha transado com um homem casado que havia morrido. Aquilo era terrível. Sim, Darley estava preocupada com Malcolm e tinha medo de que sua carreira nunca mais voltasse aos trilhos. Mas agora ficava claro para Sasha que as duas só tinham lhe feito confidências porque tanto fazia o que ela pensava. Sasha não era da família de verdade, não era alguém cuja opinião importasse. Era o receptáculo de um extravasamento emocional, o equivalente humano a gritar no travesseiro.

Catorze

GEORGIANA

Georgiana não saiu do apartamento a semana toda depois do casamento de Archie. Tirou uma licença do trabalho, e quando Cord ligou deixou que caísse na caixa postal e depois mandou uma mensagem dizendo apenas: *virose*. Mandou a mesma mensagem para Lena. Dormiu e dormiu, e teve sonhos estranhos e alarmantes. Sonhou que estava em um aeroporto e sabia que Brady também estava, por isso percorria longos corredores à sua procura, passando pelo controle de segurança, presa em meio a multidões que não saíam da frente, que não a deixavam passar a tempo. Acordou toda suada, sentindo-se como se realmente estivesse com uma virose. Comeu cereal puro e tentou assistir a qualquer coisa na TV, mas continuava encontrando bilhetinhos de Brady em toda a casa. Em meio às xícaras, havia um que dizia: *Você tem um ótimo backhand, e uma bunda ainda melhor*. Sob uma almofada do sofá, outro: *Vamos fazer bebês com peitos*.

Na segunda-feira, Georgiana voltou ao trabalho, em parte porque sabia que se não aparecesse acabaria sendo demitida, mas também porque queria ter mais notícias de Brady, queria saber mais sobre o que havia acontecido. Uma sombra parecia recair sobre o escritório. Todos usavam cores escuras. De sua cadeira, Georgiana via a mesa de Meg e ficou observando o pessoal do departamento de captação de recursos guardando suas coisas em uma caixa: um casaquinho, um pratinho de metal onde ela guardava clipes de papel, um buldogue de pelúcia usando uma camiseta com GEORGETOWN escrito, um potinho de Advil. Só pensar em todas as ambições de Meg, em tudo o que ela teria feito na vida, fazia Georgiana sentir a dor da perda ainda mais forte. Como as duas almoçavam juntas às vezes, os colegas achavam que eram amigas. Quando lágrimas rolaram pelos olhos de Georgiana, que continuava assistindo à retirada das coisas de Meg, eles fizeram a cortesia de lhe levar um lencinho de papel. Já tinham chorado uma semana inteira.

Amina foi ao escritório buscar as coisas de Brady e ver os amigos. Quando Georgiana ouviu que ela estava lá, soube que era melhor não sair de sua sala. Se visse Amina, perderia o controle, e seu sofrimento desproporcional a delataria. Odiava pensar em Amina encaixotando as coisas do apartamento de Brady, a bicicleta, a colcha azul, os mapas, as biografias. Certamente venderia o lugar, e não haveria mais prova de que ele já morara no Brooklyn.

Georgiana passou a semana como um zumbi, tomando meio Valium antes do trabalho e permitindo que a entorpecesse. Mal mexeu com os e-mails; talvez perdesse o prazo da newsletter, mas ninguém se importava. O escritório inteiro se arrastava como se tentasse transpor montes enormes de neve. Georgiana ignorou mensagens de Cord e de Lena, Cord perguntando se ela estava com seus óculos de squash reservas, Lena tentando convencê-la a ir a uma festa no sábado. Arrependia-se de ter confessado tudo a Sasha e não conseguia entender por que confiara justamente na interesseira, mas Cord não dissera nada a respeito de Brady, portanto ela sabia que a cunhada não havia contado a ele. Na sexta-feira, depois do trabalho, Georgiana vestiu o pijama às seis e meia, pediu tacos e assistiu a cinco horas de Netflix antes de pegar no sono. O Valium a deixava sonolenta, e ela dormiu como uma pedra e só acordou dez horas depois, com dor de cabeça e a sensação de que precisaria tirar uma soneca à tarde. Às cinco da tarde, Georgiana despertou com o interfone tocando. Foi até ele aos tropeços e atendeu antes de se dar conta de que poderia simplesmente ignorá-lo. "Oi?"

"Sou eu, George. Abre a porta." Era Lena.

"Estou dormindo."

"Abre a porta, vai", Lena insistiu. Georgiana suspirou e apertou o botão, então destrancou a porta da frente e a deixou entreaberta antes de voltar para o quarto e se deitar. Dois minutos depois, Lena estava lá, parecendo impossivelmente bronzeada e saudável.

"O que está acontecendo com você, meu bem?", ela perguntou, olhando em volta claramente preocupada. Georgiana tentou encontrar qualquer coisa ali que pudesse motivar tal preocupação. Não era como se estivesse vivendo no caos. Berta havia ido um dia para passar aspirador enquanto Georgiana estava no trabalho, mas a persiana estava fechada, havia uma caixa vazia de biscoitos na cama e um copo de água no chão, que ela havia derrubado e simplesmente deixado ali. Fora a pilha de bilhetes espalhados em seu travesseiro. Georgiana os pegou e colocou na mesa de cabeceira.

"Tive uma virose. Me derrubou."

"Uma virose dura, tipo, vinte e quatro horas. Você sumiu faz duas semanas. E está com uma cara péssima."

"Tive o casamento do meu primo."

"O casamento durou duas semanas?"

"Desculpa. É que não estava a fim de fazer nada."

"Você está se tornando uma eremita. Isto é uma intervenção. Você não está fazendo mal só a si mesma, mas a mim também. Kristin e eu não aguentamos mais olhar uma para a cara da outra e precisamos do seu humor irônico e do seu leve ar de julgamento. Agora toma um banho e se veste, porque vamos jantar e depois tem a festa de aniversário de Sam."

"Topo jantar, mas não estou no clima de ir a uma festa."

"A gente vê isso depois."

Debaixo do chuveiro, Georgiana sentiu uma onda de ansiedade chegar a seu estômago. Depois de sair, ela tomou meio Valium, secou o cabelo e se maquiou.

No jantar, Georgiana tomou duas margaritas e pela primeira vez em semanas sentiu seu corpo leve. O açúcar e o álcool faziam seu peito vibrar. Georgiana riu da história que Kristin contou de uma conhecida delas da escola que havia se apaixonado por um jogador de polo argentino e gastado todo o dinheiro da família em cavalos. Elas falaram da esposa do chefe de Lena, que fechara a piscina de sua casa porque estava de saco cheio de ficar bancando a salva-vidas dos amigos dos filhos que vinham brincar todos os dias. Georgiana pediu uma salada com manga e lambeu o sal da borda do copo. As amigas exigiam muito pouco dela.

Não faziam perguntas demais ou esperavam que ela falasse o tempo todo: só a faziam rir, contavam histórias e pediam outra rodada de drinques açucarados.

Elas pagaram a conta, chamaram um Uber e foram até o prédio de Sam, onde aproveitaram o espelho do elevador para retocar a maquiagem. Devia haver umas cinquenta pessoas no apartamento, apertadas entre a cozinha e a sala de estar. A música tocava alto e a mesa da sala de jantar estava forrada de garrafas de vinho e outras bebidas. Kristin serviu tequila com refrigerante para todas elas — o balde de gelo estava vazio e alguém tinha derrubado a tigela de limão —, que depois foram se misturar com o pessoal. Quando Georgiana viu Curtis McCoy à porta da cozinha, foi como se tivesse sabido o tempo todo que ele estaria ali. Era como se uma peça estivesse faltando no quebra-cabeças desde a festa russa, e agora enfim se encaixasse. Com um sorriso frio no rosto, ela se aproximou e encostou seu copo plástico no de Curtis, que se assustou e derrubou um pouco de cerveja no chão. "Fico surpresa que esteja aqui. Não achei que seu código moral tão rígido permitisse frequentar festas de aniversário."

"Oi, Georgiana." Curtis fez uma careta e secou a manga suja de cerveja. "Na verdade, estava esperando trombar com você um dia desses."

"Por quê? Não estava conseguindo encontrar pessoas que deixavam você cagar nelas do alto do seu pedestal?"

"Queria pedir desculpa. Estava desconfortável com a situação aquele dia e acabei ficando de mau humor e descontando em você, o que foi errado."

Georgiana parou por um momento. Curtis parecia chateado de verdade. "Você também fez um comentário grosseiro sobre meus óculos escuros", ela disse, franzindo a testa.

"Desculpa. Eram óculos escuros legais", ele disse, parecendo arrependido e até se sentindo culpado e perturbado. Georgiana deixou quieto.

"Brincadeira. Eram óculos meio ridículos. Peguei emprestados da minha mãe." Ela riu.

"Ah, tá." Curtis abriu um sorriso hesitante. Sua boca era linda, com dentes brancos retos e lábios que pareciam macios. Ele também tinha uma covinha no queixo. As pessoas desviavam deles para ir da cozinha à sala de estar, e nisso Georgiana se chocou de leve com o peito de Curtis. O lugar estava quente e parecia girar um pouco. Ela se inclinou para a frente e beijou a boca dele. Curtis se segurou a princípio, mas Georgiana continuou pressionando os lábios dele até que Curtis retribuísse o gesto.

"Ei, ei, ei, George, que porra é essa?" De repente, Lena estava ali. "Estamos numa festa de aniversário."

Georgiana cambaleou para trás, com o rosto formigando, e percebeu com uma pontada de vergonha que estava muito bêbada. Ela puxou Lena pela mão até a sala de jantar. "Preciso ir pra casa."

Na manhã seguinte, Georgiana acordou se odiando. Sua cabeça doía, seu estômago estava sensível e suas lembranças da noite anterior eram esparsas e incompletas. Ela notou que ainda estava usando a calça jeans e a blusa da noite anterior. Seu cabelo estava trançado. Quando chegou à cozinha, viu o micro-ondas aberto, com a luz acessa, e uma pizza na embalagem, descongelada, mas crua.

"Merda", Georgiana sussurrou. Foi para o banheiro, olhou-se no espelho e escovou os dentes. Não achava que havia vomitado, mas sua língua estava estranha e sua garganta doía. Tinha um hematoma no antebraço, que não sabia como arranjara. Jogou a calça jeans e a blusa no cesto de roupa suja e vestiu uma camisa de futebol velha. Havia recebido três mensagens de Cord falando de tênis. Ele havia reservado uma quadra para o meio-dia. Já eram onze. Georgiana mandou uma mensagem para Lena.

Por acaso eu beijei Curtis McCoy?

Lena respondeu na mesma hora. **Que bom que está viva. Você só tomou três drinques, mas ficou MUITO LOUCA. Será que foi a virose?**

LENA, EU BEIJEI CURTIS MCCOY???

É, isso aconteceu

Mas eu odeio esse cara, Georgiana escreveu, e se jogou no sofá. Por que havia beijado Curtis McCoy? Então teve uma visão de si mesma imprensando os lábios contra os dele, e de Curtis recuando. Nem conseguia pensar naquilo, de tão horrível. Comeu quatro torradas e tomou duas Vitaminwater antes de se vestir para jogar tênis. Cord estava praticamente seguindo Georgiana. Ele ainda não comentara nada sobre Brady, então de fato não sabia por que a irmã o estava evitando. Se ela cancelasse o jogo, entretanto, Cord provavelmente apareceria em sua casa e a obrigaria a falar. Georgiana não estava em condições de ter nenhum tipo de conversa, muito menos uma que exigisse jogo de cintura ou até mentiras cuidadosas.

Ela o encontrou na entrada do Casino, e os dois jogaram por uma hora, Georgiana se atrapalhando toda com os pés, perdendo bolas fáceis e sacando supermal. Quando terminaram, Cord a provocou de leve. "Está meio de ressaca, é? A noite de ontem foi boa?"

"Por que acha isso?", ela perguntou, fria, enquanto trocava de tênis.

"Hum, porque você está cheirando a bebida e porque tem resto de rímel na sua bochecha. Você nem lavou o rosto?"

"Não", ela admitiu.

"Dormiu na casa de algum cara?", Cord perguntou. "Acabou ficando com alguém?"

"Não, nossa." Georgiana sentiu o rosto queimar.

"Ah, você ficou, sim. Você transou. Com um caaaaaara", ele começou a cantarolar.

"Para, Cord", ela disse, irritada. Cord sorriu e guardou a raquete na bolsa. Os dois desceram os degraus de pedra e seguiram para a Montague Street. Georgiana se sentia péssima. Seu rosto estava vermelho, seu cabelo estava sujo e, aparentemente, tinha rímel até na sua bochecha. Enquanto caminhavam, Cord enlaçou o braço da irmã, como se fossem um casal comprometido passeando no período elizabetano. Ele sabia que havia passado do ponto e estava tentando compensar. Quando viraram a esquina da Montague com a Hicks, quase trombaram com outro casal, um homem e uma mulher passeando com um galgo inglês. O olhar de Georgiana cruzou com o do homem. Era Curtis McCoy. Por um instante, os dois pareceram congelados no tempo. Georgiana sentiu meio tonta de tanta humilhação. Então Cord disse: "Opa! Que cachorrão!", e a puxou pelo cotovelo. Curtis olhou para trás rapidamente. Ele e a mulher seguiram pela Hicks com o cachorro, enquanto Georgiana deixava o irmão tagarelar sozinho até o apartamento dela, onde planejava se jogar no sofá e passar o resto do dia ruminando sua raiva e recriminando a si mesma.

Georgiana teve seu primeiro ataque de pânico no verão antes de começar a faculdade. Na época, pensara que só havia fumado maconha demais, mas, agora, sabia que a tontura, a visão fechando e a sensação de que seu coração não estava mais funcionando eram fruto da sensação de que sua vida estava fugindo do seu controle. Ela ia se mudar e deixar os amigos para trás, sabendo que longe daquele bairro e da escola ninguém se importava com quem eram seus pais e que não teria mais como desfrutar das pequenas vantagens de ser irmã de Darley e Cord. Nas semanas que se seguiram à morte de Brady, Georgiana sentiu o velho pânico rondando-a à espreita. Às vezes, durante uma reunião no trabalho, tinha certeza de que estava escorregando da cadeira, incapaz de se sentar direito. Falava e sentia o rosto entorpecido, a boca seca. Desligava as ligações no meio, porque as palavras entalavam em sua garganta. Tinha um frasco de Valium que a mãe esquecera em uma bolsa e tomava só meio por vez, para durar mais. Quando balançou o frasco e ouviu o barulho do último comprimido batendo na tampa de plástico, ligou para a médica.

A médica não estava naquela semana, e Georgiana chorou ao telefone até que a recepcionista marcou uma consulta para o mesmo dia com um médico que aceitou encaixá-la, um senhor bondoso. Quando Georgiana descreveu seus sintomas, ele pegou um manual de medicamentos da estante e leu em voz alta algumas opções de remédios. Ansiolíticos comuns podiam levar até duas semanas para começar a funcionar. Ele prescreveu sessenta comprimidos de clonazepam para tomar um pela manhã e outro à noite.

No dia da cerimônia que seria realizada em homenagem a Brady, Georgiana tomou um comprimido e meio antes de colocar um vestido preto e pegar o metrô até o Upper East Side. Sentou-se nos fundos com um grupo de colegas e ficou vendo os pais de Brady, ambos arrasados pelo sofrimento, cumprimentando o restante da família lá na frente.

Ambos trabalhavam para a Oxfam, e Brady seguia seus passos. Ele parecia tanto com a mãe que chegava a ser doloroso para Georgiana olhar para a mulher. Ao longo da cerimônia, o melhor amigo dele falou, seu irmão mais velho falou, Amina falou. Ela devia ter trinta e poucos anos e era baixinha e elegante, e Georgiana desconfiou que a estivesse encarando. Aquela era a mulher que tinha metade do coração de Brady. O amigo dele, o irmão dele, a esposa dele — um a um, tinham se levantado e reivindicado a memória de Brady. Mas ele também havia amado Georgiana. Embora soubesse daquilo, tinha que sofrer sozinha, grogue e um pouco tonta por causa do remédio, enquanto ouvia do banco a esposa de Brady chorar e abraçar os parentes dele.

Sem Brady no trabalho, Brady nas noites de terça, Brady nos fins de semana, Georgiana não tinha nada por que esperar e contava os dias em quilômetros corridos e horas dormidas. Darley viu um artigo no jornal sobre o acidente de avião, mas quando perguntou a respeito a irmã se esquivou. "Eles eram gerentes de projeto que trabalhavam no Paquistão, eu não os conhecia", mentiu, certa de que dizer o nome de Brady em voz alta bastaria para liberar as emoções represadas. Cord continuou a arrastá-la para jogar tênis aos fins de semana, incapaz de perguntar a ela sobre seu sofrimento visível, mas convencido, como qualquer outro branco rico, de que a atividade física era capaz de curar todos os males. Lena foi a única a perguntar de forma explícita sobre os ansiolíticos, notando que quando bebiam Georgiana logo passava de levemente tonta a apagada. "Meu bem, o que quer que esteja tomando, não combina com álcool. Você vai ter que escolher um ou outro", ela aconselhou. Georgiana ainda sentia a humilhação de ter beijado Curtis na festa, diante de um monte de gente, mas de alguma maneira o fato de ter sido esnobada na rua por ele aliviava um pouco as coisas. Ela visualizou sua expressão congelada, a namorada e o cachorro. Embora ainda se sentisse constrangida, de certa forma também sentiu que tinha algum poder.

Georgiana estava almoçando no apartamento dos pais, enrolando para comer o salmão defumado com pão de centeio enquanto lia o caderno de esportes, quando a mãe ergueu o caderno dominical de estilo do *New York Times*. "Você conhece alguém chamado Curtis McCoy? Estudou com você na escola."

"Quê?" Georgiana se sobressaltou. Como a mãe conhecia Curtis?

"Tem uma matéria sobre jovens bilionários que abriram mão da herança, e ele foi entrevistado. É filho de Jim McCoy, que foi bastante desagradável no evento de arrecadação de fundos do último inverno." Ela fungou e passou o caderno à filha.

> É agosto, e muitos dos conhecidos de Curtis McCoy fugiram para Martha's Vineyard, onde sua família tem uma quantidade notável de propriedades em uma área particular da ilha famosa por ter recebido estrelas do rock e presidentes e onde não é incomum ver carreatas atravessando em silêncio os portões de pedra. Há três gerações, os McCoy são donos da segunda maior fabricante de armamentos dos Estados Unidos, a Taconic, que produz sistemas de mísseis de cruzeiro e guiados tanto para o governo americano como para a Arábia Saudita. No entanto, Curtis McCoy, de 26 anos, está pronto para abrir mão dos negócios da família — mas recusar uma grande fortuna pode ser mais complicado do que seria de se esperar.
>
> "Desistir da minha herança não é algo que eu possa fazer legalmente de um dia para o outro, tampouco é algo que quero fazer de um dia para o outro. Ainda estou aprendendo a melhor maneira de me livrar desse dinheiro maldito." Curtis McCoy faz parte de um movimento crescente de millennials que nasceram dentro do 1% mais rico da população, mas não pretendem perpetuar os sistemas que os puseram nessa posição. "Pessoas como eu não deveriam existir", disse McCoy em seu apartamento no Brooklyn. "Tenho 26 anos. Não há nenhum motivo lógico para eu ter centenas de milhões de dólares." McCoy e seus contemporâneos rejeitam o próprio conceito da riqueza herdada e estão trabalhando para derrubar as leis que permitiram que chegassem à situação em que se encontram. Ainda que o termo possa ser aplicado a ele, McCoy não gosta de se definir como um filantropo ("Há algo de absurdo e elitista em reivindicar o manto de 'filantropo'"), mas vem trabalhando com advogados especializados em direito de família para tentar obter acesso a sua herança antes e distribuí-la entre várias organizações sem fins lucrativos. "Esse dinheiro veio do belicismo, e meu objetivo é usá-lo para promover a paz. Espero que vindo a público eu possa incentivar outros em minha posição, ou pessoas que tenham herdado qualquer tipo de riqueza, a olhar para

si próprios e compreender o que seu dinheiro significa e como pode ser usado para desfazer os erros do passado."

Ao lado do artigo havia uma foto de Curtis em seu apartamento, sentado em uma cadeira de madeira e olhando sério para a câmera, com aquela covinha no queixo.

"Uggggh." Georgiana soltou um ruidinho estrangulado.

"Que foi? Achei que ele se saiu muito bem. Você deveria falar com ele. Devem ter muito o que conversar", a mãe disse.

"De jeito nenhum", Georgiana soltou, e pegou o celular para mandar a reportagem para Lena e Kristin antes de enfiar catorze dólares de salmão na boca. O pai chegou e se juntou a elas na mesa, com seu exemplar cor-de-rosa do *Financial Times* de sábado. Chip se serviu um copo de suco de tomate e tocou o jornal de Georgiana.

"Homens de verdade leem jornais cor-de-rosa", ele brincou.

"Um amigo de escola de Georgiana saiu na capa do caderno de estilo", Tilda comentou.

"Ele não é meu amigo", Georgiana disse, emburrada.

"Sobre o que é a matéria?"

"A família é dona da Taconic, e agora que ele tem acesso à herança vai doar tudo para compensar todas as pessoas que morreram por causa da empresa."

"Deve ser uma fortuna bem volumosa." Chip franziu a sobrancelha.

"Ele ainda não tem acesso a tudo."

"Imagino. Normalmente os herdeiros recebem em parcelas ao longo do tempo. Ninguém quer dar a um jovem de vinte e poucos anos centenas de milhões de dólares de uma vez."

"Vou receber em parcelas ou tudo de uma vez?"

"Você não ia querer tirar tudo de uma vez." O pai olhou para a filha, preocupado.

"Mas poderia, se quisesse?"

"Claro, mas tem muito menos que o herdeiro da Taconic."

"Quanto?", Georgiana insistiu.

"Não tem aberto seus demonstrativos? Você recebe demonstrativos como todos os investidores."

"Faz tempo que não olho", Georgiana admitiu. A verdade era que desde que os demonstrativos passaram a ser digitais ela não verificava mais quanto dinheiro tinha. E aquilo já fazia cinco anos.

"Bom, tanto Geegee e Deedee quanto Pip e Pop deixaram dinheiro para você."

Georgiana sabia daquilo. O patrimônio que os avós maternos haviam deixado e que vinha rendendo desde seu nascimento era muito mais robusto que o dos avós paternos. A hipoteca de seu apartamento era paga com aquele rendimento. Ela poderia ter comprado o imóvel à vista, mas o assistente de seu pai lhe explicara que os juros da hipoteca eram tão baixos que valia a pena pagá-los e deixar o dinheiro rendendo no mercado de ações. A herança de Pip e Pop também vinha rendendo desde que ela nascera e aumentara exponencialmente depois da morte de ambos, mas como a família era do ramo imobiliário a maior parte de sua fortuna estava em propriedades que Chip administrava, e o dinheiro em si não devia passar da casa dos sete dígitos. A herança de Geegee e Deedee chegava facilmente aos oito.

Era constrangedor admitir, mas Georgiana nunca havia dado atenção a dinheiro. Recebia um salário anual de cerca de quarenta e cinco mil dólares, o pagamento da hipoteca vinha automaticamente do dinheiro aplicado e o assistente do pai ainda transferia certa quantia a cada três meses para pagar por viagens, roupas e outras coisas. Georgiana não precisara nem cogitar acessar sua herança para pagar pela faculdade ou pela pós-graduação — do ponto de vista tributário, era muito melhor para os avós bancar aquilo diretamente.

"Mas quanto eu poderia sacar hoje, se quisesse?", Georgiana insistiu.

"Hoje é domingo, então você provavelmente só conseguiria sacar uns duzentos dólares, ou sei lá quanto o caixa eletrônico libera." Ele riu.

"Pai", ela resmungou.

"Seria bem complicado se você fizesse uma retirada significativa de repente. Seu dinheiro está investido em várias empresas pequenas, e um saque mexeria com o mercado e causaria grandes problemas para outras contas administradas pela mesma equipe. Mas o que você faria com o dinheiro, de qualquer maneira? Está querendo um apartamento maior? Imagino que vá precisar depois que se casar e quiser ter filhos, mas até lá..."

"Não, eu amo meu apartamento. Não vou me mudar." Georgiana amava seu apartamento, de verdade. Era grande o bastante para uma pessoa, ensolarado e novo. Mais ainda: Brady havia dormido ali. "O dinheiro de Cord e Darley está investido nas mesmas empresas que o meu? A herança deles é igual?"

"Bom, os investimentos de Cord são quase idênticos aos seus, mas Darley perdeu o acesso à herança quando se casou."

"É mesmo?", Georgiana perguntou, surpresa.

"É. Ela preferiu não pedir que Malcolm assinasse um acordo pré--nupcial, portanto perdeu o benefício."

"Darley não tem mais dinheiro?" Georgiana tinha alguma noção daquilo, mas era um choque ouvir os detalhes.

"Ela tem bastante dinheiro. Malcolm ganha bem."

"Mas o que aconteceu com o dinheiro dela?"

"Fica reservado para as crianças. Quando um beneficiário se casa sem um acordo pré-nupcial, é como se tivesse morrido. Tudo passa para a geração seguinte."

"Hum. Você ficou bravo por ela não ter feito Malcolm assinar o acordo?"

"Darley é uma romântica." Chip suspirou. "Ela insistiu que acordos pré-nupciais eram uma preparação para um divórcio na certa."

"Mas Sasha assinou um acordo, não foi?"

"Claro que sim. Por isso Cord ainda tem a herança dele."

Georgiana refletiu por um momento, surpresa. Por que Cord dissera que Sasha não tinha assinado? Ou talvez ele nunca tivesse dito aquilo. Tudo o que ela sabia era que o irmão havia ficado chateado porque Sasha tinha ido embora. "Cord precisou pegar dinheiro da herança para pagar pela casa?"

"Não, a casa não é dele. Cord e Sasha estão morando lá, mas ela continua sendo nossa."

"Então Sasha não vai ficar com metade da nossa casa se os dois se divorciarem?"

"Georgiana!", a mãe interrompeu. "Que horror, dizer isso sobre seu irmão e a esposa. Ninguém vai se divorciar. E, sinceramente, isso não é da sua conta. Não sei por que estamos falando de dinheiro. Não é um assunto apropriado para o almoço. Minha nossa. Me passe o caderno de imóveis, por favor. Ouvi dizer que Fannie Keaton está vendendo o apartamento dela por dez milhões e pôs um anúncio no jornal de hoje."

Georgiana separou o caderno e entregou à mãe. Eles passaram o restante do almoço em relativo silêncio, parando apenas para olhar para a casa colossal de Fannie e lamentar a planta. ("Seria de imaginar que por dez milhões a pessoa teria uma lavanderia decente", Tilda disse, e balançou a cabeça com tristeza.)

No instante em que Cord mandou um e-mail convidando a família para jantar, Georgiana soube que Sasha estava grávida. *Por favor, juntem-se a nós para um jantar comemorativo.* O que mais eles poderiam ter para comemorar?
Não vou, Georgiana escreveu apenas para Darley.
Você tem que ir! Acho que eles vão ter um bebê!, Darley respondeu.
Acha que ela vai fazer um chá revelação com bombas de fumaça azul e rosa e botar fogo na nossa casa?
Não seja infantil, Darley respondeu.

Quando Georgiana chegou à casa na Pineapple Street, o restante da família já estava lá, bebendo champanhe. "O que estamos comemorando?", Georgiana perguntou, pronta para fingir surpresa.

"Estávamos esperando você chegar para o grande anúncio", Cord disse, animado, enquanto conduzia a irmã até a sala de visitas, onde Sasha estava sentada, toda tensa e mal-humorada. Ele bateu com uma colher em sua taça, embora todo mundo já o estivesse ouvindo. "Então..." Cord fez uma pausa dramática, com os olhos brilhando. "Vamos ter um bebê!"

"Parabéns!", todos disseram, e Georgiana se deu conta de que seus pais eram os piores atores que já havia visto.

"Vocês já sabiam?", Cord perguntou, arrasado.

"Bom, Berta me contou", Tilda admitiu.

"E como Berta sabia?"

"Ela disse que simplesmente sabia. As mulheres sentem essas coisas", a mãe respondeu, com um ar sábio.

"Ah, acho que ela me viu vomitando", Sasha disse.

"Você tem vomitado muito?", Darley perguntou.

"Todo dia."

"Nossa. Sabe o que eu fazia? Deixava pacotinhos de bolacha salgada na mesa de cabeceira e comia sempre que acordava no meio da noite, para não ficar com o estômago tão vazio de manhã. Esse é o truque: você não pode deixar o estômago sem nada."

"Tinha sempre um monte de migalhas na cama", Malcolm comentou. "Com elas e o sal nos lençóis, era como se eu fizesse uma esfoliação toda noite."

"Também descobri qual era a melhor bala azeda pra reduzir o enjoo." Darley mexeu no celular e mandou um link para Sasha, que mal reagiu ao entusiasmo da cunhada e continuou parecendo entediada. Georgiana foi se irritando. Estavam todos ali para comemorar a gravidez de Sasha, mas ela agia como se passar o tempo com eles fosse um grande tormento.

"Ah! Ainda temos o cesto de vime de quando vocês eram bebês!" Tilda deu um pulo e saiu da sala. Voltou três minutos depois, carregando um moisés. O material parecia duro e exalava um cheiro meio estranho. "Vocês três dormiram aqui", ela disse, com carinho.

"Que legal", Cord disse, com os olhos brilhando.

"Acham que isso é mofo?", Sasha perguntou, inspecionando uma crosta levemente verde no fundo. Os outros a ignoraram.

Berta tinha feito frango assado, abóbora e bastante macarrão para as crianças. Ela enfiou a cabeça porta adentro da sala de visitas e avisou que o jantar estava pronto. Georgiana pegou a garrafa de champanhe e esvaziou-a em sua taça antes de se juntar aos outros. Tomaram vinho no jantar, com exceção de Sasha, que bebeu água com gás LaCroix direto da lata, o que deixou Tilda horrorizada. ("Tudo bem beber da lata na praia, mas as bolhas merecem taças!") Quanto mais discutiam o bebê, mais Georgiana sentia a garganta fechar. Havia falado em ter um bebê com Brady apenas de brincadeira, mas mesmo aquilo a deixara com uma pontinha de esperança. Devia haver um motivo para ele não ter tido filhos com Amina e tocar na possibilidade com Georgiana. Ela sabia que Brady amava ambas, mas parte dela se perguntava se com o tempo o amor dele por Amina não teria diminuído, se o amor que ele sentia por Georgiana não o teria eclipsado. Ver a alegria de Cord e Sasha só a fazia sofrer pelo filho que não teria com Brady.

Quando terminaram de comer, Malcolm levou as crianças para ver um filme na sala de TV e Sasha se levantou para ajudar Berta a tirar a mesa. Georgiana fingiu que precisava ir ao banheiro e foi para seu antigo quarto. Sentia-se grogue e cansada do vinho, incapaz de fazer uma cara normal enquanto os outros discutiam os prós e contras de se ter uma babá que morasse na casa. Darley contratara a mesma babá noturna que todas as suas amigas, e embora a mulher fosse bastante excêntrica — usava uniforme branco de enfermeira bem engomado todos os dias, ainda que Darley insistisse que usasse jeans, só lia revistas de fofocas de celebridades, havia se casado em Las Vegas ao som de Celine Dion e falava com os bebês em um fluxo incessante de vozes de animais —, salvara a vida de Darley nas primeiras semanas após o nascimento de Poppy e Hatcher, em conjunto com a sra. Kim.

Georgiana fechou a porta. Sentia-se um pouco tonta e fechou um olho para se concentrar melhor. Localizou seu anuário do ensino médio, pegou-o e abriu-o sobre a cama, folheando em busca de uma foto específica. Na letra M, que ficava mais ou menos no meio, ela encontrou Curtis McCoy. Odiava que aquilo viesse ocupando tanto espaço mental, mas não conseguia juntar o cara que havia visto no jornal ao adolescente taciturno e levemente assustador de que se lembrava. Como se fosse prova daquilo, ali estava Curtis, aos dezessete anos: com o cabelo caindo sobre os olhos, de camisa e suéter, olhando para a câmera meio irritado. Ao lado, havia uma foto um pouco desfocada dele com três amigos sentados diante de uma fogueira na praia, uma foto sua em ação no campo de futebol e uma citação: *A questão não é quem vai me deixar; é quem vai me impedir.*

"Cretino", Georgiana sussurrou sozinha. Deve ter pegado no sono logo em seguida, porque de repente Darley a estava sacudindo. Sonhara que seguia Curtis por um caminho na grama. Credo. Com a visão turva e irritada, Georgiana se sentou na cama, derrubando o anuário no chão.

"Por que veio dormir?", Darley sibilou. "Quanto você bebeu?"

"Não muito, só estou cansada", Georgiana disse, na defensiva.

"Até mamãe notou que você ficou bêbada, o que não é pouca coisa."

"Merda, ela percebeu?"

"Mamãe também disse que você está magra, mas acho que foi querendo elogiar. O que está acontecendo com você?"

Por um momento, Georgiana cogitou contar para a irmã. Ou contar parte da história. Poderia dizer que havia terminado quando descobrira que Brady era casado e que depois ele morrera. Mas a meia-verdade a mataria. Darley achando que compreendia o sofrimento da irmã quando sua perda na verdade era muito maior. Georgiana não conseguiria aguentar aquilo. "Nada, Dar. Só tomei um remédio porque estou ansiosa com o trabalho, não devia ter misturado com vinho."

"Nunca misture remédio com bebida!", Darley a repreendeu. "Você é uma adolescente, por acaso? Preciso explicar por que isso é perigoso?"

"Não. É que fiquei tão feliz por Cord que me deixei levar. Mas está tudo bem."

"Tá. Não seja idiota. Agora vai lá, fala pra mamãe que você tomou um diurético porque estava se sentindo inchada e se despede. Temos que levar as crianças pra casa, de qualquer maneira. Grudou chiclete no cabelo de Hatcher, Poppy foi tentar ajudar e cortou uma mecha, agora Hatcher está chorando porque tem uma falha."

"Minha nossa." Georgiana enfiou o anuário debaixo do braço e saiu.

Georgiana nunca havia falado com o fundador da organização. Ele era o chefe de seus chefes, e ela sempre imaginara que teria que fazer uma cagada monumental para que os dois tivessem algum tipo de conversa. Por isso, ficou surpresa quando o cara enfiou a cabeça em sua salinha numa manhã de quarta-feira. Georgiana estava agachada, organizando as caixas de newsletters que haviam acabado de chegar da gráfica, e levou um susto quando ele bateu à porta.

"Peter! Oi!" Georgiana se perguntou imediatamente se devia mesmo chamá-lo de Peter. Ou seria melhor sr. Perthman? Não. Seria esquisito. Ele era o fundador de uma organização, e não o diretor de uma escola.

"Georgiana. Como você está?"

"Estou ótima!" Ela se levantou, com um entusiasmo nervoso e exagerado.

"Queria perguntar uma coisa. Você sabe que temos o evento beneficente mês que vem e que estamos querendo aumentar nosso rol de doadores individuais e fundações familiares, certo?"

"Sim, claro. Estou em contato com o espaço e tenho trabalhado em conjunto com Gabrielle na lista de convidados."

"Se me lembro bem do seu currículo, você estudou aqui no Brooklyn, na Henry Street, certo?"

"Isso." Por que Peter havia visto o currículo dela? Certamente alguém devia ter contado isso a ele.

"Eu estava lendo o *Times* esses dias e vi que um ex-aluno da Henry Street chamado Curtis McCoy está fazendo várias doações. Parece que os objetivos dele estão em sintonia com nosso trabalho, então fiquei pensando se você poderia entrar em contato para convidá-lo para o evento."

Era o fenômeno Baader-Meinhof: depois que se notava uma coisa, ela estava em todos os lugares. Seria possível que Curtis McCoy sempre tivesse estado na periferia da vida de Georgiana, mas ela nunca tivesse notado? De repente, parecia impossível evitá-lo. Quando ela estava no ensino fundamental, uma amiga comentara que uma parte do castelo de *A pequena sereia* parecia um pênis desenhado por um ilustrador entediado. Depois que ela viu aquilo, não teve mais como não ver. Estivera ali o tempo todo, debaixo de seu nariz, e Georgiana nem percebera. Agora, sentia-se igual em relação a Curtis.

"Eu o conheço", Georgiana admitiu. "Não bem, mas éramos da mesma sala."

"Ah, ótimo." Peter Perthman sorriu. "Vou mandar uma carta para você encaminhar para ele. E espero que possa nos apresentar mês que vem! Você foi uma excelente contratação, Georgiana. Já se destacou muito no pouco tempo em que trabalha aqui." Ele fez um aceno de cabeça e foi embora, deixando que ela voltasse ao chão e a suas caixas.

Georgiana enviou o convite a Curtis com o mínimo de vontade possível. Peter (ou seu assistente) havia escrito uma elegante carta de apresentação, explicando o trabalho da organização e destacando a perda recente de três colegas no Paquistão. Aquele era um país em que os civis desconfiavam enormemente dos Estados Unidos. Embora a carta não dissesse com todas as letras "os drones fabricados por sua família foram usados para matar pessoas em milhares de ataques no noroeste do Paquistão, portanto você deveria nos dar dinheiro para ensinar os sobreviventes a se virarem sozinhos", era basicamente aquele o recado. Georgiana pegou o e-mail pessoal de Curtis do convite que havia sido mandado para a festa de aniversário de Sebastian e escreveu apenas: "Espero que esteja bem. Meu chefe pediu para te encaminhar isso". Uma hora depois, Curtis respondeu:

Se eu for ao evento você vai tentar me beijar?

Georgiana se afastou do monitor, como se água fria tivesse respingado nela. Escreveu na mesma hora: **Este é meu e-mail de trabalho.**
A resposta veio em seguida. **Ah, tá. E qual é o traje do evento? "Terceiro Mundo chique"?**
Georgiana riu. Ele era um babaca mesmo. **Você não precisa vir. Vou dizer ao meu chefe que está ocupado demais sendo um filantropo.**

Você está me perseguindo? Lendo tudo o que sai a meu respeito?

Você saiu no caderno de estilo. É como se tivesse dado a entrevista só pra chamar a atenção das mulheres. Deve haver um jeito mais fácil de arranjar alguém pra sair com você. O fotógrafo pediu pra você olhar feio pra câmera ou pra tentar parecer sedutor?

Parece que você passou bastante tempo olhando pra minha foto.

Pelo visto estabelecer relações com a juventude anticapitalista faz parte do meu trabalho.

Bom, fico feliz em estabelecer relações. Pode confirmar minha presença. Depois me diga se posso pegar os óculos escuros da sua mãe emprestados também.

* * *

"Opa, flertando por e-mail com Curtis McCoy!" Lena riu. Elas estavam em um restaurante italiano na Atlantic, com Lena e Kristin debruçadas sobre o celular de Georgiana.

"Ele tem namorada?", Georgiana perguntou.

"Não faço ideia. Está interessada?"

"Não! Só quero saber se todo mundo acha que ele é um cretino ou se alguém consegue enxergar um ser humano ali."

"Um cretino que está doando cem milhões de dólares em nome da paz. Que babaca."

"Na real, é meio confuso, não é?", Georgiana comentou. "É como se o cara fosse ou cem por cento idiota ou um santo e eu não conseguisse descobrir qual dos dois."

"Pessoas horríveis podem fazer coisas boas", Kristin arriscou. "Tipo, até o Bin Laden amava os netos."

"Isso ajudou muito, obrigada."

"Tipo os caras com que eu trabalho", Kristin prosseguiu. "Tem um monte de caras no setor de tecnologia que sonham em criar uma sociedade utópica, mas acabam fomentando mais ódio do que parecia possível, principalmente por dinheiro."

"Mas não pode ser o contrário também? Tipo a Angelina Jolie, que usava um colar com o sangue do Billy Bob Thornton e muita droga, mas depois virou uma Embaixadora da Boa Vontade? É o que Curtis está fazendo, não é? Ele não está tentando crescer?", perguntou Lena.

"Então Curtis é igual a Angelina Jolie. Beleza. Entendi." Georgiana riu. Não era a mesma coisa, mas havia um fundo de verdade naquilo. Curtis não era responsável pelos pecados da família. Não era nem mesmo necessariamente responsável por aquilo em que acreditava na época do ensino médio. As pessoas podiam mudar. Podiam evoluir. Quem era ela para exigir dele um senso moral tão rigoroso? Tudo em que acreditara sobre si mesma havia sido jogado pela janela no instante em que se apaixonara por Brady. Boas pessoas faziam coisas erradas.

Quando Georgiana contou para a irmã que havia convidado Curtis McCoy para o evento beneficente, Darley segurou o braço dela e caiu na gargalhada. "Quem é a interesseira agora?" As duas tinham ido jogar tênis no Casino, e Georgiana sentiu um pedacinho de seu corpo morrer diante da possibilidade de que todo mundo no clube achasse que ela era uma alpinista social.

"Cala a boca." Ela olhou feio para Darley.

"Por que estão brigando?" Cord e Tilda entraram na quadra e entregaram uma lata de bolas a Georgiana.

"Georgiana vai sair com Curtis McCoy!", Darley contou.

"Ah, graças a mim", a mãe disse, satisfeita, passando as mãos pelos quadris. Tilda tinha pernas lindas, e às vezes parecia que jogava tênis apenas pelas saias.

"Quê? Isso não é verdade!"

"Bom, eu te mostrei o artigo e falei pra você entrar em contato."

"Quem é Curtis McCoy?", Cord perguntou.

"Um bilionário que está doando toda a herança, filho do cara da Taconic", Darley explicou.

"Ele não é um bilionário", Georgiana murmurou.

"Se doar todo o dinheiro não vai ser mesmo", comentou Tilda.

"Ah, eu li a respeito dele." Cord inclinou a cabeça. "Me pareceu um desses jovenzinhos deslumbrados com o que o Bernie Sanders fala."

"Não é nada disso." Georgiana abriu a lata de bolas e guardou três debaixo da saia. "Ele herdou milhões de dólares obtidos com a venda de mísseis que mataram sírios, e em vez de passar os dias em seu iate decidiu tentar tornar o mundo melhor. Não tem nada de ridículo nisso."

"Mas ele ainda tem um iate, né?", Tilda perguntou. "Posso confirmar na edição de verão do *Social Register*."

"Essa não é a questão, mãe." Georgiana revirou os olhos. "Podemos jogar tênis, por favor?"

Eles sempre formavam as mesmas duplas: Georgiana e Darley contra Cord e a mãe. Aquilo era irritante, mas Cord era mais forte e mais rápido que as irmãs, o que compensava o fato de que Tilda já não era tão ágil quanto antes. Darley era forte, mas um pouco irregular, e com Georgiana as duplas ficavam equilibradas. Embora o pai também fosse um bom jogador, ele e Tilda nunca jogavam juntos — como sempre acabavam brigando, em algum momento dos anos 90 tinham decidido que deviam ter uma vida separada nas quadras.

Georgiana com frequência se surpreendia com a variedade de experiências reunidas sob o termo "casamento". Seus pais moravam juntos e dormiam no mesmo quarto, mas apesar da proximidade física pareciam levar vidas completamente distintas. Tinham interesses diferentes, amigos diferentes, gostos diferentes para livros e filmes. Embora viajassem juntos, passavam os dias separados, Tilda fazendo compras, as unhas e se exercitando, Chip lendo o jornal, jogando golfe e bebendo com os amigos. Darley e Malcolm eram o exato oposto. Passavam mais tempo longe um do outro que juntos, mas conversavam o dia todo, concordavam em quase tudo e às vezes se sentavam em camas ou mesmo continentes completamente diferentes e comiam a mesma comida e assistiam ao mesmo filme juntos. A lealdade de Darley a Malcolm quase chegava a irritar Georgiana. Ela às vezes queria que a irmã encontrasse um mísero defeito no marido, que odiasse sua maneira de escovar os dentes, o modo como franzia os lábios ao ler. Mas o casamento dos dois era um ovo: uma gema e uma clara cercadas por uma casca. Georgiana estava começando a desconfiar de que, embora a irmã jogasse tênis como uma Stockton, no fundo estava se tornando uma Kim, o que deixava a própria Georgiana sozinha.

O evento beneficente seria realizado no Museu do Brooklyn. Um palco havia sido montado onde normalmente ficava a bilheteria, e um DJ estava a postos para um baile depois do jantar. Georgiana ajudara a organizar o mapa das mesas, por isso sabia que Curtis havia desembolsado vinte mil dólares por dez lugares. A esperança, claro, era que ele ficasse tão emocionado com o evento a ponto de deixar uma contribuição em um envelopinho debaixo de seu prato. Georgiana não reconheceu nenhum dos nomes da lista de convidados dele, mas aquilo não chegava a ser surpreendente. Não era como se esperasse que Curtis levasse todos os seus amigos de ensino médio a uma apresentação sobre assistência médica internacional disfarçada de jantar chique.

Na noite do evento, ela cogitou usar os brincos Chanel da mãe, com dois Cs gigantes que iam até os ombros, mas não tinha certeza de que Curtis entenderia a piada, fora que devia ser de mau gosto usar algo do tipo enquanto falavam sobre crianças sem acesso a água potável. Georgiana optou por um vestido Missoni da mãe e saltos que a deixavam absurdamente alta.

Ela chegou cedo e ficou à porta para cumprimentar os convidados, mas quando Curtis chegou ela estava ajudando uma doadora importante a encontrar a chapelaria. Ele estava acompanhado de uma mulher muito bonita que só podia ser sua mãe, o que deixou Georgiana estranhamente feliz. Ela presumira que as declarações públicas dele sobre a Taconic o tivessem deixado em pé de guerra com os pais. Georgiana passou todo o coquetel observando Curtis de canto de olho, sem poder ir até ele por conta das muitas crises que surgiam e eram resolvidas — um acréscimo de última hora à mesa três, dúvidas da equipe de fotografia, uma pane no iPad que Gabrielle estava usando para registrar a entrada.

Quando o coquetel acabou e os convidados foram incentivados a buscar seus lugares às mesas, Georgiana correu para trás do palco para se certificar de que Peter já estava com o microfone a postos. Dez minutos depois, quando ela tomou seu lugar perto do palco, notou que os convidados de Curtis haviam chegado e que a mulher que Georgiana vira com o cachorro na saída do Casino estava sentada à esquerda dele. Curtis percebeu que Georgiana olhava e sorriu, cumprimentando-a com um aceno de cabeça. Ela sentiu as bochechas esquentarem e acenou de volta, mas se sentiu boba na mesma hora.

Georgiana ainda não havia visto o vídeo institucional mais recente, e quando as imagens começaram a passar ela se deu conta de que havia sido um erro. O rosto de Brady apareceu diante de todos no salão. Ele estava ao lado de Meg e Divya no pequeno aeroporto, com uma mochila no ombro, os óculos escuros na cabeça. A foto devia ter sido tirada no dia anterior à sua morte. Havia fotos dele conduzindo uma reunião no hospital, usando um crachá azul e segurando três caixas de vacinas com adesivos laranja, fotos dele inclinado diante de um notebook junto com os outros membros da equipe no Paquistão. Georgiana sentiu as lágrimas rolando pelas bochechas. Alguém devia ter lhe dito que haviam incluído fotos de Brady no vídeo. Ela desviou os olhos da tela e procurou se controlar, procurou desacelerar a respiração. Quando virou para o outro lado do salão, notou os olhos de Curtis fixos nela. Então se levantou em silêncio da cadeira e foi até o banheiro, onde pegou papel higiênico para secar o rosto. Já mais reestabelecida, umedeceu as mãos e bateu levemente com os dedos na região sob os olhos, em uma tentativa de disfarçar o rímel manchado. Alisou o vestido e prendeu o cabelo atrás das orelhas, quebrou um comprimido de clonazepam no meio e deixou que dissolvesse sob a língua. Estava bem. Podia se controlar.

Procurou se manter na periferia da festa, ocupada, verificando as saladas, o orador principal, as entradas. Quando o café foi servido, saiu dos bastidores e viu que as pessoas começavam a deixar as mesas. Uma fila já se formava na chapelaria, com aqueles que não estavam interessados em dançar. Curtis tocou seu ombro, e ela deu um pulo.

"Oi. Parabéns pelo evento, está ótimo", ele disse.

"Muito obrigada por ter vindo. Tenho certeza de que sua agenda está sempre cheia de coisas assim." O velho rubor de nervoso fazia suas bochechas formigarem. Georgiana permanecia estranhamente consciente do local exato de seu ombro que Curtis tocara.

"É verdade, mas agora meu trabalho é esse. Quero aprender tudo o que puder sobre diferentes organizações." Curtis estava usando um terno marinho bem-ajustado, que fazia seus olhos parecerem mais azuis que de costume. Seu cabelo loiro estava penteado e seu rosto, recém-barbeado. Ele cheirava ligeiramente a café.

"Quem eram as outras pessoas na sua mesa?" Georgiana deu uma olhada para as cadeiras vazias e os pratos de sobremesa intocados.

"Trabalho com uma equipe. Um grupo de pessoas com experiência em doações corporativas."

"Faz sentido." Georgiana sorriu, sentindo enfim o rosto esfriar. "Como nos saímos?"

"Muito bem. Adorei o foco no ensino a profissionais de saúde locais. É preciso criar uma estrutura que continue funcionando depois que o dinheiro acabar."

Ela concordou com a cabeça. "Acho que em parte é por isso que o trabalho no Paquistão é tão importante. Muitas mulheres têm receio de ser atendidas por médicos homens, porque os maridos ou as sogras não permitem. Treinamos voluntárias para trabalhar nas comunidades com planejamento familiar e imunizações."

"É uma boa estratégia." Curtis respirou, hesitante. "Você pareceu muito chateada durante a apresentação do vídeo. Tinha amigos entre as pessoas que morreram na queda do avião?" Ele concentrou toda a sua atenção em Georgiana. Seus olhos brilhavam tanto que ela se sentiu um pouco tonta. Curtis era tão bonito que chegava a ser desconfortável.

"S-sim", Georgiana gaguejou. "Minha amiga Meg foi uma das três pessoas que morreram." Ela não podia falar a Curtis McCoy sobre Brady, ou desataria a chorar de novo.

"Sinto muito. Ela tinha a nossa idade?"

"Era alguns anos mais velha, mas, sim, ainda era jovem. Era a primeira vez que Meg visitava um projeto, e ela estava animada. Era muito inteligente e trabalhava o tempo todo. Estava destinada a ser *alguém*, sabe?"

"Sei. Foi algo terrível." Curtis fez uma pausa e olhou ao redor em meio ao silêncio. "Fiquei sabendo que este andar do museu está aberto para os convidados. Quer dar uma volta?"

"Seria ótimo", Georgiana disse. O DJ tocava, e os colegas dela estavam dançando com seus pares sob as luzes coloridas. Os dois caminharam ao longo do corredor de vidro com murais dos anos 80 que iam até o teto. "Era sua mãe com você?"

"Era. Ela estava na cidade, e eu a convenci a vir comigo."

"Eu estava me perguntando mesmo se você ainda se dava bem com seus pais ou se eles tinham ficado chateados com você."

"Minha mãe é mais compreensiva que meu pai", Curtis admitiu, com timidez.

"Sinto muito." Eles pararam diante de um mural vermelho de seis metros de altura e ficaram olhando para as camadas de tinta grossas e irregulares.

"Meu pai tem muito orgulho do que construiu na Taconic. Não vê as coisas como eu. Pensa na indústria bélica como algo patriótico. Acha que nossa família fez uma grande contribuição, quase como se fôssemos uma família de militares."

"Ele fica mais bravo por você distribuir o dinheiro ou por atacar a Taconic?"

"Meu pai acha que quero fazer isso só para exibir minha superioridade moral. Fica me chamando de Alexandria Ocasio-Cortez ou camarada Stálin e insiste que vou me arrepender quando tiver filhos."

"Ele acha que você vai se arrepender de não poder deixar a seus filhos uma herança maior?", Georgiana perguntou.

"É, meu pai é de uma geração que acha que estabilidade financeira é o melhor presente que se pode dar à família." Curtis fez um aceno de cabeça, indicando que estava pronto para ir para o mural seguinte.

"Acho que tem uma diferença entre estabilidade e uma fortuna obscena", Georgiana comentou.

"Tem uma baita diferença. A desigualdade de renda é a questão mais vergonhosa de hoje em dia. Fico preocupado que meus filhos olhem pra trás e vejam um país que não tem moralidade alguma, que deixou pessoas morrerem de fome enquanto os ricos desfrutavam de isenções fiscais."

"Warren Buffett diz que não acredita em riqueza geracional. Que não acredita que a vida de alguém deva ser determinada pelo fato de pertencer ou não ao 'clube do esperma sortudo'." Georgiana corou ligeiramente ao dizer "esperma".

Curtis riu. "Você sabia que, juntos, Warren Buffett, Bill Gates e Jeff Bezos têm mais dinheiro que a metade da população com menos dinheiro?"

"Isso é verdade?", ela perguntou.

Os dois pararam diante de um mural com dois seios enormes e fingiram estudá-lo brevemente antes de seguir em frente. Arte podia ser algo muito desconfortável.

"Você sempre discordou de seu pai na política?"

"Não." Curtis balançou a cabeça. "No ensino médio, comecei a ler coisas que não eram o *Wall Street Journal*, mas só na faculdade fui lidar com a minha própria culpa no cartório. Acho que a gente foi meio que criado em uma bolha." Curtis olhou para ela como se esperasse uma confirmação.

"E às vezes é difícil sair dessa bolha", Georgiana disse, pensando em seu mundinho em Brooklyn Heights. Se ela espirrasse alto na sala de estar, era capaz de os pais dizerem "saúde" do quarto deles em Orange Street.

"Parece que você está conseguindo", Curtis disse, e Georgiana se sentiu ao mesmo tempo lisonjeada e constrangida por querer a aprovação dele. Os dois voltaram ao salão, e Georgiana notou que a equipe começava a recolher envelopes das mesas.

"É melhor eu voltar ao trabalho."

"Ei." Curtis a segurou pelo braço. "Você está saindo com alguém?"

"Não. Você está?" Ela sorriu.

"Não, mas achei que talvez você estivesse com aquele cara... de quando a gente se trombou... depois da festa..."

Georgiana gostou que ele se desdobrasse para não dizer: *quando vi você cambaleando na rua como se tivesse acabado de cheirar cola, um dia depois de enfiar a língua na minha boca.*

"Era meu irmão, Cord."

Curtis disse que ia escrever para ela para marcar um jantar, e Georgiana permaneceu alegre durante toda a arrumação depois da festa, mas quando chegou em casa e abriu o armário do banheiro encontrou um bilhete de Brady atrás do enxaguante bucal que dizia: *Plásticas de nariz grátis para debutantes!*

Com o pedaço de papel na mão, Georgiana se lembrou das fotos de Brady e Meg. Ela o viu ao lado do avião, de mochila, a horas da queda. Ele morrera e seu corpo se transformara em cinzas, enquanto ela continuava ali, viva, usando roupas de marca ridículas, flertando em uma festa em um museu, fingindo que era uma boa pessoa quando sabia que era uma mentirosa.

Quinze

DARLEY

Tilda organizou um chá revelação para Cord e Sasha, cujo tema era "Chá do Chapeleiro Maluco". Ela transformou o apartamento da Orange Street em um País das Maravilhas psicodélico, com xícaras de chá empilhadas em torres periclitantes, um candelabro com relógios de bolso pendurados nos braços e cartas de baralho espalhadas na base, além de coelhos de porcelana espreitando nos arranjos de flores. A coisa toda fazia Darley se sentir como se tivesse comido cogumelos demais em Amsterdam e vomitado em um canal. Mas ela arrastou Malcolm consigo e até pôs um chapeuzinho com uma pena que usara em uma festa cujo tema era "Competição de turfe".

"Bem-vindos ao País das Maravilhas!", Tilda disse de maneira dramática ao abrir a porta. Estava usando um chapéu tão grande que tocava as duas paredes e aplaudiu o figurino de Darley antes de passar a Malcolm uma cartola preta com cartas de baralho costuradas na aba. "Todo mundo precisa usar um chapéu maluco! Agora escolham suas bebidas. Se acham que vai ser menina, Pink Lady; se acham que vai ser menino, Blue Arrow."

"O que tem no Blue Arrow?", Malcolm sussurrou para Darley.

"Curaçau blue e gin. Melhor não", ela sussurrou em resposta.

Cord e Sasha já estavam lá, ele devorando minissanduíches no formato dos símbolos de copas e espadas, ela corada e usando uma coroa de flores que a deixava bem bonita.

"Adorei seu cabelo", Darley a elogiou, cumprimentando-a com um beijo.

"Ah, sua mãe que fez a coroa. Ela foi lá em casa ontem para ver que roupa eu pretendia usar para ter certeza de que combinaria."

"Claro que sim", Darley disse, e deu risada.

A mesa estava lotada de comida: canapés de pão branco, pepino e cream cheese, salada de frango com uvas, ovo e agrião — tudo com uma plaquinha escrito COMA-ME. A mesa de bebidas tinha plaquinhas similares com a indicação BEBA-ME.

"Ai, meu Deus. 'Coma-me'?" Darley franziu o nariz.

"Quanta classe, Dar." Cord sorriu. "É uma festa de família."

"E aí, é menino ou menina? Podem contar, não vou dizer a ninguém", Darley pediu.

"A gente não sabe", Sasha falou. "Pedimos pra escreverem em um pedaço de papel, que sua mãe entregou para a confeitaria. Quando cortarmos vamos ver se é rosa ou azul."

"Hum, meio cafona, né?", interrompeu Georgiana, que se aproximava enfiando um tomate-cereja na boca.

Sasha deu uma risadinha. "Não foi ideia nossa."

"NEMF", Malcolm disse, com uma piscadela para Sasha. Darley fingiu que não sabia o que a piada interna dos dois significava.

Georgiana havia ido com sua melhor amiga, e Darley ficou feliz em vê-la. Conhecia Lena desde pequena e tinha boas lembranças de ficar cuidando das duas quando voltava para casa da faculdade, pintando as unhas delas e deixando que comessem pacotes inteiros de biscoitos enquanto assistiam a filmes do Zac Efron. Georgiana andava muito instável — e parecia já estar ligeiramente bêbada. Darley ficou feliz ao pensar que Lena também estava de olho nela.

"Me deixa experimentar isso aí." Malcolm apontou para o drinque de Georgiana, que parecia um anticongelante em copo de martíni. Ele tomou um gole e estremeceu. "É, tipo, álcool puro."

"Bom, é um chá revelação", Cord brincou, claramente se excedendo. "As bebidas vão revelar quem é macho e quem não é."

Sasha havia convidado um punhado de amigos, alguns do trabalho e outros da faculdade, incluindo Vara. Darley fez questão de se apresentar a todos que chegavam, desviando-os dos drinques azuis sempre que possível. Os pais de Sasha haviam cancelado de última hora — o pai dela não estava se sentindo bem —, e Darley sentiu um leve aperto no coração ao pensar que não participariam, que não tomariam Pink Lady e não veriam a filha usando uma coroa de flores. Tilda, no entanto, estava aproveitando ao máximo seu papel de matriarca, desfilando de chapéu e quebrando sua própria regra ao tomar uma taça de champanhe porque não queria manchar os dentes nem de rosa nem de azul.

Depois de uma hora de comida e conversa, todos se reuniram em volta do bolo, uma torre gigantesca de três andares com rosas brancas e amarelas que parecia ter sido feita para um casamento. Os amigos de Sasha pegaram os iPhones para documentar a revelação, e ela e Cord usaram uma faca Tiffany para cortar. Então ele ergueu o primeiro pedaço... e por dentro o bolo era branco.

"O que branco significa?", Cord perguntou.

"Corta uma fatia maior! Talvez esteja no meio!"

Eles voltaram a cortar, dessa vez chegando ao meio do bolo. Ainda branco. Cord começou a perfurar cada camada, de maneira dramática, como se fosse um mágico fazendo o truque da assistente na caixa. O bolo era todo branco.

"Minha nossa. Vou ligar para a confeitaria", Tilda anunciou, afastando a aba do chapéu dos olhos e digitando o número no celular. Na verdade, a confeitaria também tinha recebido uma encomenda para fazer um bolo de bodas de ouro para aquele mesmo dia, de modo que em algum lugar da cidade havia um casal de idosos comendo bolo com recheio azul ou rosa. Todos se reuniram em volta do iPhone para que a confeiteira fizesse o anúncio em voz alta.

"É um menino!", ela gritou, e Tilda berrou de alegria e desligou na cara da mulher.

"Que notícia maravilhosa!"

Cord e Sasha riram e se beijaram, e todo mundo que havia castigado o próprio fígado com o Blue Arrow ergueu o copo em comemoração. Um menino! Darley estava feliz. O bebê seria seis anos mais novo que Hatcher, mas seus filhos enfim ganhariam um priminho. E Cord seria um pai maravilhoso. Quando olhou em volta, para os amigos e familiares comendo e rindo da história do bolo, Darley notou que Georgiana nem sorria.

"É bizarro pra caralho comemorar isso", ela disse, em voz alta, e um silêncio se instaurou na festa, como se um brinde tivesse sido convocado. Georgiana estava ligeiramente instável e com as bochechas em chamas. "Não deveria importar se é menino ou menina. Gênero é um espectro."

"Georgiana, querida, ninguém sabe do que você está falando", Tilda a repreendeu, debaixo de seu chapéu enorme. "Ficaríamos igualmente felizes se fosse uma menina."

"Porra, mãe, não tem nada a ver com isso", Georgiana disse com desdém.

"Georgiana, pode vir comigo até a cozinha, por favor?", Sasha interveio. Num instante, pegou o cotovelo da cunhada e a tirou da sala.

"Não. Eu estou bem, *Sasha*", Georgiana disse, como se o nome da cunhada fosse um palavrão.

"Você passou por bastante coisa", Sasha disse, baixinho. "Entendo que esteja brava."

"Não aja como se soubesse de tudo", Georgiana sibilou. "Porque não sabe!"

"Tá, eu não sei", Sasha voltou atrás. "Mas talvez você esteja estragando uma festa de família porque está sofrendo com outra coisa."

Darley se perguntava do que exatamente as duas estavam falando.

"Não estou estragando nada. Essa festa inteira é totalmente sem noção. Gênero não é binário. Gênero não tem a ver com a genitália!"

"Calma aí, George." Cord tentou contê-la, mas a situação só piorava. Darley viu lágrimas escorrendo pelo rosto da irmã.

"Vem, eu levo você pra casa." Sasha tentou pegar o cotovelo de Georgiana.

"Não!" Ela puxou o braço de volta.

"Acho que você vai se sentir melhor...", Sasha insistiu.

"Sasha, *chega*. Essa nem é a sua casa." Foi como se Georgiana tivesse dado um tapa na cara de Sasha. E continuou: "Isso é tudo com que você se importa, Sasha? Sua mansão e seu herdeiro? É ridículo. Vocês são todos ridículos". Ela olhou em volta com uma expressão fechada, como se desafiasse quem quer que fosse a falar. Quando ninguém tomou a palavra, Georgiana saiu para o corredor, furiosa, entrou no quarto dos pais e bateu a porta.

"O que foi isso?", Darley perguntou, sem se dirigir a ninguém específico.

"Bom, quem poderia imaginar que teríamos um showzinho?", Tilda disse, rindo. "Agora, por favor, peguem todos um pedaço de bolo. Bom, os pedaços que Cord não tiver destruído com sua esgrima!"

Darley às vezes ficava impressionada com a capacidade da mãe de passar por cima de situações desconfortáveis. Ou era algo incrivelmente sofisticado ou absolutamente psicótico, mas, naquele momento, ela achava que estava grata. As pessoas enfiaram o bolo goela abaixo e deram qualquer desculpa para ir embora. Darley encontrou Lena à porta trancada do quarto, tentando falar com Georgiana.

"O que está acontecendo com ela?", Darley perguntou.

"Não sei." Lena balançou a cabeça. "Georgiana anda meio caótica."

"Caótica como?"

"Ficando bêbada superfácil. Misturando ansiolítico com bebida, está na cara. Beijando caras que odeia em festas, depois se torturando por isso e meio que se odiando."

"Nossa." Darley sentiu que arregalava os olhos. Como tudo aquilo lhe escapara? Ela bateu na porta. "George? Sou eu. O que está acontecendo? Abre."

Tilda se juntou a elas. "Querida, todo mundo já foi embora. Venha e vamos conversar sobre o que está chateando você. Sinto muito se o tema foi mal escolhido", a mãe arriscou.

Houve um baque e um clique antes que a porta se abrisse. Então Georgiana estava diante delas, irradiando fúria, com o cabelo todo bagunçado e os lábios azuis de curaçau.

"George, o que está acontecendo?", Darley perguntou, com os olhos se enchendo de lágrimas ao ver a irmã naquele estado de sofrimento.

"Pergunta pra interesseira", Georgiana disse, olhando feio para Sasha, que permanecia imóvel no fim do corredor. "Pergunta pra porra da interesseira." Então ela foi embora, deixando a família toda boquiaberta.

Dezesseis

SASHA

Sasha contou a eles. Todos se sentaram na sala de estar, e ela explicou o que Georgiana havia lhe confessado no dia em que a encontrara soluçando no armário. Georgiana tinha se apaixonado por Brady sem saber que ele era casado. Depois que descobrira, fizera o impensável e continuara dormindo com ele. Os dois estavam tendo um caso quando o avião caíra e Brady morrera. E Georgiana continuava de luto.

"O segredo deve estar acabando com ela", Lena sussurrou. "Georgiana me disse que havia terminado com ele."

"O acidente aconteceu há mais de dois meses." Darley estremeceu. "Ela me disse que não conhecia as pessoas que morreram."

"Brady morreu. E Meg, que era amiga dela", Sasha disse, baixo.

"E você sabia disso o tempo todo?", Cord perguntou, com tamanha cara de traído que Sasha mal conseguiu suportar.

"Desculpa", ela sussurrou. "Georgiana pediu que eu guardasse segredo."

"Ela tem vinte e seis anos", Darley cuspiu. "É uma criança. Estava lidando com algo incrivelmente traumático. Precisava de ajuda."

"Tentei ajudar, mas sabe o que aconteceu? Ela me ignorou, como todo mundo da sua família!", Sasha retrucou, na defensiva. "Liguei várias vezes, mas Georgiana não queria a ajuda da interesseira."

"Por que vocês ficam falando isso?", Tilda interrompeu.

"Porque é como Georgiana e Darley me chamam: a interesseira. Acham que me casei pelo dinheiro. Acham que dou a mínima para os clubes a que vocês pertencem ou como arrumar a porra de uma mesa. Acham que eu queria morar nesse museu de velharias."

"Ei, Sasha, baixa o tom", Cord disse, franzindo a testa.

"Não, não vou baixar o tom. Georgiana é mimada e egoísta, e foi grossa e sarcástica comigo desde que nos conhecemos. E você..." Sasha se virou para Darley. "Você fingiu ser minha amiga enquanto ria de mim pelas costas, o que é quase pior."

"Isso não tem a ver com você, Sasha", Darley disse.

"Nunca tem a ver comigo. Cansei de vocês. Estou cansada de todo mundo agindo como se eu devesse beijar esses tapetes persas pulguentos só para poder continuar morando nessa espécie de Grey Gardens cheia de escovas de dentes velhas e cestos de vime mofados. Querem saber?" Ela olhou bem para Tilda. "O sofá da residência do governador me dá *alergia*!" Cord olhou para a esposa e balançou a cabeça, como se dissesse que agora ela tinha passado do ponto, mas Sasha não queria saber, não aguentava mais. Seu rosto estava suado, e ela parecia uma Medusa enlouquecida com aquela coroa de flores murchas. Ela se virou e, com toda a dignidade possível a uma pessoa cercada por uma família usando chapéus excêntricos, foi embora batendo o pé.

Depois da festa, os Stockton se esforçaram para se manter unidos. Cord recebia ligações de Darley e ia para o quarto, fechando bem a porta. Ele ia à Orange Street para discutir a situação de Georgiana com a mãe, provavelmente enquanto massageava os pés dela de maneira pornográfica.

Cord achava que Sasha havia exagerado. As irmãs tinham um apelido para ela, e daí? O homem que Georgiana amava havia morrido. Os problemas de Sasha não eram nada em comparação. Ele não conseguia enxergar que a questão era muito maior do que aquilo, que eles sempre haviam mantido Sasha à distância da família. A cada dia que passava, ela se sentia mais excluída, o que deixava claro como o dia que não era e nunca tinha sido uma Stockton.

Para sua surpresa, Darley não mandou mensagem nem ligou. Sasha sabia que ela e Cord estavam bravos por causa do que dissera sobre a casa e porque tinha guardado o segredo de Georgiana, mas Darley não sentia nem um pouco de vergonha por chamá-la de interesseira? Talvez Sasha devesse ter contado a eles, mas ela não fazia ideia de qual seria a reação deles se tivesse trazido o assunto à tona dois meses antes. Georgiana já a tratava com tanto desdém, o que aconteceria se quebrasse sua confiança? Sasha sentia que havia visto algo que os Stockton não gostavam que tivesse visto. Eles eram muito reservados. Muito furtivos. Estavam sempre desesperados para manter as aparências e se certificar de que não houvesse nenhuma rachadura em sua fachada. Bem, Sasha havia visto as rachaduras, então eles a odiavam.

Quanto mais ela pensava a respeito, mais furiosa ficava. Via-se em uma situação da qual só poderia sair perdendo. Era parte de uma família em que não tinha voz e não tinha voto, uma família que mantinha as portas fechadas e os envelopes lacrados para ela, uma família ligada pelo dinheiro, mas também amordaçada por ele. De repente pareceu fazer sentido que os Stockton tivessem se estabelecido tantos anos antes na região do Brooklyn com as ruas com nomes de frutas, que eles quisessem viver em casas protegidas pelos institutos de preservação histórica: não queriam mudar, queriam permanecer exatamente como eram.

Era segunda-feira à tarde e Sasha estava trabalhando, tentando escolher que tom de creme usar em um anúncio de roupa de cama. Havia reduzido suas opções a creme de coco, creme de leite e creme de cannoli — e já estava ficando com fome — quando a mãe ligou da despensa.

"Vão manter seu pai internado esta noite para observação", ela disse, com a voz abafada pelos pacotes de arroz e macarrão.

"Por quê? Encontraram alguma coisa?" Era a terceira consulta médica dele em seis semanas. O pai continuava com a respiração curta, e o inalador não estava ajudando em nada. Sasha se levantou e fechou o catálogo de amostras de cores para conseguir pensar melhor.

"Não, não encontraram nada. Deve ser resquício de um resfriado. Seu pai não para de reclamar. Queria voltar para casa, mas o convenci a ficar até que ele receba alta."

"Como você fez isso?", Sasha perguntou, incrédula.

"Disse que se ele ousasse colocar um pé pra fora do hospital antes de ter permissão médica eu ia afundar o barco."

Apesar de tudo, Sasha teve que rir. Uma vez, a mãe jogara um par de remos na água porque seus irmãos haviam chegado três horas atrasados de uma viagem para pescar, portanto ela levava suas ameaças a sério. "Estou indo aí", Sasha disse.

"Ah, não. Não tem nada para fazer aqui. Eu passaria a noite acordada, preocupada com você na estrada a essa hora, só para ele receber alta amanhã."

"Por que você está na despensa se papai não está em casa?"

"Os meninos não queriam que eu te deixasse preocupada", a mãe confessou, parecendo se sentir culpada.

Era irritante. Outra família que tentava mantê-la à distância. "Tá." Sasha suspirou e elas desligaram, com a promessa de que a mãe ligaria do hospital pela manhã. Mas o pai não recebeu alta no dia seguinte, nem no outro. Sasha se sentiu uma idiota. Se tivesse ido na segunda-feira, teria passado a semana inteira com os pais. Na sexta-feira, estava pensando se não devia pegar o carro e ir para lá quando recebeu uma mensagem de Olly. *Oi. Encontraram coágulos nos pulmões do papai.*

Ela jogou uma troca de roupa, um frasco de vitaminas pré-natais e o notebook em uma mala e foi para o carro. Fez todo o trajeto até Providence se repreendendo. Fazia meses que não via os pais — estivera ocupada demais com o trabalho, com a casa, com Cord, Darley e todas as comemorações idiotas dos Stockton, com open houses e jantares de temática confusa. Sasha vinha se esforçando tanto para se encaixar em uma família que não lhe pertencia que se esquecera completamente da sua.

Enquanto dirigia pela cidade, Sasha experimentava a estranha sensação de ver seu antigo lar da perspectiva de alguém de fora. Aquilo havia começado no primeiro ano da faculdade, quando, depois de morar em Nova York, um lugar repleto de prédios espelhados e descobertas sem fim, tudo em casa lhe pareceu menor e em pior estado. A loja de quinquilharias, o imóvel onde a Blockbuster costumava ficar e que nunca mais fora ocupado, a loja de tintas que precisava de uma demão — Sasha mal conseguia se lembrar do tempo em que aquela cidade continha todo o seu mundo.

Como só eram permitidas três visitas por vez no hospital, e a mãe e os irmãos já estavam lá, Sasha foi para a casa dos pais. Quando estacionou, viu a caminhonete de Mullin na entrada. A porta da frente estava trancada e as luzes, apagadas, então ela precisou procurar a chave reserva que ficava embaixo de uma pedra para conseguir entrar. Sasha deixou a mala no chão, foi até a geladeira e pegou uma lata de coca-cola. Já estava inclinando a cabeça para beber quando viu Mullin no quintal. Ele era a última pessoa com quem Sasha tinha vontade de falar, portanto ela o ignorou, preferindo dar uma olhada na correspondência por abrir na bancada, tirar a louça da máquina e pegar uma caixa de biscoitos no armário.

Quando Mullin bateu na porta de vidro, ela se sobressaltou.

"Opa, não queria assustar você." Ele parecia cansado. Estava de barba e com uma calça jeans toda suja de terra.

Com cautela, Sasha olhou para Mullin do outro lado da cozinha. "O que está rolando?"

"Só estou tentando me manter ocupado até termos notícias." Mullin deu de ombros. Foi até a geladeira, pegou uma lata de cerveja Narragansett e abriu.

"Fica à vontade", ela disse, sarcástica.

"Fui eu que comprei."

"Então guarda na sua casa."

"Por que você tem que ser assim?", ele perguntou, com a cara fechada.

"Assim como?"

"Por que tem que ser tão rabugenta o tempo todo?"

"Porque não quero você aqui. E, no entanto", ela fez uma pausa, "parece que você sempre está."

"E você nunca está. Então por que se importa?"

"Porque me parece que você já deveria ter seguido em frente. Faz quinze anos que a gente terminou, mas ainda tenho que te ver o tempo todo. Não consigo entender o motivo."

"Bom, com certeza não é porque estou tentando te reconquistar, apesar desse encanto de pessoa que você é", ele disse, com amargura.

"Com certeza." Sasha fez uma careta. Ficava furiosa por Mullin estar ali, bancando o filho carinhoso, quando não era nem parte da família. Quando ele a afastara. Sasha saiu pela porta de vidro, desceu os degraus até o deque e passou ao quintal. Um bordo japonês tinha sido plantado nos fundos do terreno. Tinha cerca de um metro e meio de altura e folhas vermelhas brilhantes. Havia estrelas-azuis por toda a volta, com as folhas bem amarelas, além de uma fileira de astilbes que lembravam plumas e outra de buxos pequenos. Sasha soltou um murmúrio impressionado. Parecia uma página dupla de revista de jardinagem, muito diferente dos canteiros de blocos de concreto onde ela tinha procurado minhocas e feito bolinhos de lama quando era pequena. Sasha foi até o bordo japonês, para observá-lo mais de perto, e notou os cordões que alguém havia amarrado com todo o cuidado em torno da base da árvore para protegê-la de animais. Ela olhou para a grama bem-cuidada que cobria o que antes havia sido um campo irregular e cheio de falhas. Fechou os olhos e ficou ouvindo por um momento os barulhos de sua infância, tão distintos daqueles da Pineapple Street. Sasha ouviu o ruído distante de um cachorro latindo, o rangido da porta de tela dos vizinhos se abrindo, as folhas farfalhando à brisa. Em Brooklyn Heights, Sasha vivia cercada pelo ronronar ritmado de um caminhão refrigerado que ficava estacionado do lado de fora de sua janela enquanto entregava mantimentos, pelas sirenes das viaturas de polícia e dos caminhões de bombeiros que passavam pela Henry Street, e às vezes, nas manhãs de domingo, por uma charmosa peculiaridade do bairro: o clangor do amolador de facas, que passava por Cobble Hill, Carroll Gardens e Heights tocando um sino para que os interessados fossem correndo levar suas facas para amolar por vinte dólares. Era possível que Sasha nunca mais voltasse a morar ali? Que passasse o resto da vida no Brooklyn, criando o filho a horas de distância dos pais dela? Sasha queria desesperadamente que o pai ficasse bem, que ele pudesse ensinar o neto a pescar, a virar uma panqueca, a vadear o barco em busca da corda para amarrá-lo, a assoviar com grama, a passar horas escolhendo entre as iscas artificiais que eram vendidas atrás do bar.

    Por que ela estava tão brava com Mullin? Por que vê-lo em sua casa a deixava tão irritada? Sim, ele tinha sido um péssimo namorado, mas fazia um século. E Sasha continuava o punindo. Era possível que ela fosse igual aos Stockton? Que estivesse querendo a todo custo proteger de pessoas de fora as origens de sua família? Sasha se deu conta da ironia. Estava sendo muito hipócrita. Havia se mudado para a Pineapple Street e ficado furiosa com Georgiana por fazer a mesmíssima coisa que vinha fazendo com Mullin nos últimos quinze anos. *Merda*.

"Ei, Mullin", ela o chamou, e ele se aproximou da porta. "Você ajudou com o quintal?"

"Sim", ele disse, tomando um gole de cerveja.

"Ficou muito bom."

"Eu sei. As pessoas pagam um preço alto por isso."

"Bom, vale a pena", Sasha disse, arrependida. "Tenho certeza de que mamãe e papai ficaram muito felizes."

Mullin desceu os degraus e olhou para o jardim. "No que você está pensando?"

"No que eu não estou pensando?", Sasha respondeu, sem emoção, e Mullin sorriu. "Estou me sentindo culpada por não ter percebido antes que meu pai estava tão mal."

"Acho que todo mundo foi pego de surpresa."

"Eu sei. Mas eu meti os pés pelas mãos. Tenho sido uma péssima filha. Espero que minha mãe me perdoe", Sasha confessou, baixinho.

Mullin refletiu por um minuto. "Lembra os bailes da época do ensino fundamental? Que eles faziam no ginásio?"

Sasha lembrava, claro. Eram seus preferidos. Ela e as amigas escolhiam a roupa semanas antes, reuniam-se cedo e se enchiam de perfume de farmácia, colocavam brincos grandes que compravam na Claire's Boutique, passavam séculos ajeitando a franja com baby liss e spray de cabelo.

"No baile do sétimo ano, você dançou com Andrew Bowalski, lembra?", Mullin perguntou, e ela balançou a cabeça. Lembrava de Andrew Bowalski, claro. Os dois tinham estudado juntos do jardim de infância ao ensino médio. Ele também era da turma dos melhores alunos. Andrew usava o cabelo preto raspado e óculos de armação metálica, era magro, nerd e passara anos apaixonado por Sasha. Ela achava aquilo um pouco constrangedor, mas ele era um cara legal. Sasha nunca saíra com Andrew, e em algum momento do ensino médio o garoto a esquecera. Ele jogava xadrez, entrara na Rutgers e acabara namorando uma menina de Boston. Sasha imaginava que deviam ter se casado.

"Andrew gostava muito de você e disse a todo mundo aquela noite que ia te chamar pra dançar 'Stairway to Heaven', porque era a música mais longa que tinha." Mullin riu ao recordar. "E você dançou. Todo mundo sabia que não gostava dele do mesmo jeito, mas lembro que você foi muito bacana, deixando que Andrew pusesse a mão na sua cintura e balançando de um lado para o outro ao longo daqueles sete minutos. Foi aí que me apaixonei por você."

"Mullin...", Sasha tentou interrompê-lo. O que quer que ele fosse dizer, ela não queria ouvir. Não o amava e não mudaria de ideia.

"Mas o lance era...", Mullin prosseguiu. "Eu te amava, mas o que eu via mesmo era quão amada você era. Você tinha uma família incrível, pais que fariam qualquer coisa por você, uma mãe que te levava para comprar a roupa que quisesse pro baile, um pai que topava treinar seu time de softbol. Você tinha amigos e tinha tanto amor à sua volta que dava tranquilamente para dividir com os outros. Podia dançar com Andrew Bowalski e fazer a noite dele. Você era tão aberta e leve, e eu sabia que era fechado e sombrio. Tinha só uns doze anos, mas sabia que não queria viver daquele jeito. Queria ter o mesmo tipo de amor. Por isso me apaixonei por você. E, não, não deu certo entre a gente, e a culpa foi minha, porque agi como um idiota. Mas vai saber. Talvez mesmo se eu não tivesse agido como um idiota não teria dado certo, porque éramos muito novos. Mas ficar com você e com sua família me salvou. Sei disso. E sabia na época já. Sua mãe vai te perdoar, porque ela é assim."

Enquanto Mullin a olhava fixamente do outro lado do quintal, Sasha soube o quanto lhe custava dizer aquilo, dizer aquilo para alguém que o magoara daquele jeito. Ela podia parar de magoá-lo. Podia ser melhor com Mullin do que os Stockton eram com ela. Podia ser aberta, ainda que os Stockton fossem fechados.

"Você sabia que o abacaxi simboliza acolhimento e receptividade?"

"Sabia." Mullin franziu a testa, mas pareceu achar graça. "Antigamente, os marinheiros levavam abacaxis para casa e colocavam à porta."

"Exatamente. Mas na verdade não é só isso. Colombo encontrou abacaxis no Brasil e levou um para o rei da Espanha, porque era uma fruta de prestígio. Um símbolo de status apenas para os mais ricos. Hoje pensamos no abacaxi como uma fruta meio esquisita, mas na verdade é um símbolo de colonialismo e imperialismo."

"Bom saber." Mullin assentiu, sorrindo.

"Como eu disse: no que não estou pensando?"

"Vem aqui." Mullin esticou o braço. Sasha se aproximou e deixou que ele a abraçasse. Não tinha certeza, mas talvez não sentisse aqueles braços em volta dela desde os dezenove anos. Era estranho. O cheiro do cabelo de Mullin, sua barba arranhando a bochecha dela, seu peitoral amplo — tudo era e não era familiar ao mesmo tempo. Mullin se afastou e os dois se sentaram no último degrau do deque, de frente para o bordo japonês, e ficaram ouvindo a vizinhança.

A mãe e os irmãos de Sasha chegaram uma hora depois. Tinha dado tudo certo. Como os pulmões do pai estavam cheios de coágulos, os médicos haviam injetado um remédio usado para tratar derrame. Aquilo restaurara o fluxo sanguíneo, e depois de algumas horas tinham começado a lhe dar heparina. O pai precisaria tomar anticoagulante por seis meses, mas já estava respirando melhor. Era um alívio, mas um alívio de um destino que Sasha nem sabia como temer, tão abstrato quanto um caminhão que passa a toda velocidade em um cruzamento quando você já está em casa preparando um sanduíche, ou um andaime que desaba em uma calçada vazia quando você já se encontra na segurança da cama. Como Sasha poderia saber com o que devia se preocupar em um mundo tão aleatório? Aquilo a deixava ainda mais nervosa, imaginar quão fácil seria para ela estar trabalhando agora, debruçada sobre três tons diferentes de creme, comendo minissanduíches enquanto usava uma coroa de flores, entreouvindo o marido à porta do quarto enquanto, a horas de distância, sua família flertava com a tristeza e a perda. Sasha escreveu uma mensagem para Cord contando a boa notícia, mas seu dedo ficou pairando sobre o botão de envio enquanto ela se perguntava por que ele não estava ao seu lado.

Dezessete

GEORGIANA

Quando Georgiana acordou na segunda-feira de manhã, com a cabeça doendo devido à mistura potente de clonazepam, Blue Arrows e remorso, não conseguia se lembrar de nada da noite anterior. Sabia que havia feito algo constrangedor, estava morta de vergonha, mas não tinha certeza do quê.

Ela tomou um banho, vestiu-se e foi trabalhar. Sentou-se em sua salinha e tentou se concentrar em escrever um artigo, mas não conseguiu. Estava cansada de si mesma. Cansada de ficar bêbada e de ressaca. De se arrumar para ir a festas. De jogar tênis em clubes privados. De ter garçons lhe perguntando se queria água com ou sem gás. De Berta preparando suas refeições e limpando seu chão. De se sentar no menor cômodo de uma mansão e fingir que o que fazia — o que quer que estivesse fazendo — importava, quando fora do escritório ela era apenas outra engrenagem da máquina que trabalhava contra qualquer tipo de justiça, equidade ou humanidade. Ela não aguentava mais. Não podia ser aquela pessoa. Tinha que mudar. Mas não fazia ideia de como, e aquilo a deixou tão triste que quase não conseguiu se impedir de levar as mãos ao rosto e chorar.

Ela viu que tinha recebido um e-mail de Curtis McCoy.

Oi, Georgiana. Foi ótimo ver você no evento. Quer fazer alguma coisa no fim de semana? Tem uma exposição de nus no Whitney que a gente pode ir pra se constranger um pouco. Você pode usar seus óculos escuros.

Georgiana não ia se permitir arrastar ninguém àquela fossa, portanto digitou uma mensagem rápida.

Oi, Curtis. Estou lidando com muita coisa no momento, então não vou poder. Mas obrigada.

Ela apertou "enviar" e ouviu o barulhinho da mensagem voando no ciberespaço. Então ficou olhando para a janela enquanto tentava juntar as peças da noite anterior. Por que estava com aquela sensação ruim? O que havia acontecido na festa? Quando recebeu uma notificação no celular e leu a mensagem de Lena, a ficha caiu.

Por que vc não me contou que Brady tinha MORRIDO? Sinto muito. Te amo e estou aqui se precisar. Me diz como posso ajudar.

Merda. Lena sabia sobre Brady? Georgiana não respondeu. Uma hora depois, Darley mandou uma mensagem.

Oi. Sasha contou sobre Brady. Por que você não disse nada? Precisamos conversar.

Sasha havia contado? A todo mundo? O estômago de Georgiana se revirou, e ela sentiu que ia passar mal. Ela recebeu uma mensagem da mãe em seguida.

Marquei quadra pra gente na quarta às seis. Podemos pedir comida no Jack the Horse Tavern depois.

A humilhação tomou conta do corpo de Georgiana. Ela tinha dado um escândalo por causa daquele tema binário idiota. Seus amigos e familiares sabiam sobre Brady, sabiam o que ela havia feito. De repente, seu estômago se revirou, e ela soube que ia vomitar. Levantou-se da mesa, cambaleou pelo corredor, entrou no banheiro que tinha um mapa grande do Camboja e trancou a porta. Tudo estava girando, e uma escuridão parecia se fechar sobre ela, de modo que Georgiana só conseguia enxergar alguns pontinhos de luz. Era o pânico atacando. Ela estava caindo, caindo, caindo, mas não havia chão.

Georgiana recostou o corpo na porta e escorregou até o chão do banheiro, enquanto o pânico a dominava. Era como se tivesse sido engolida por uma onda poderosa e seu corpo fosse jogado e forçado cada vez mais para baixo. Com os olhos bem fechados, ela se lembrou de uma partida de basquete no ensino médio contra um time do Bronx. Quando a Henry Street pontuava, o pessoal da turma dela começava a gritar: "Virem nossos hambúrgueres!". Aos nove anos, ela fora com Berta deixar uma colega de sala que havia perdido o ônibus. Quando vira a pintura amarela descascando da casa, perguntara: "Quando vão pintar isso aí?". A menina dera de ombros e descera do carro. Então Georgiana tinha doze anos e estava no acampamento de verão. Quando a monitora disse a ela para tirar o prato, Georgiana riu e falou para a adolescente ligeiramente mais velha que aquele era o trabalho de outra pessoa. Georgiana era horrível. Era horrível fazia muito tempo, estava se esforçando muito para melhorar, mas não conseguia. Porque aquilo não havia começado com Brady. Não era dormir com Brady que a tornava uma péssima pessoa — ela sempre tinha sido, e não conseguia ser boa nem quando tentava. Georgiana ficou sentada no banheiro escuro, tremendo, com o nome de Brady martelando em sua cabeça.

Era o dinheiro que a tornava tão horrível. Por causa do dinheiro ela era mimada, o dinheiro a tinha arruinado, e Georgiana não fazia ideia de como lidar com aquela situação. Então, com um sobressalto, lembrou-se da noite anterior. Havia tirado os sapatos e deitado na cama dos pais. Tinha ficado muito chateada, brava com todo mundo. Sentira-se frustrada e perdida, sem acreditar que houvesse algo que pudesse fazer para não ser ela mesma, para começar a ser outra pessoa. Mas ali, na mesa de cabeceira, havia visto um recorte de jornal. O perfil de Curtis, claro.

Georgiana abriu os olhos e viu o mapa do Camboja. O chão não estava se movendo e ela não estava mais escorregando. Levantou-se, ainda um pouco tonta, e se olhou no espelho. Estava vermelha e quente, sentia-se como se tivesse acabado de subir doze lances de escada correndo, mas estava bem.

Com uma toalha de papel, enxugou o rosto, depois voltou em silêncio para a mesa, sem que ninguém a notasse. Entrou no Gmail e encontrou o demonstrativo mais recente enviado por seu gerente de ativos. Fazia anos que ela não abria não só os demonstrativos como nem mesmo os respectivos e-mails. Não tinha certeza de qual era a senha, então tentou a que usava para tudo desde a Neiman Marcus até a Amazon: SerenaWilliams40-0. Funcionou. O demonstrativo era confuso, não era só um extrato com um valor total. Estava dividido em algumas seções, que talvez chegassem a duas dúzias. Georgiana arrancou uma folha de papel do caderno e anotou os valores, certa de que deixaria algo passar, mas só para ter uma ideia. Depois somou tudo. Parecia que tinha cerca de trinta e sete milhões de dólares. Então decidiu: ia se livrar de toda a sua herança. Doaria todo o dinheiro, igualzinho a Curtis, e seria como arrancar um Band-Aid. Ela ia mudar. Ia mudar do dia para a noite, sem deixar nenhuma possibilidade de voltar atrás.

Georgiana marcou um horário com Bill Wallis, seu gerente de investimentos, que ela conhecia desde a infância. Bill era um amigo da família, e Georgiana o tinha visto no casamento de Darley e no de Cord. Também se lembrava de ter almoçado com ele e a esposa em um restaurante à beira-mar em Ogunquit, no Maine, onde estavam todos passando férias. Bill falava manso e usava óculos redondos pequenos. Dava a impressão de ser alguém que jogava bridge e estudava arquitetura no tempo livre.

Na manhã em que ia encontrá-lo, Georgiana se vestiu com cuidado, enfiando a blusa de seda branca dentro da calça como se fosse uma mulher adulta e profissional, e não alguém que com frequência jantava manteiga de amendoim direto do pote. Ela pegou o metrô até a Grand Central Station, depois andou pela Park Avenue até o escritório da Brotherton Asset Management, que ficava em um prédio tão espelhado que quase se camuflava com o céu. Uma secretária a recebeu e ofereceu uma garrafa de água, que Georgiana recusou de prontidão, porque era de plástico, depois a conduziu até o escritório de Bill e a deixou em uma cadeira de couro de frente para a janela.

O escritório era impressionante, do tamanho da sala de jantar da casa da Pineapple Street. Bill tinha uma mesa de mogno grande, um sofá de couro fulvo, uma orquídea alta em um pedestal e uma mesinha com uma série de vasos brancos de cerâmica. As paredes eram de vidro, e de onde estava sentada Georgiana conseguia ver a arcada da Grand Central e os pilares de pedra do Park Avenue Viaduct. Sentia o suor nas axilas quando Bill entrou. Então ela se levantou e deixou que ele a cumprimentasse com um beijo em cada bochecha. Bill abriu um sorriso caloroso. "Georgiana! Faz muitos anos que não tenho o prazer de ver você aqui."

Era verdade, Georgiana não visitava aquele lugar desde que o avô havia morrido e a família fora reunida para assinar toda a papelada da herança. "Obrigada por me receber hoje, Bill", ela disse, tensa. "Gostaria de fechar minha conta."

"Como assim?" O sorriso de Bill parecia incerto.

Embora não tivesse ensaiado aquela parte, Georgiana seguiu em frente. "Sei que grande parte da minha herança está atrelada a investimentos. Gostaria de vender minhas participações em tudo assim que possível e doar o dinheiro para instituições de caridade."

"Você falou com sua família a respeito?", Bill perguntou, com ar de preocupação.

"Não e não quero falar. A decisão é minha."

"Bom, na verdade, não. Receio que seja um pouco mais complicado que isso. Embora você seja a beneficiária da herança, não é a administradora. Há dois administradores, e é necessário convencer ambos para fazer qualquer movimentação significativa nos seus investimentos."

"Meu pai me disse que o dinheiro era meu", Georgiana falou, hesitante. "Me disse que não tinha nada a ver com ele."

"E não tem mesmo. Seu pai não é um dos administradores."

"Então quem é?" Georgiana sentiu o sangue correndo para seu pescoço e suas bochechas.

"Eu sou. E sua mãe também."

"Minha mãe?"

"Sim. Seus avós abriram sua conta sob a condição de que sua mãe e um gerente de investimentos da Brotherton ajudassem a administrar sua herança."

"Para me impedir de fazer algo assim?"

"Bom, há muitos motivos para as pessoas designarem administradores. O objetivo é sempre proteger o beneficiário."

"Tipo se eu fosse uma viciada em drogas ou apostas."

"Claro." Bill assentiu, tentando ser simpático.

"Bom, não sou nenhuma dessas coisas. Só quero o dinheiro que meus avós me deixaram." Georgiana ficou horrorizada ao ver que estava começando a chorar. Ela enxugou os olhos, e mais lágrimas rolaram por suas bochechas, de tão frustrada que se sentia.

"Acho que você precisa falar com sua mãe."

"Não posso!", Georgiana disse, com a voz falhando.

"Georgiana", Bill falou, com calma. "Me diga o que está acontecendo. Posso ajudar."

Georgiana contou a ele que havia se apaixonado por um homem casado, que ele morrera no Paquistão quando estava tentando ajudar as pessoas, e que o único jeito que ela via de melhorar a situação era se livrando do dinheiro. Falou tudo aquilo de uma vez só. Quando terminou aceitou um lencinho de Bill e enxugou o rosto, que estava coberto de lágrimas, depois assoou o nariz que escorria.

"Desculpa", Georgiana disse, exausta.

"Não precisa pedir desculpas", Bill foi bondoso em dizer. "Acho que o que você quer fazer é incrível, e tenho algumas ideias."

No último ano de Georgiana na escola, Tilda havia operado o cotovelo e passara oito meses sem poder jogar. Aquele fora o ponto mais baixo da relação entre mãe e filha, incluindo quando Georgiana cortara a franja aos quinze anos e Tilda a obrigara a usar chapéu em sua presença até que crescesse. Sem o tênis, as duas eram como desconhecidas que por acaso tinham orelhas idênticas.

Georgiana aceitou o convite de Tilda para jogar no Casino e foi de cabeça feita para deixar a mãe ganhar, em parte para compensar pelo que havia acontecido na festa do Chapeleiro Maluco e em parte em preparação para a conversa sobre a herança. No entanto, durante a partida Georgiana não conseguiu se segurar e venceu a mãe com uma devolução que teria feito Andy Roddick quebrar a raquete. Tilda aceitou a derrota de maneira graciosa e até aplaudiu antes de tirar os calçados e voltar com Georgiana para a Orange Street.

Por sorte, Chip tinha ido a um jantar de negócios, e Georgiana poderia conversar a sós com a mãe. Elas pediram comida pelo telefone — Tilda não confiava em pedir pela internet e insistiu em falar com seu garçom preferido, Michael, para fazer o pedido. Georgiana queria morrer quando via a mãe exigindo atendimento diferenciado, mas pelo menos ela dava boas gorjetas. As duas tinham concordado em comer hambúrguer, mas seguido em direções completamente diferentes: Tilda pediu o dela malpassado, sem pão e acompanhado de salada, enquanto Georgiana pedira um hambúrguer vegetariano com abacate e queijo, e batatas com molho ranch à parte. Tilda serviu duas taças de vinho branco e elas foram para a sala de estar esperar pela comida.

"Então, mãe", Georgiana começou.

"Sim, querida?", Tilda respondeu, um pouco ávida demais.

"Você já fez alguma coisa que te deixou muito envergonhada?" A mãe assentiu, concentrada, e Georgiana prosseguiu. "Você já parou e se perguntou se era uma boa pessoa ou se só estava tornando o mundo um lugar um pouco pior em vez de um pouco melhor?" Tilda seguiu concordando com a cabeça. "Você já sentiu que não podia mais continuar agindo da mesma forma, que precisava parar e avaliar o que realmente significava estar neste planeta? O que significava ser uma boa pessoa?"

"Claro, querida", Tilda concordou.

"E o que você fez quando se sentiu assim?"

"Bem, muitas coisas." Ela pareceu pensar. "Quando estou bem pra baixo, gosto de comprar um maço de flores. Não as do mercadinho na Clark Street, embora sejam melhores do que seria de se esperar. Prefiro ir à floricultura na Montague, aquela que às vezes tem uma mesa de suculentas na entrada, e pedir à mulher que trabalha lá que me monte algo novo. Não levo os arranjos que já estão prontos, porque sempre vêm com folhas demais. Garanto que ela me faça um maço bem colorido e fresco. Cheirar as flores e olhar para elas faz maravilhas para a alma."

"Não é nem um pouco disso que estou falando, mãe."

"Ah, bom, algumas pessoas gostam de olhar para o mar", Tilda disse, assentindo com sabedoria.

"Mãe, vamos começar de novo. Você se apaixonou antes do papai? Gostou de verdade de alguém antes dele?"

"Bom, fiquei noiva, como sabe."

"Hum, *não*, mãe, eu *nunca* soube disso", Georgiana falou, chocada.

"Ah, bom, sim, fiquei noiva de outro homem. O nome dele era Trip."

"Por que nunca me contou isso?"

"Você nunca perguntou!", Tilda respondeu, indignada.

"Quê? Eu nunca perguntei: 'E aí, mãe, você foi noiva de um cara chamado Trip?'?"

"Nunca! Você nunca me perguntou isso."

"Bom, eu não sabia que precisava ser tão específica ao perguntar sobre seu passado, mãe!", Georgiana disse, sarcástica.

"Você sabe que sou um livro aberto para meus filhos", Tilda disse, magnânima. "Vocês é que nunca pensam em me perguntar nada!"

"Ah, tá bom. Entendi. Preciso fazer perguntas melhores."

"Talvez precise." Tilda fungou.

"Tá, então: tenho irmãos ou meios-irmãos secretos de que não saiba?"

"Claro que não! Não seja ridícula!"

"Hum, você já foi presa por posse de drogas ilegais?"

"Não! Nossa!"

"Foi você quem peidou aquela vez no elevador do Carlisle com a Martha Stewart?"

"GEORGIANA!"

Apesar de tudo, Georgiana começou a rir. A comida chegou, e as duas arrumaram a mesa da sala de jantar. Enquanto comiam, Georgiana recomeçou, e assim como havia feito com Bill Wallis, um homem que mal conhecia, tentou se abrir com aquela mulher que conhecera a vida inteira, a mulher que mais a tirava do sério, a mulher que nem sempre conseguia entender, mas que a havia gestado e amamentado, embora às vezes parecesse muito, muito distante. E Tilda ouviu.

Dezoito

DARLEY

Darley sabia que era uma laranja. Quando era mais nova, ela e suas amigas se divertiam decidindo quem era Charlotte, quem era Samantha e quem era Carrie (ninguém era Miranda). Ou então quem era Blanche, quem era Dorothy e quem era Rose. Mas Darley tinha um jogo diferente, secreto, em que relacionava os irmãos com as frutas do bairro. Cord era abacaxi, claro. Tão alegre que beirava a bobeira, louco para ser o centro das atenções, capaz de tornar tudo mais festivo. Georgiana, por sua vez, era cranberry. A bebê da família, linda e vigorosa, mas não muito doce. Então para Darley sobrava a laranja — entediante, confiável, onipresente, quase nunca celebrada. E, como ela sabia, protegida por uma casca grossa e só verdadeiramente acessível a quem lhe dedicava o tempo necessário.

No meio da vida, Darley se dera conta de que era completamente impotente, e a culpa era toda de Chuck Vanderbeer, o palerma de sangue azul. Se Chuck Vanderbeer não tivesse vazado informações para a CNBC e feito Malcolm ser demitido, o marido dela ainda teria seu emprego, os dois anda teriam dinheiro para pagar as contas e Darley nunca precisaria encarar o fato de que abrira mão de sua fortuna, abrira mão de sua carreira, e assim abrira mão de toda a sua autonomia. Mas não, o idiota forçara aquele reconhecimento, e agora Darley queria tocar fogo na casa dele. Quando Malcolm lhe dissera que não havia conseguido o trabalho em private equity, ela tentara agir como se aquilo não importasse. Dissera que não poderiam se mudar para o Texas, de qualquer maneira. Que era melhor para as crianças continuar na mesma escola. Que ele não tinha nada com que se preocupar. Pela primeira vez em seu casamento, Darley estava mentindo para o marido.

Ela se enfureceu outra vez ao lembrar que os pais tinham dado a casa na Pineapple Street para Cord. Sim, ele e Sasha iam ter um bebê, mas e se não tivessem outro? Darley já tinha dois. (Mas nunca teria três, nunca.) Ela adoraria criar seus filhos no seu lar de infância. Por que ninguém lhe perguntara se queria morar lá? Darley queria dar ovos mexidos a eles na mesa da cozinha, queria ler para eles na cama de mogno com dossel, queria receber o pessoal da escola na sala de visitas com o lustre de porcelana Capodimonte, queria ver Poppy descer a escada para encontrar seu par em seu baile de debutante. Darley amava aquela casa, e sabia, graças ao terrível chá revelação, que Sasha não amava. Por que a cunhada aceitara um lar de que nem gostava? Por que não mencionara o colapso de Georgiana a ninguém? Para Darley, aquilo era incompreensível. Georgiana era uma criança. Uma criança inocente e tímida que se escondia atrás do tênis, da escola e dos pais. Havia sido seduzida, se apaixonado, sofrido uma perda terrível, e quando pedira ajuda, quando confessara tudo à esposa do irmão, só recebera silêncio em resposta. Darley ficava louca que Georgiana não tivesse confiado nela quando perguntara sobre o acidente. Ficava louca que Sasha tivesse escondido aquele segredo enquanto fingia ser sua amiga.

Se pudesse voltar no tempo, faria diversas coisas de maneira diferente. Pediria a Malcolm para assinar o acordo pré-nupcial. Diria aos pais que queria a casa da Pineapple Street. Acompanharia a irmã mais de perto. E se obrigaria a continuar trabalhando quando engravidara de Hatcher. Vomitaria todo dia na lata de lixo da estação Canal Street. Passaria com a bolsa térmica com leite materno diante dos colegas mugindo como vacas. Construiria uma carreira sólida, garantiria sua própria renda, teria todas as cartas na mão para não ficar à mercê de um sistema racista e nepotista, que punia seu marido pelo erro de um garoto idiota.

Passava da meia-noite e Darley estava deitada no sofá da sala de estar, mexendo no celular, quando um e-mail de Cy Habib surgiu na tela. Ela se sentou na hora e o abriu.

Darley,
Encontrei seu e-mail na lista da escola da Henry Street. Espero que não se importe que eu esteja escrevendo do nada. Foi ótimo conversar com você no leilão. Não costumo encontrar pessoas tão entusiasmadas com a aviônica do SR22 quanto eu. Por acaso você e seu marido estão livres para tomar um drinque na semana que vem?

Depois do leilão, ela havia jogado o nome de Cy no Google, claro. Tinha visto seu perfil no LinkedIn e as menções a ele no *Wall Street Journal*, suas fotos sorrindo na festa beneficente no Lincoln Center. Darley pensou em esperar até a manhã, mas acabou respondendo na mesma hora, por impulso.

Cy,
Que bom ouvir de você. Adoraríamos nos encontrar na semana que vem. Diga onde e quando.
Darley

Na manhã seguinte, Darley deixou Poppy e Hatcher com os avós na Orange Street. Malcolm tinha ido até Princeton para acompanhar os pais na igreja, e Darley precisava participar da primeira de cerca de setecentas reuniões a respeito da feira de livros e brinquedos da escola que, como uma tola, ela se voluntariara para organizar.

Ao meio-dia e meia, Darley correu para a casa dos pais para buscar as crianças. Tilda os empurrou para fora na mesma hora e se despediu dela com um aceno. Os dois tinham concordado em fazer as vezes de babá com ainda menos entusiasmo que de costume, o que fizera Darley desejar não pela primeira vez que os Kim morassem ali perto.

Poppy e Hatcher carregavam cada um uma mochila gigante, com uma garrafa de água enfiada no bolso, chaveiros com bichinhos de pelúcia e cordões de miçangas amarrados nos zíperes. Eles andavam pela rua como tartaruguinhas sacolejantes, com a casa nas costas, Hatcher arrastando os pés, o que deixaria mais um par de sapatos arranhado na ponta.

"Vocês se divertiram?", Darley perguntou a Poppy enquanto seguiam desajeitados pelos três quarteirões de volta para casa.

"Foi o pior dia da minha vida", Poppy disse.

Darley riu. "Como?"

"Vovó não sabe ligar a TV e o lanche foi azeitona e cereja marroquina."

"Cereja marrasquino", Darley a corrigiu. Os pais haviam alimentado as crianças com o que tinham no bar. "Do que vocês brincaram?"

"Vovó deixou a gente ver YouTube no celular pra ela e vovô brigarem."

"Por que eles brigaram?"

"Por causa da tia George."

"Ah." Darley suspirou. Os pais tinham que tomar mais cuidado com o que diziam na frente de Poppy e Hatcher. As crianças tinham se tornado bisbilhoteiras profissionais e fofocavam com o fervor de alunos do ensino fundamental.

"Tia George quer dar todo o dinheiro dela, e vovô diz que só por cima do cadáver dele. Vovô tem quase cem anos?"

"Não, querida, ele tem sessenta e nove", murmurou Darley, depois se perguntou do que os pais estavam falando. Quando chegou em casa, ligou para o celular de Chip.

"Poppy me disse que Georgiana está tentando doar o dinheiro dela."

"Espere um momento", ele falou, e Darley ouviu o pai se deslocar e fechar uma porta. "Georgiana enfiou na cabeça que ter vantagens financeiras é algo execrável e que a única maneira de seguir em frente é doar tudo, como uma santa comunista do novo milênio. É por isso que eu não queria que ela estudasse na Brown."

"Georgiana quer doar toda a herança? Quando? E pra quem?"

"Assim que possível. Ela foi encontrar Bill Wallis pelas nossas costas. E está planejando abrir uma fundação."

"Pai, você sabe que ela está tendo uma crise nervosa, né? Isso tudo é por causa daquele cara casado. Não pode deixar que ela faça isso." Darley andava pelo corredor enquanto falava, possivelmente gritando.

"O problema é que isso não está no meu poder. Georgiana tem mais de vinte e cinco anos e não sou administrador da herança. Sua mãe que é. Fala com ela."

"Mamãe não quer falar comigo! Tentei dizer a ela que Georgiana precisava de terapia e tudo o que ouvi foi: 'O que aconteceu com o amigo de Georgiana é problema dela'. Como se eu fosse uma pessoa qualquer!"

Darley desligou, sentindo a adrenalina circular pelo corpo. Georgiana mal era uma adulta. Não fazia ideia do que dinheiro significava. Nunca precisara se preocupar com dinheiro, porque nunca ficara sem. Mas quem sabia o que o futuro lhe reservava? E se Georgiana se apaixonasse por um artista? E se um dia tivesse um filho com deficiência? E se ela própria precisasse de algum tipo de tratamento médico? E se houvesse uma guerra nuclear e ela precisasse se mudar para outro país? E se o marido dela fosse demitido? E se, e se, e se? Havia um sem-fim de coisas que poderia dar errado, e dinheiro era a melhor maneira de se proteger de uma tragédia. Darley não podia ficar vendo a irmã jogar tudo para o alto e não fazer nada.

Ela ligou para Georgiana, mas caiu na caixa postal. George, por favor, me liga. Estou mt preocupada com você. Sei que está sendo difícil, mas é um grande erro, ela escreveu.

Depois, mandou uma mensagem para Cord: Georgiana foi falar com Bill Wallis para doar o dinheiro da herança. Você sabia disso?

Cord respondeu: Quê? Não. Mas papai estava um pesadelo no trabalho ontem e tentou impedir uma nova aquisição porque "vamos ficar pobres", então faz sentido.

Estou indo aí, Darley escreveu. Estou ocupado agora, Cord respondeu, mas ela nem viu, porque já estava a caminho.

A casa na Pineapple Street estava cheia quando Darley chegou, levando as crianças. Ela mandou Poppy e Hatcher para o quintal e encontrou o irmão na sala de visitas, falando com uma mulher de óculos de armação metálica bem grandes e com um tablet à mão.

"Oi, Cord", Darley disse, incerta. "O que está rolando?"

"Ah, Darley, oi." Talvez pela primeira vez na vida, ele parecia constrangido. "Estou só fazendo uma avaliação. Vamos terminar em meia hora."

"Uma avaliação do quê?"

"Vamos tirar todos os móveis, a decoração e tal e guardar em um depósito. Temos que abrir espaço para o bebê."

"O bebê?", ela repetiu, descrente. "O bebê que vai ser do tamanho de um pão precisa que vocês mandem embora o relógio de mogno? O bebê precisa que vocês tranquem a cadeira Napoleão III de Geegee em um depósito?"

"Só preciso dar uma palavrinha com o pessoal lá em cima", a mulher de óculos disse, desconfortável, e saiu da sala.

"É, Darley." Cord fez cara feia para ela. "Sasha não precisa viver no museu da família Stockton."

"Não é um museu, Cord. É uma casa." Darley se sentou no sofá, então se lembrou de que dava alergia e passou para a chaise de veludo.

"Não sei o que mais fazer", Cord disse e se sentou ao lado da irmã. "Sasha está muito infeliz aqui. Diz que se sente excluída da família, que fica desconfortável com a gente. Pensei que tirando tudo daqui Sasha poderia deixar a casa mais com a cara dela."

"Mas ela disse pra todo mundo que odeia esta casa. Foi bem agressivo."

"Você e Georgiana a chamam de interesseira. Isso não é agressivo?"

Darley fez uma careta. "Sim. Desculpa."

"Você deveria dizer isso a ela." Cord esfregou os olhos, parecendo cansado.

"Mas você não ficou bravo por ela não ter contado sobre George? Sasha manteve tudo em segredo."

"É, estou muito bravo." Cord passou a mão no estofado e a puxou de volta, fazendo os pelinhos do veludo se levantarem e abaixarem.

Darley suspirou. "Onde está Sasha, aliás? Trabalhando?"

"Não, foi passar uns dias com a família. O pai dela está no hospital."

"No hospital?", Darley repetiu, chocada.

"É, apareceram uns coágulos nos pulmões dele, mas vai ficar tudo bem."

"Meu Deus, Cord, você precisa me avisar dessas coisas!" Darley se levantou na mesma hora, como se pudesse ir correndo ajudar.

"Mas vocês estão tão bravas uma com a outra. Achei que..."

"E daí? Ainda somos a família dela!", Darley o interrompeu, e estava sendo sincera. Ela havia cometido um erro, e Sasha havia cometido um erro, mas ela a amava, e Sasha amava Cord, e estava a seu alcance consertar as coisas. Darley pegou o celular e fez uma encomenda tão extravagante na floricultura de Rhode Island que logo em seguida recebeu uma ligação do cartão de crédito para confirmar que não se tratava de fraude.

Dezenove

SASHA

Sasha não conseguia dormir. O pai tinha voltado do hospital, respirando melhor e animado, mas ainda assim ela se revirava em sua cama de infância, experimentando o travesseiro de um lado e do outro, em busca de um tecido mais geladinho que tranquilizasse sua mente agitada. Aquele tempo todo, ela tinha sido a Georgiana de sua própria família, espezinhando Mullin porque aquele não era seu lugar. Mas havia uma diferença crucial: seus irmãos haviam avisado que ela estava errada. Tinham deixado claro que, se precisassem escolher um lado, escolheriam o de Mullin. Por acaso Cord fizera o mesmo? Não. De alguma maneira, havia se dividido entre os dois lados, sem nunca repreender as irmãs, sem nunca prometer pôr sua esposa em primeiro lugar. Aquilo doía. Sasha sabia que havia dito que queria alguém que a amasse, mas não precisasse dela, pensando em Cord. Mas talvez tivesse se equivocado. Talvez, já que eram casados, Sasha quisesse que Cord precisasse dela também.

Ela pegou no sono em algum momento da madrugada e acordou ouvindo os sons da vizinhança pela janela que deixara entreaberta. Os pássaros nas árvores, os carros indo para o cais, o ronco de um soprador de folhas na rua. Então ouviu vozes na cozinha também e vestiu uma calça de moletom, tirou o cabelo dos olhos e desceu até lá embaixo, onde parou e sentiu que sua expressão se abria em um sorriso. Cord estava sentado à mesa, atrás das astromélias e das bocas-de-leão pink que Darley havia mandado, tomando café com os pais dela, com bagel, cream cheese e uma tábua à sua frente.

"Bom dia, dorminhoca." Cord se levantou para cumprimentá-la com um beijo, depois deu outro beijo na barriga dela. "Eu trouxe café da Hot Bagel da Montague."

"Trouxe um rainbow bagel pra mim?", Sasha perguntou, fingindo inspecionar o saco.

"Claro que sim." Ele passou um a ela com um floreio. Os estranhos redemoinhos vermelhos e verdes faziam com que o bagel parecesse mais um pedaço de plástico que um pão.

"O corante deixa ainda mais gostoso", Sasha comentou, feliz, e foi cortar um no meio para passar uma quantidade considerável de cream cheese em cada metade. Cord já havia comido três bagels e estava de olho no quarto, para horror de todos.

"Depois que vocês dois acabarem de comer, podem ir tirar a água do barco, por favor?", a mãe de Sasha perguntou. "Choveu ontem à noite, e seu pai só pode estar querendo acabar em uma ambulância, porque insiste em ir ele mesmo fazer isso."

"Não seja ridículo, pai", Sasha resmungou de boca cheia. "Sua respiração ainda está voltando ao normal, você não vai mexer na porcaria do barco."

"Você está grávida. Não pode fazer isso. Já fiquei pior comendo taco estragado. Estou bem", o pai disse, beligerante, mas Cord insistiu que cuidaria de tudo. Depois de tomarem café, eles vestiram os casacos, pegaram os remos e dois jarros de leite vazios e seguiram até o rio. Sasha ainda sabia a senha do cadeado do bote e subiu nele depois de soltá-lo. Cord deu um empurrão para afastá-lo da margem e subiu logo em seguida. Juntos, remaram até o barco, que de fato tinha mais de sete centímetros de água acumulada.

Cord tirou a água com os jarros de leite e depois de terminar se sentou um pouco, alongando os braços e abrindo os ombros. Era um dia de semana de outono, e estava tudo calmo. Os pescadores profissionais haviam partido horas antes, o pessoal passando as férias tinha ido embora fazia tempo, e os barcos que só seriam usados no fim de semana flutuavam ociosamente no ancoradouro.

"Ei. Estava com saudade." Sasha se inclinou para beijar a bochecha de Cord. "Por que veio?"

"Fiquei preocupado com você. E com seu pai. Passei a semana me sentindo um idiota. Deveria ter entrado no carro com você assim que fiquei sabendo."

"Bom, não foi como se eu tivesse te dado a oportunidade", Sasha admitiu.

"Não...", Cord começou a dizer.

"Mas eu também estava meio brava com todo mundo", ela concluiu.

"Eu sei. Desculpa por Georgiana. E Darley."

"Também estou brava com você, Cord."

"Eu sei. Mas não fiquei muito feliz de ver você gritando com todo mundo. Você perdeu o controle."

"Eram três contra uma! Sua família inteira estava contra mim! E você ficou do lado deles, porque sempre fica."

"Não acho que isso seja verdade." Ele fechou a cara.

"Você sabe por que suas irmãs não gostam de mim, não sabe?", Sasha insistiu. "Porque não estou no seu nível. Porque não tenho dinheiro de família."

"Não é isso." Cord balançou a cabeça e franziu a testa. "Não é nem um pouco isso."

"É, sim, Cord", Sasha insistiu. "Classe é um assunto desconfortável, e sei que você fica todo sem jeito e sisudo quando esse assunto surge. E é ainda mais desconfortável para os muito ricos e os muito pobres. Só que você e eu somos de classes sociais diferentes. É esquisito. E quando alguém se casa com alguém de outra classe social, às vezes é até difícil conversar a respeito. As pessoas tentam ignorar."

"Se ignoramos, foi porque nenhum de nós se importava com isso", Cord disse.

"Sabe o que eu odeio pensar?" Sasha pressionou um lábio contra o outro, sem saber se deveria continuar falando.

"O quê?"

"Que eu provavelmente gostava do fato de você ser rico. Me sinto uma pessoa péssima só de dizer isso. É claro que não é por isso que te amo. Te amo porque você é divertido, bacana, sexy e torna tudo interessante. Eu nem sabia que você era rico quando nos conhecemos. Mas devo ter achado atraente, em algum nível. É horrível falar isso. Não sou interesseira. Só estou sendo sincera." Cord ficou só olhando para Sasha, com toda a cautela, até que ela voltasse a falar. "Mas eu não sabia que impacto isso teria na nossa vida. Não sabia que sempre ia me sentir uma intrusa."

"Você não é uma intrusa. É minha esposa."

"Mas me sinto uma intrusa. E você não está fazendo o bastante para que eu me sinta parte de tudo isso."

"O que posso fazer?"

Sasha se inclinou e tocou a testa dele com a sua. "Pode me escolher", ela sussurrou.

"Eu escolho você."

"Quero que você fique do meu lado. Quero ser sua família agora. Quero que me ponha em primeiro lugar." Ela nunca pensara que pediria aquilo. Nunca pensara que teria que pedir. Mas precisava ouvir da boca de Cord.

"Posso fazer isso. Vou pôr você em primeiro lugar."

Sasha olhou para ele, que estava muito sério, com uma expressão que ela raramente via, com as sobrancelhas próximas e os olhos alertas. Sabia que Cord estava falando sério. A gravidez estava mudando as coisas entre os dois. Sasha sentiu a raiva e a frustração escoando. "Acho que o arranjo que Darley me mandou deve ter custado mais que todas as flores do nosso casamento", ela comentou.

"Vi sua mãe tomando um antialérgico hoje de manhã."

"Darley também me mandou uma mensagem pedindo desculpa. Por aquela história de interesseira."

"Posso ver?"

"Pode." Sasha tirou o celular do bolso e abriu a mensagem.

Sasha, tenho pensado muito em você e torcido para que seu pai esteja se sentindo melhor. Mas também tenho pensado no que eu disse e me sentido uma completa idiota. Lembra quando Hatcher pegou uma mecha de cabelo cortado de um desconhecido no Choo Choo Cuts e enfiou na minha bolsa, e eu passei semanas encontrando fios na minha carteira? Ou lembra quando peguei a cerveja errada no Fornino's, dei um gole e senti uma bituca de cigarro dentro da boca? Ou quando a lavanderia entregou o vestido Pucci da vizinha na minha casa por engano, eu imaginei que fosse da minha mãe e tive que ouvir a mulher gritar comigo quando ela me viu com ele no saguão? Isso é muito pior do que todas essas outras coisas. Me perdoa, por favor.

Cord riu, apesar de tudo. "Você continua brava com ela?", ele perguntou, devolvendo o celular a Sasha.

"Não. Está tudo bem." Ela sorriu.

"Graças a Deus. Tipo, ainda estou do seu lado! Mas graças a Deus vocês estão bem de novo."

Sasha se inclinou para beijá-lo, e Cord retribuiu o beijo e enfiou uma mão debaixo da jaqueta dela. Quando Sasha se afastou, ele sorriu. "Acha que viraríamos o barco se..."

"Se virássemos o barco meu pai voltaria para o hospital na mesma hora." Sasha riu. Ela ajeitou a jaqueta onde Cord a havia levantado e os dois voltaram juntos para o bote. Eles passaram remando pelos navios grandes de fibra de vidro e pelas canoas de alumínio, rumo à costa.

Sasha e Cord jantaram cedo com os pais dela — macarrão com almôndegas, na cozinha, usando toalhas de papel em vez de guardanapos e sem nenhum arranjo de mesa em vista —, depois foram encontrar os irmãos dela na marina. A nova namorada de Nate tinha um barco no qual os dois aparentemente estavam morando juntos desde que haviam se conhecido em um bar, meses antes. Sasha parou o carro no estacionamento e os dois seguiram pelo calçadão, Cord carregando um fardo de cerveja. Enquanto o pai de Sasha mantinha seu pequeno barco de alumínio atracado no rio, na marina ficavam barcos grandes demais para passar pelo molhe na maré baixa — iates, veleiros, lanchas e barcos com deque. A marina dava acesso a eletricidade e wi-fi, e não era incomum que as pessoas fixassem residência ali quando se cansavam de olhar para as mesmas quatro paredes. Sasha conhecia a maior parte dos barcos de vista, e enquanto caminhavam ia apontando e explicando tudo para Cord. Havia o Chris-Craft de dez metros do técnico de futebol dela no ensino fundamental, um trailer flutuante com lugar para dormir, mesa de jantar e banheiro embaixo. Seu nome era *Doce Samantha* em homenagem à filha dele, que Sasha sabia que se casara com um lutador de kickboxing croata que tinha os braços completamente tatuados. Já o iate motorizado Tollycraft Sundeck chamado *Esposinha* pertencia a um casal gay que morava na Marsh Road. Havia o lindo Bayliner com listras vermelhas e azuis chamado *Pesca Insana*, o Axopar 37 Sun Top chamado *Ativos Líquidos*. Olly, o irmão mais novo de Sasha, alimentava a ideia de comprar um iate e chamá-lo de *Sonho Molhado*, mas por sorte não tinha grana nem para comprar um caiaque. Ao passar, Sasha acenava para os donos dos barcos que relaxavam no deque com copos vermelhos de plástico ou jantavam na área aberta acima do cockpit. Ela sentia como se estivessem andando pela sala de estar daquelas pessoas.

"Onde estão Nate e Olly?", Cord perguntou.

"Eles não disseram onde o barco ficava, mas tenho certeza de que vamos ouvir a voz deles", Sasha brincou.

Quando fizeram uma curva, a voz estrondosa de Olly ressoou sobre a água. "Sashimi! Cordão umbilical!"

"Viu?" Sasha revirou os olhos.

Os irmãos estavam estirados no deque de um Carver de quase vinte metros cujo nome, *Pesquisador*, estava escrito em estêncil na popa, com o porto de matrícula, Newport, RI, embaixo. Era um barco enorme, velho, mas de um branco reluzente, com uma escada que conduzia até o deque envidraçado, uma área aberta superior espaçosa e um cockpit. Do outro lado das portas de correr, Sasha notou um quarto.

"Casa legal", Cord disse, com um assovio.

"Shelby comprou faz tipo uns dez anos." Nate se levantou para dar um abraço nos dois enquanto Olly se esticava para pegar uma lata de cerveja do cooler. "Quando ainda morava na Califórnia."

Uma mulher apareceu na escada, descalça, usando calça jeans e moletom de capuz azul-claro. "Ei! Vocês chegaram!" Era alta e magra, devia ter uns quarenta e poucos anos, e usava o cabelo preso em um rabo de cavalo curto e grosso. "Estou tão feliz de conhecer vocês!" Ela deu um abraço forte em Sasha e Cord, depois empurrou Nate para abrir espaço para que todos se sentassem. "Como seu pai está hoje? Fiquei tão preocupada."

"Ah, ele parece normal", Sasha respondeu. "Está deixando minha mãe maluca porque não para quieto. Comprou quatro caixas de minhocas pra ir pescar, mas ela não quer deixar, então agora metade da geladeira está ocupada por vermes." Sasha já testemunhara visitas recuarem horrorizadas ao se dar conta de que, em vez de biscoitos ou chocolate, aquelas caixas brancas de papelão continham iscas se contorcendo.

"A gente pode ficar com elas, não é, Nate?" Shelby sorriu. "Temos saído para pescar quase toda manhã antes do trabalho."

"Com o que você trabalha?", Cord perguntou.

"Ah, trabalho com desenvolvimento de aplicativos." Shelby fez um aceno vago, como se diminuísse a importância daquilo. "Ei, Sasha, parabéns pelo bebê! Você deve estar muito feliz! E ainda não ofereci nada para comer ou beber! Comprei essas latinhas aqui." Shelby tirou duas latas de White Claw do cooler, uma de limão-siciliano e outra de amora.

"Ah." Sasha abriu um sorriso educado. "Não estou bebendo, por causa da gravidez. Tipo, sei que uma vez ou outra não teria problema, mas não ando com vontade."

"Isso é água com gás." Shelby franziu a testa.

"Mas tem um pouco de álcool", Sasha explicou. "É tipo uma cerveja."

"Ah, nossa." Ela riu. "Estou tomando isso a tarde toda! O que explica meu bom humor! Acho que já foram umas quatro."

Sasha olhou para Nate, esperando que a olhasse de volta — Shelby era engraçada —, mas ele sorria e balançava a cabeça.

"Quanto tempo faz que vocês estão juntos?", Cord perguntou a Nate.

"Alguns meses, acho."

"Eu o convenci a sair comigo do Cap Club."

"Não, eu convenci *você* a sair comigo do Cap Club." Nate roçou o nariz no pescoço de Shelby.

"Afe." Olly fez careta.

"Vocês deviam vir pescar com a gente amanhã. Nate e eu andamos pegando bastante robalo."

"Bem grandes?", Cord perguntou.

"Alguns, sim." Shelby tirou o celular do bolso e clicou em um ícone. "Este é um dos meus projetos. Você tira a foto de um peixe que pescou e o aplicativo identifica a espécie. Depois calcula o tamanho e diz se você pode ficar com ele ou precisa devolver pra água."

"Ah, vou baixar." Cord pegou o celular do bolso e se aproximou de Shelby para que ela o ajudasse a encontrar o aplicativo na loja.

"Pretende pescar bastante em Brooklyn Heights, Cord?", Olly perguntou.

"Bom, não seria um aplicativo que eu usaria todo dia", Cord murmurou.

"Sem problemas." Shelby riu. "Estou sempre trabalhando em um milhão de ideias. Qual acha que deveria ser meu próximo projeto, Cord?"

"Na verdade, tenho mesmo uma ideia pra um aplicativo", ele respondeu, mais animado. "Não aguento gente que buzina o tempo todo. Preciso de um aplicativo que contabilize quanto a pessoa buzina e no fim do dia, quando ela estiver tentando dormir, buzine exatamente o mesmo tempo."

"Te amo, cara, mas quem é que vai instalar isso no próprio celular?", Nate perguntou.

"Tá, eu tenho uma ideia", Olly interrompeu. "Você adiciona o contato da menina com quem está saindo e toda terça à noite o aplicativo manda automaticamente uma mensagem dizendo: 'Oi, linda. Estava pensando em você!'."

"É, não vou fazer um aplicativo assim, não." Shelby cutucou o ombro de Olly.

"Já sei", Sasha disse. "Um aplicativo que diz se um abacate está fibroso ou marrom por dentro."

"Quero um que se chame Upgrade e acrescente um Rolex e um cavalo a todas as suas fotos", disse Nate.

Todos riram, e eles passaram a próxima hora tendo ideias terríveis, que Shelby fingia levar em consideração. Depois de um tempo, Sasha precisou usar o banheiro e Shelby a levou para dentro, onde mostrou as duas cabines, a cozinha, a sala de jantar, a sala de estar e, finalmente, o banheiro. O barco devia ter pelo menos quinze anos, mas era limpo e bem-conservado, com detalhes em cromo e madeira. Era de fato um apartamento flutuante.

Shelby pegou alguns petiscos na cozinha — bolachinhas com cubos de queijo cheddar, uvas e uma bandeja de plástico de Oreo. Depois levou para o deque com uma pilha de guardanapos de papel com o nome do barco impresso em dourado. Por volta de meia-noite, Sasha bocejou, e ela, Cord e Olly se despediram e deixaram os pombinhos a sós em seu ninho flutuante.

Olly se ofereceu para levar o lixo orgânico e o reciclável até as lixeiras perto do estacionamento, e eles caminharam juntos ao longo do píer, conversando baixinho para não acordar quem pudesse estar dormindo nos barcos próximos.

"Shelby é legal", Sasha murmurou. "E parece gostar muito de Nate."

"Esquisito, né?", Olly comentou.

"Espero que um dos projetos dê certo", Sasha prosseguiu.

"Ela vai ficar bem."

"Tipo, milhões de aplicativos são lançados todos os anos. É uma carreira difícil."

"Ah, Shelby faz aplicativos só pra se divertir. Na verdade, meio que se aposentou aos trinta." Olly jogou os sacos nas lixeiras.

"Como assim?", Sasha perguntou, confusa.

"Ela foi a funcionária número setenta e três do Google. Ou seja, tem milhões em ações."

Sasha sentiu o queixo cair. Então Shelby era rica. Podre de rica. Ela começou a rir. "Ah, Nate", Sasha disse, balançando a cabeça. "Ele pode simplesmente comprar um Rolex e um cavalo."

Vinte

GEORGIANA

Quando Georgiana era adolescente, a casa de Truman Capote fora vendida pelo valor recorde de doze milhões e meio de dólares para o fundador da Rockstar Games. A casa de cinco andares na Willow Street, entre a Pineapple e a Orange, era considerada solo sagrado no bairro. Capote havia escrito *Bonequinha de luxo* e *A sangue frio* enquanto morava ali, descansado em sua varanda, publicado um ensaio autobiográfico sobre a vizinhança e levado os amigos para conhecerem o lugar. Ele pertencia às ruas com nome de frutas. Quando o criador de *Grand Theft Auto* assinara seu cheque e pegara a chave do número setenta da Willow Street, o ultraje coletivo pôde ser ouvido da Promenade à Montague Street. O novo proprietário havia entrado com pedidos para instalar uma piscina, trocar o amarelo da fachada, demolir a varanda. Era um pesadelo. Quem em Brooklyn Heights, entre todos os lugares, trocaria Audrey Hepburn por aquilo?

Nas semanas que se seguiram ao terrível chá revelação, Georgiana ficou com a casa de Capote na cabeça. A Comissão de Preservação de Marcos Históricos havia se reunido com o novo proprietário para chegarem a um acordo. Ele poderia construir a piscina, desde que devolvesse a casa ao estilo neogrego, restaurando a fachada original e expondo os tijolinhos históricos. Seria uma maneira de usar a fortuna que ganhara com *Grand Theft Auto* para reviver os tempos áureos do imóvel no século xix. Assim, poderia morar confortavelmente ali e ainda honrar a história e a cultura que havia herdado. Na verdade, até melhoraria as coisas. E talvez Sasha estivesse fazendo a mesma coisa com a casa na Pineapple Street. Talvez Georgiana fosse apenas uma vizinha ultrajada sendo muito, muito esnobe.

Kristin fazia terapia na Remsen Street, e Georgiana marcou uma sessão. Ela passou a primeira hora contando tudo sobre Brady e gastando meia caixa de lencinhos de papel. Nas semanas seguintes, falou sobre família, dinheiro, Sasha e o acordo pré-nupcial. Estava começando a ver que sua relação com o dinheiro determinava como pensava a amizade e o casamento. Sem perceber, havia sido treinada a vida toda para proteger sua riqueza. A família tinha consultores fiscais e consultores de investimentos, fazia ajustes cuidadosos no fim do ano para compensar perdas. Embora gozassem dos frutos de seu trabalho (ou dos frutos do trabalho de seus antepassados), eles haviam sido criados com a crença sagrada de que nunca — *nunca mesmo* — deviam encostar no patrimônio principal. E havia outra crença entremeada a essa: a de que se casar com alguém de uma classe mais baixa diluiria sua riqueza. Portanto, era melhor se casar com alguém rico. Georgiana não se dera conta de como aquilo já estava enraizado em sua psique, e de maneira tão profunda.

Ter chamado Sasha de interesseira agora a deixava morta de vergonha. Georgiana tinha se equivocado quando acreditara que ela não assinara o acordo pré-nupcial, mas aquele não era o cerne da questão. Ela havia sido elitista e esnobe, exatamente o tipo de comportamento que precisava combater. Era impossível lutar contra a desigualdade no mundo enquanto ela mesma a preservava em sua família.

"É como a casa de Truman Capote", Georgiana explicou no sofá de tweed do consultório apertado, retorcendo um lencinho nas mãos. A terapeuta era uma mulher de sessenta e poucos anos vestida com todo o cuidado em cores neutras. Morava por perto e dividia o consultório com alguém que atendia crianças, de modo que a estante exibia não apenas Freud e Klein, mas bonequinhos de plástico, mães, pais e bebês em miniatura. Às vezes, Georgiana tinha vontade de brincar com eles enquanto falava. "Todo mundo do bairro ficou horrorizado quando a casa de Truman foi comprada por um novo-rico", ela prosseguiu, consternada.

"E sabe o pior?", a mulher perguntou alegremente, com os olhos brilhando. "Capote nem era dono da casa. Ele só alugava o apartamento de baixo de um conhecido e mostrava o restante do imóvel para os amigos quando o cara estava viajando." Georgiana não conseguiu segurar a risada.

Quando chegou em casa aquela noite, Georgiana ligou para Sasha. Ela ficou mordendo o lábio enquanto esperava, porque odiava falar ao telefone — as pessoas da idade dela só mandavam mensagens. Quando Sasha atendeu, Georgiana pigarreou e disse, apesar de seu desconforto: "Sasha? É a George. Eu estava pensando... quer jogar tênis um dia?".

Georgiana vinha confrontando muitas verdades desconfortáveis a seu próprio respeito. Em uma manhã de domingo, deitada no sofá-cama de Lena, decidiu que era hora de incluir mais uma à lista: ela gostava *muito* de anéis de cebola. Assim, mesmo sem ter uma desculpa aquele dia — não estava de ressaca, não estava em seu leito de morte e nem saíra para correr —, reconheceu que anéis de cebola eram maravilhosamente crocantes e doces e, com Lena e Kristin, resolveu pagar dez dólares por uma porção grande do Westville.

Enquanto esperavam a comida, as três assistiam a mulheres ricas brigando na TV e repassavam em detalhes a noite anterior. Tinham ido a Cobble Hill, e Kristin acabara beijando o cara do bar do Cover Club. O problema era que agora não poderiam voltar lá, mesmo os drinques sendo ótimos.

"Ele deve ter uma noite de folga", comentou Lena.

"Acho que aquele cara era o gerente. Acabou." Kristin suspirou, tomada pelo remorso. "Bom, o que você vai fazer quanto a Curtis, George?" Ela estava bebendo seu segundo Gatorade e usava um moletom da mesma cor, o que a fazia parecer Hailey Bieber ou um Teletubby estiloso.

"Não sei o que fazer. No lugar dele, acho que eu teria bloqueado meu número. Eu tenho sido meio instável com o cara", Georgiana admitiu.

"O que você disse da última vez?", Lena perguntou.

"Que estava ocupada demais pra sair."

"E não pode dizer que as coisas estão mais tranquilas agora?"

"Não, acho que soaria muito falso. Menti sobre Brady, e acho que se quiser alguma coisa com Curtis preciso começar a ser honesta."

"Argh, odeio ser honesta." Kristin gemeu.

"Eu também", Georgiana concordou e se levantou para ir buscar os anéis de cebola à porta.

* * *

Alguns dias depois, Georgiana ficou até mais tarde no trabalho, esperando que os colegas fechassem os computadores nos quartos, salas de visita e despensas da casa. Ela respirou fundo e abriu o Scribus, programa em que costumava montar a newsletter, mudou a fonte para Times New Roman e começou a redigir um mea culpa, sua versão de um aparelho de som sendo erguido do lado de fora da janela no subúrbio, como em *Digam o que quiserem*, tentando abrir seu coração de uma maneira que Curtis pudesse compreender.

 É novembro e muitos dos conhecidos de Georgiana Stockton fugiram para os confins do Brooklyn, onde seu clã usa vestido de paetê para dançar ao som de música pop dos anos 90 enquanto bebe vodca e come picles. Por mais de duas décadas e meia, ela participou alegremente dessas celebrações à fantasia, e suas maiores preocupações se dividiam sobretudo entre encontrar o figurino certo para festas temáticas e continuar jogando tênis em alto nível. Agora, aos 26 anos, no entanto, Georgiana Stockton está pronta para crescer.

 Georgiana é parte de um movimento crescente de millennials que foram criados entre o 1% mais rico e agora estão se dando conta de que sempre foram uns babacas. "Pessoas como eu não deveriam existir", disse Stockton em seu apartamento no Brooklyn. "Tenho vinte e seis anos. Não há nenhum motivo para eu ter óculos escuros da Chanel." Além disso, Stockton mentiu para alguém que gostaria de conhecer melhor. Quando ele compareceu a uma apresentação sobre o trabalho no Paquistão desenvolvido pela organização em que Stockton trabalha, ela o levou a acreditar que apenas sua amiga Meg morrera numa queda de avião. A verdade, no entanto, é que Stockton vinha dormindo com um homem casado que também foi uma vítima do acidente. Seu sofrimento e seu sentimento de culpa eram reais, mas Stockton se arrepende profundamente de ter ofuscado a verdade de alguém que foi muito bondoso com ela. Stockton sabe que as pessoas vão ter dificuldade em acreditar que mudou, mas espera que, com este artigo reconhecendo seus erros, Curtis McCoy, galã local que beija muito bem, decida lhe dar uma segunda chance.

Georgiana arrastou para o programa uma foto de si mesma encarando a câmera com um olhar sexy e salvou o arquivo como PDF. Então anexou em um e-mail para Curtis, escrevendo apenas: **Caso tenha perdido o caderno de estilo desta semana**. Então apertou "enviar" e ouviu o barulhinho de sua correspondência atravessando o ar, picada em pacotinhos de dados, pulando de um hub para outro, carregada pelas linhas aéreas do ciberespaço para depois se recompor diante dos olhos de Curtis.

Ela esperava que ele lesse tudo. Esperava que ele compreendesse que uma boa pessoa podia acabar fazendo algo idiota. E esperava que ele pudesse ajudá-la a ser melhor.

Tudo o que Georgiana queria era ser uma pessoa melhor, mas ela ainda tinha muito trabalho pela frente. Bill Wallis tinha bolado um plano que envolvia abrir uma fundação usando um milhão da herança dela e concordado em fazer parte do conselho, assim como Tilda. Juntos, os dois e Georgiana decidiriam quais organizações sem fins lucrativos receberiam as doações, e com o tempo mais e mais dinheiro da herança de Georgiana seria transferido para a fundação, até que não houvesse mais nada.

Ela ainda pensava em Brady, ainda pensava em Amina. Às vezes, meio que se perguntava se sempre veria Brady da mesma maneira. Ou se, com o tempo, consideraria o fato de que ele era mais velho e mais poderoso que ela como provas de que não a tratara direito. Georgiana não tinha certeza. Pelo momento, só torcia para que Amina estivesse bem e em paz. Ela sabia que seus caminhos poderiam voltar a se cruzar um dia, com ambas trabalhando lado a lado pelo bem comum, e gostava de pensar que aquilo deixaria Brady feliz. Que seu legado na terra, ainda que complicado, se multiplicara em sua ausência, que as duas metades de seu coração trabalhavam com o mesmo objetivo, e que todo o amor que ele dera a Georgiana podia se propagar para algo verdadeiramente bom.

Vinte e um

DARLEY

Darley e Malcolm estavam se arrumando para encontrar Cy Habib para beber alguma coisa. Ela passou perfume nos pulsos, carregou os cílios de rímel, penteou o cabelo até brilhar e pôs sua correntinha de ouro com a medalha de são Cristóvão.

A mãe de Malcolm usava a medalha de são Cristóvão desde que Darley a conhecia. No centro da joia, via-se a figura de um homem segurando um cajado e carregando uma criança no ombro. Soon-ja lhe contara que são Cristóvão era um gigante que conduzia passageiros até o outro lado do rio em segurança. Ele era o santo patrono dos viajantes.

Quando Malcolm estava com doze anos, Soon-ja e Young-ho haviam carregado seu Ford Explorer verde-floresta para levá-lo a um torneio de futebol em uma cidade que ficava a três horas de distância. Depois de uma hora de viagem, quando seguiam a cem por hora pela New Jersey Turnpike, um semirreboque sem freio batera com tudo na lateral deles. O Ford Explorer capotara, voltara a ficar de pé e derrapara até ser parado pelo guard rail, produzindo um barulho terrível. Do jeito que Soon-ja contava aquela história, quando ela abrira os olhos parecera que havia sido tudo imaginação. Ela se virara para Malcolm e o vira sentado no banco de trás, ainda de cinto de segurança, com o Game Boy nas mãos. Young-ho continuava no banco do motorista, com as mãos no volante, ileso. Os três então abriram a porta, trêmulos, e se abraçaram no acostamento. Não tinham nenhum ferimento, nem um arranhão, uma queimadura ou uma entorse. Os socorristas chegaram para examiná-los, a polícia chegou para fazer o boletim de ocorrência, o caminhão de bombeiros chegou por precaução. Então o técnico que vistoriava o veículo encontrou pendurada no retrovisor a medalhinha de são Cristóvão que Soon-ja estivera usando no pescoço.

No dia do casamento de Darley, Soon-ja a presenteara com o colar, que a nora usava sempre que ia andar de avião, ia fazer uma viagem longa ou precisava de uma dose extra de sorte. Enquanto caminhava com Malcolm pelas calçadas tomadas pelas folhas da Willow Street para encontrar Cy, Darley se sentiu bem, com a medalhinha quente em seu peito. Sua expiração formava nuvenzinhas brancas no ar fresco, seu casaco comprido balançava lindamente conforme ela se movia, e um leve cheiro de madeira queimada se espalhava pela vizinhança. Darley sentiu que tinha sorte. Então procurou a mão de Malcolm e a pegou.

Darley e Malcolm haviam passado a semana toda se preparando, como se fossem fazer uma prova. Tinham aprendido todo o possível sobre Cy Habib. Ele era vice-presidente sênior da divisão de assuntos industriais e aeropolíticos da Emirates. Recém-formado, entrara na British Airways como trainee e depois fora recrutado pela Cathay Pacific. Cy era tão talentoso e tinha uma reputação tão boa que a Emirates criara um cargo só para poder contratá-lo. Era o exemplo perfeito de por que a indústria da aviação atraía tantas pessoas: seu sucesso não tinha nada a ver com pedigree ou hierarquia, e a meritocracia recompensara sua inteligência e sua paixão.

Quando Darley e Malcolm chegaram ao Colonie, na Atlantic Avenue, Cy já estava sentado a uma mesinha na frente. Darley apresentou os dois, Cy pediu uma garrafa de vinho e os três conversaram sobre aviação: compararam suas aventuras com Cessnas e Cirrus, trocaram figurinhas sobre seus pontos de aterrissagem preferidos. O de Malcolm era o Ingalls Field, em Hot Spring, Virgínia, um dos aeroportos mais altos a leste do Mississippi, com uma pista que cortava o topo da montanha. Cy era sentimental e gostava do aeroporto First Flight, na Carolina do Norte, onde os irmãos Wright planavam. Eles também gostavam de pousar na ilha Block, apesar da pista curta, e estavam loucos para fazer uma viagem até o Grand Canyon, e Cy mostrou um vídeo no celular de um pouso na ilha Dauphin, no Alabama, onde a pista começava a uns dois centímetros da água.

Darley ficou elogiando Malcolm, citando o blog que ele criara ainda muito jovem, sua ascensão meteórica de analista a diretor administrativo, sua ética de trabalho e o ano em que viajou tanto a ponto de conseguir status secreto nas três principais companhias aéreas dos Estados Unidos. Depois Malcolm falou sobre a Emirates, fez observações sobre o mercado, comentou a tão aguardada abertura de capital e como achava que ia se desdobrar.

Os três estavam se divertindo tanto que acabaram pedindo comida e mais vinho, depois até sobremesa, e só se levantaram para ir embora quando os garçons começaram sutilmente a empilhar as cadeiras viradas sobre as mesas do fundo.

Diferente de Darley, cujo fascínio por aviões tinha sido despertado por seu interesse no lado financeiro da indústria, Malcolm queria ser piloto desde criança. Ele estudou administração, mas assim que juntou algum dinheiro começou a fazer aulas de voo. Levantava-se de madrugada e pegava o trem em Nova Jersey até o aeroporto de aviação geral de Linden, que ficava oito quilômetros ao sul do aeroporto de Newark. Voava uma ou duas horas, depois vestia terno e gravata e se juntava às pessoas que iam para a cidade trabalhar, chegando à sua mesa em Wall Street às quinze para as nove.

Havia dias em que Darley se ressentia de Malcolm, de ter sacrificado sua carreira pela família deles e abandonado uma vida plena e interessante para ter filhos — mas então se lembrava do que Malcolm sacrificara por parte dele também: uma carreira pilotando os aviões que havia estudado, os voos matutinos sobre Nova Jersey, o cheiro de carbono e combustível enchendo-o de uma empolgação que raras vezes sentia no solo.

"Foi bom, não achou, amor?", Darley perguntou enquanto caminhavam pela Promenade de volta para casa, com os dedos entrelaçados.

"Muito bom", Malcolm respondeu. "Só de ter uma conversa de verdade com alguém depois de meses pisando em ovos foi maravilhoso."

"Como assim?", Darley perguntou. Estaria Malcolm falando dela?

"Tem sido muito difícil fingir que está tudo normal e não contar para sua família que fui demitido."

"Ah, sim, claro." Darley assentiu e revirou os olhos.

"Precisamos contar tudo logo", Malcolm insistiu. "Já faz tempo demais."

"Eu sei, eu sei. Só estou com receio de falar com eles sobre dinheiro depois da história da George."

"Tenho que ser sincero com você, Darley: quanto mais você tenta manter minha demissão em segredo, mais humilhado a respeito eu me sinto", Malcolm confessou, baixo.

"Ah, não." Ela parou e se virou para o marido. "Não quero que se sinta humilhado! Só estou tentando proteger você! Sabe como meus pais são..."

"Sim, eu sei." Malcolm baixou a mão. "Eles gostam que a gente tenha se conhecido na faculdade, gostam que eu trabalhe em banco... Mas agora temos dois filhos, e faz uma década que passamos Natal, Páscoa e aniversários juntos. Acho que a esta altura eles me conhecem de verdade e vão me aceitar mesmo que eu passe um tempo desempregado."

"Ah, nossa, sei que vão, claro." O rosto de Darley se contraiu todo. Ela não tinha percebido o quanto vinha magoando Malcolm, como ao prolongar aquela mentira estava sinalizando ao marido dia após dia que ele só fazia parte da família Stockton enquanto seu salário continuasse caindo na conta.

Malcolm puxou Darley para um abraço, e ela apertou a bochecha contra a camisa azul bem passada do marido. "Dá uma chance a eles, Dar. Acho que vão surpreender você."

Aquela noite, deitada ao lado de Malcolm na cama, ouvindo a respiração constante dele, tão reconfortante quanto o barulho da chuva ou o ronronar de um gato, Darley tentou entender por que quisera manter a demissão dele em segredo. Por que tinha tanto medo de que Malcolm fosse ser exilado de seu mundo?

Darley já tinha percebido algo em relação a pessoas com dinheiro: elas se mantinham juntas. Não porque fossem naturalmente superficiais, materialistas ou esnobes, embora claro que aquelas coisas pudessem muito bem ser verdade, mas porque, quando estavam juntas, não precisavam se preocupar com diferenças advindas do dinheiro. Não precisavam se preocupar quando convidavam alguém para passar um fim de semana em Bermuda, não precisavam se preocupar com voos para Montreal, não precisavam se preocupar com aluguel de carro, restaurantes caros demais ou lugares em que só se podia entrar de paletó e gravata. Seus amigos podiam acompanhá-las, podiam pagar sua parte, não haveria nenhum constrangimento de ter que se oferecer para pagar tudo, emprestar um smoking ou esperar o pagamento cair na sexta-feira. Ficava implícito que, se uma viagem, uma festa ou qualquer ocasião pareciam divertidas, os amigos topariam, e todos saberiam como agir quando chegasse a hora.

E tinha outra coisa, algo que era um saco discutir: a preocupação secreta e constante de estar sendo usado por outras pessoas. Estar sendo usado por sua casa de veraneio, suas bebidas de qualidade, seu apartamento grande, suas festas, seus estágios, seu guarda-roupa, seu... bom, seu dinheiro. Darley via aquilo o tempo todo, em diferentes graus — caras que compravam joias e notebooks para a namorada, gastavam uma fortuna com viagens de férias, para só depois elas perceberem que tudo aquilo era basicamente um suborno para que entrassem num relacionamento; caras que reuniam multidões de interesseiros quando compravam uma garrafa inteira de bebida ou tinham uma casa nos Hamptons. Havia uma diferença entre compartilhar aquilo que você tinha a sorte de ter e ser explorado, e distinguir corretamente as duas coisas podia partir o coração da pessoa. De certa forma, era mais fácil se manter próximo daqueles que gostavam de você e não precisavam de seu cartão de crédito para se divertir.

Quando Darley estava no ensino médio, havia uma panelinha de meninas com a qual ela às vezes almoçava quando suas amigas mais próximas estavam doentes ou tinham ido viajar. Era a "panelinha de arroz", porque, como todo mundo dizia, rindo: "São todas brancas e inseparáveis". O grupo de Darley não corria o risco de receber esse nome porque Eleanor era chinesa, mas no fundo ela sabia que eram iguais — Darley andava com um grupo de meninas ricas que haviam tido uma criação quase idêntica. Todas contavam com pais e avós ricos, todas tinham empregadas e haviam tido babás, todas passavam as férias em destinos tropicais, faziam festa de aniversário em restaurantes e tinham skis e raquetes — e, no caso de Eleanor, um conjunto de tacos de golfe de três mil dólares.

Como o dinheiro da família Stockton vinha de gerações, eles eram mais ou menos discretos com sua fortuna obscena. Voavam de econômica a menos que a viagem fosse longa, não trocavam de carro até que o barulho se tornasse insustentável e nunca, nunca reformavam a casa. Mas, em um exame mais minucioso, seus gastos diários eram exorbitantes. A manutenção e os impostos da casa da Pineapple Street, o apartamento na Orange, a casa de campo em Spyglass, a mensalidade do Casino, do Knickerbocker e do Jupiter Island, a da escola das crianças (o jardim de infância e o primeiro ano custavam cinquenta mil ao ano cada) e o salário de Berta se somavam. Às vezes, Darley se perguntava se o pai tinha alguma ideia de quanto dinheiro gastava ou se seu assistente fazia os cheques e ele assinava tudo sem nem desviar o olhar de sua papelada de trabalho.

Sempre que uma conta ou despesa surpreendia Darley — o valor final da compra do apartamento, uma taxa extra do Jupiter quando um furacão destruiu o deque —, o pai dava de ombros e dizia: "Não é nada de mais". E era verdade. Ele podia ganhar ou perder mais dinheiro em um negócio do que qualquer um deles poderia gastar em cinco anos, mesmo que comprassem uma casa. Tinham uma vida de grande privilégio e tranquilidade, pela qual Darley era grata. Mas ela também sabia que aquilo tornava mais difícil fazer amigos. Seu mundo fazia sentido apenas para umas poucas pessoas.

Darley comentou aquilo com Cord uma vez. Ele apertou os olhos e pareceu perplexo. Não parecia se sentir nem um pouco daquele jeito. "Você precisa relaxar, Dar. Moramos em uma cidade cheia de gente interessante." Para Darley, aquela era a principal diferença entre os dois e o motivo pelo qual ela se casara com Malcolm e ele com Sasha. Darley precisava de alguém que conhecesse e em quem confiasse havia anos, enquanto o irmão era capaz de se apaixonar por alguém em um bar. Para Darley, conexões profundas só eram possíveis com o tempo, depois de anos de amizade e o desdobrar gradual das muitas camadas de uma pessoa. Ela se dera mal vezes demais com supostos amigos. Uma colega de quarto abandonara a faculdade e implorara por um empréstimo de dois mil dólares para ajudar a mãe doente, e meses depois Darley descobrira que, em vez de uma mãe doente, o que a garota tinha era um vício em cocaína, e o dinheiro havia ido para o ralo. Umas meninas do acampamento tinham roubado o cartão de telefone dela para ligar para os namorados do orelhão que ficava perto do refeitório, gastando cem dólares em seis semanas. Umas colegas do primeiro ano de Yale iam ver filmes no projetor que Darley tinha e pegavam seu carro emprestado para ir comprar pizza, mas depois falavam mal dela pelas costas. Certa vez, uma dessas colegas amassou o carro dela e nunca nem se ofereceu para ajudar a consertar. Darley sabia que o dinheiro de sua família a deixava vulnerável a todo tipo de sanguessuga, portanto muito tempo antes erguera uma fortaleza para se proteger. Ela se preocupava que Cord não fizesse o mesmo, que navegasse em meio a mulheres e amigos como um piloto na neblina. Aquele era o motivo pelo qual Darley resistira tanto a Sasha, pelo qual demorara tanto a baixar a guarda para a cunhada.

Pela milionésima vez, pensou em seu próprio acordo pré-nupcial. Talvez tivesse cometido um erro idiota ao abrir mão de sua herança, mas o maior erro havia sido permitir que o dinheiro representasse tanto poder em sua vida. Ao guardar segredo quanto à demissão de Malcolm ela estava comprando a ideia de que o mundo era um clube onde só quem tinha renda na casa de sete dígitos podia entrar. Darley não queria viver daquele jeito. Pela primeira vez na vida, queria abandonar sua casca amarga e revelar sua doçura interior.

Todo mundo sempre dizia que era no momento em que se parava de tentar engravidar que finalmente se engravidava. Que se encontrava o amor quando se parava de procurar. Que aquele vestido mídi de seda La DoubleJ entrava em promoção assim que você o comprava pelo preço cheio. (Talvez o último caso fosse um pouco diferente, mas deixava Darley irritada mesmo assim.) Seguindo a mesma lei, Malcolm conseguiu um novo emprego uma semana depois de terem contado aos Stockton que ele havia sido demitido do Deutsche Bank.

Tilda e Chip ficaram ultrajados por Malcolm quanto ao que acontecera com a Azul. Compreenderam na mesma hora que o vazamento de informações para a CNBC não havia sido culpa dele e demonstraram muita compaixão por tudo o que o genro passara. Mas o melhor de tudo foi que Tilda fez justiça com as próprias mãos e da maneira mais esnobe possível: garantindo que Chuck Vanderbeer e Brice MacDougal perdessem seu acesso a todos os clubes privados da cidade de Nova York e fossem desconvidados de todas as festas de gala da alta sociedade, desde o Baile de Inverno da Junior League até a Armory Party, no MoMA. Eles não conseguiriam mais nem uma quadra para jogar squash naquela cidade, e Darley teve que rir ao constatar que Tilda os atingira onde mais doía.

Depois do jantar épico no Colonie, Cy Habib apresentou Malcolm ao xeique Ahmed bin Saeed Al Maktoum, fundador da Emirates, que criou um cargo para Malcolm: presidente e diretor estratégico. Malcolm trabalharia de Nova York, e entre muitas outras responsabilidades ele supervisionaria a abertura de capital da Emirates na Bolsa de Nova York. Era o emprego dos sonhos. Ele não trabalharia mais em banco, ocuparia uma boa posição em uma das companhias aéreas mais impressionantes do mundo e, embora fosse improvável que chegasse ao status secreto das três maiores companhias aéreas dos Estados Unidos outra vez, passaria muito mais tempo em casa e poderia ver os filhos crescerem e ficarem obcecados pela morte de um pombo. Um bônus inesperado de supervisionar essa abertura de capital imensamente lucrativa era o poder de decidir que bancos de investimentos seriam convidados para apresentar propostas — e Malcolm convidou todo mundo, menos o Deutsche Bank. Como Tilda dizia: os convidados errados podiam estragar até a melhor das festas.

Vinte e dois

SASHA

Chip ia fazer setenta anos, e estavam todos ocupados demais para planejar uma comemoração à altura. No entanto, se Sasha havia aprendido uma coisa era que não dava para subestimar os imprevistos que podem ocorrer aos pais, fora que precisava compensar o fato de que havia dito que a casa da Pineapple Street era uma espécie de Grey Gardens. Ela disse a Tilda que organizaria um jantar para o sogro com o tema "Uma noite no mar", um tributo ao amor de Chip por velejar. Aquela seria sua punição. A namorada de Vara, Tammie, chefiava o departamento de adereços de filmes importantes, e juntas ela e Sasha transformaram a sala de jantar da Pineapple Street em uma fantasmagoria marítima. Penduraram redes de pesca no lustre, criando um dossel sobre a mesa com luzinhas e iscas artificiais brilhantes e emplumadas, presas pelos ganchos às redes. Derreteram velas vermelhas no gargalo de garrafas de vinho, usaram cordas pesadas na decoração e posicionaram uma concha diante de cada cadeira à mesa para que os convidados as abrissem e encontrassem um cartão com seu nome. Sarah pôs Chip e Tilda nas cabeceiras. Podia ser a anfitriã, mas nem sonhava em se sentar à cabeceira na Pineapple Street.

Quando Tilda chegou, usando calça de cintura alta com botões dourados, camisa branca e um lenço vermelho vistoso, e deparou com a decoração, seus olhos se encheram de lágrimas. "Ah, ficou lindo, querida", ela disse, dando um abraço forte em Sasha, que teve certeza de que a sogra ficara mais emocionada com a mesa do que com o anúncio da gravidez. Os outros familiares também compareceram, mais ou menos no horário marcado, mais ou menos vestidos de acordo, e observaram com atenção a criação de Sasha. De chapéu de pirata e camisa, Cord estava nervoso e aparecia por trás dela o tempo todo para lhe dar um tapa na bunda e sussurrar: "Bom trabalho". Sasha serviu Dark 'n' Stormy, embora tivesse notado que Georgiana não estava bebendo, e fez circular uma bandeja de prata com coquetel de camarão. Mas, apesar de todos os seus esforços para criar um clima festivo, continuava sentindo certa tensão no ar. Ainda havia muita incerteza quanto à decisão de Georgiana de abrir mão de sua herança. Chip e Tilda pisavam em ovos, olhando para a filha como se ela fosse um bichinho de estimação recém-chegado. Darley parecia preocupada, e Sasha ficou mais feliz que de costume com a presença de Poppy e Hatcher, porque crianças tinham lá sua maneira de dissipar desconfortos sociais. Dava para perguntar qualquer coisa para eles e ter certeza de que a resposta seria divertida. Dava para se esgueirar do cômodo por um momento para cuidar das necessidades deles. Ou, no pior dos casos, dava para ter certeza de que ninguém vociferaria palavrões na presença deles.

Quando se sentaram para comer — peixe-carvão-do-pacífico com missô e salada de alga —, Sasha tentou bancar a boa anfitriã e iniciar uma conversa alegre. "Então...", ela disse, animada. "Talvez todo mundo possa dizer algo legal que aconteceu esta semana." Cord pareceu meio em pânico ao olhar para Sasha, que soube que devia estar parecendo maluca.

"Eu começo", Tilda disse, simpática. "Descobri que vão vender produtos Tory Sport na loja de artigos de tênis de Jupiter Island! Adoro as saias de corrida dela!"

"Que bom!", Sasha disse, entusiasmada. "Chip?"

"O bufê do Knickerbocker mudou e agora tem aspargos brancos", ele disse, parecendo pensar. "Mas o gosto não é muito diferente dos aspargos verdes."

"Tá... Georgiana?", Sasha dirigiu, torcendo para não estar abrindo as comportas para uma diatribe sobre como a história da cultura marítima era ofensiva.

"Tive uma manhã incrível, na verdade." Georgiana sorriu. "Encontrei uma mulher que fornece produtos de higiene feminina a escolas no noroeste do Paquistão. Ela me disse que menos de vinte por cento das mulheres do país têm acesso a absorventes, e as outras usam panos. Fora que aterrorizam as mulheres dizendo que se tomarem banho durante o período menstrual vão ficar inférteis. Fiz uma doação de dez mil dólares, que deve custear os absorventes de quase quinhentas estudantes por um ano."

"Que incrível", Sasha disse, e era incrível *mesmo*. Era algo admirável a se fazer.

"Não sei bem se isso é assunto para o jantar, Georgiana", Tilda a interrompeu. Chip pareceu ligeiramente verde, concentrado em uma pocinha de molho do coquetel de camarão em seu prato.

"Acho que a pobreza é um assunto muito importante para o jantar, mãe", Georgiana insistiu. "Acho que falar apenas de coisas com que nos sentimos confortáveis é um grande erro que temos cometido enquanto família. Precisamos falar sobre a vida que a maior parte das pessoas leva."

"Mas não precisamos falar sobre *menstruação*", Tilda insistiu.

"Tá bom", Georgiana concordou, com calma. "Mas não quero saber dos aspargos brancos ou de lojas. Vamos falar de coisas reais."

"Certo." Tilda franziu a testa em concentração. "Sasha, quer nos contar como foi crescer pobre?"

A mesa inteira se virou para ela. Cord, Darley e Malcolm estavam horrorizados. Georgiana mordeu o lábio. Hatcher mastigava um pãozinho com manteiga.

"Claro." Sasha riu. "Mas na verdade não cresci pobre. Minha família era de classe média."

"Ah, claro, claro", Chip concordou na hora. "Setenta por cento dos americanos se definem como de classe média, mas esse número está mais para cinquenta por cento..." Ele parou de falar, e Sasha sorriu, achando graça naquela insinuação.

"Bom, tanto meu pai quanto minha mãe trabalhavam", Sasha começou. "Minha mãe era orientadora em uma escola de ensino fundamental duas cidades mais para a frente, e meu pai trabalhava para uma empresa que confeccionava uniformes esportivos." Sasha tentava pensar no que em sua vida podia parecer estranho aos Stockton. Talvez tudo. Ela sabia que a maior parte das pessoas que conhecia acharia aquela vida bastante comum, mas a família a ouvia como se Sasha estivesse descrevendo sua infância em um iurte em um deserto de sal.

Em segredo, uma parte dela provavelmente se perguntou se diante da família do marido sentia vergonha de suas origens relativamente modestas. Chip e Tilda nunca haviam visto a casa de seus pais e mal haviam passado tempo com eles, mas, enquanto falava, Sasha ficou surpresa com a facilidade com que contava sua história. E continuou. "Conforme fiquei mais velha, passei a trabalhar aos fins de semana e nas férias. Quando eu estava com catorze anos, meu pai foi demitido e as coisas ficaram difíceis por uns seis meses. Tivemos que cortar gastos. Depois meu pai conseguiu um emprego até melhor, em uma empresa que colocava logotipos em uniformes de trabalho, e tudo voltou ao normal. Trocamos de carro e, alguns anos depois, meu pai comprou um barco."

"O que vocês faziam nas férias?", perguntou Darley, que vinha ouvindo atentamente ao relato de Sasha.

"Ah, a gente se divertia. Fazíamos coisas normais. Íamos de carro até as cataratas do Niágara. Fomos pra Orlando quando eu tinha nove anos. Fomos até o Quebec, onde pratiquei o francês que aprendi no ensino médio, e pegamos o funicular para subir à cidade velha."

"Ah, eu peguei esse funicular", Georgiana disse.

"Tive uma boa educação e me formei na faculdade sem dívidas estudantis, o que é bem difícil nos dias de hoje. Agora tenho meu próprio negócio, e antes de Cord e eu nos conhecermos ganhava o suficiente para morar em um apartamento legal, ter um carro e trocar por um aparelho melhor sempre que meu iPhone caía na calçada. Tive sorte. Espero poder retribuir um dia, como Georgiana fez hoje." Sasha sorriu para a cunhada, sincera.

"Mas Georgiana ainda é muito nova", Darley a interrompeu. "Pode acabar precisando do dinheiro mais pra frente. Você tem marido, tem uma casa, Sasha. Mesmo que tudo desse errado, continuaria bem."

"Mesmo que tudo desse errado, eu continuaria bem também", Georgiana falou. "Tenho trinta e sete milhões de dólares. Isso sem contar o dinheiro investido em propriedades ou que vou herdar de mamãe e papai. Não há nada que poderia acontecer para eu precisar desse tanto de dinheiro."

"Você não tem como saber, George", Cord disse. "Ainda é muito jovem. Muita coisa pode mudar."

"Na verdade, não sou tão jovem assim. Sempre fui mimada. E quero que as coisas mudem, Cord", Georgiana disse. "Sou muito grata pelo dinheiro. Sou muito grata a mamãe e papai. E a nossos avós. Esse dinheiro é uma bênção. Com ele tenho a chance de dar um sentido à minha vida e de realmente ajudar a *salvar* pessoas."

"O que você faria?", Sasha perguntou, olhando para a cunhada. De repente, Georgiana parecia diferente. Se nos meses anteriores estivera tomada de uma energia furiosa, agora se encontrava calma e emanava uma força que Sasha costumava associar a pessoas que faziam muita ioga ou passavam creme com canabidiol.

"Bom, Bill Wallis e eu temos um plano", Georgiana explicou. "Hoje minha herança rende cerca de um milhão por ano em dividendos. Até agora, não mexi nesse dinheiro. Mas estamos pensando em começar aos poucos e abrir uma fundação que ofereça um milhão de dólares por ano em financiamento. O principal vai continuar investido, enquanto tomo pé das coisas. Mas o objetivo é transferir todas as minhas ações para organizações sem fins lucrativos ao longo do tempo."

"Que tipo de organizações?", Darley perguntou.

"Ainda estou pensando, preciso pesquisar mais. Pretendo focar a saúde das mulheres no Paquistão. Era com o que Brady trabalhava quando morreu. Meu dinheiro poderia ter um impacto gigantesco lá. Há muito estigma e falta de informação a respeito de saúde e sexualidade da mulher por lá. Ninguém deveria sentir vergonha de ficar menstruada. E as mulheres precisam de acesso a métodos contraceptivos. E a educação sexual."

"Mas não é isso que você faz no trabalho?", Cord perguntou.

"Sim, mas à distância. Quero fazer mais. Acho que, em vez de trabalhar com comunicação, posso me tornar uma financiadora e ir a campo em alguns projetos. Tem uma viagem pro Benim, na África Ocidental, logo mais, e vou ver se posso fazer uma doação e depois acompanhar o programa de saúde reprodutiva. Talvez eu me junte a eles em uma viagem ao Paquistão. Mas também quero trabalhar com outras organizações. Preciso aprender sobre mais lugares. Meu amigo Curtis contratou uma equipe para aprender mais sobre boas organizações. Vou precisar de alguns anos para compreender de verdade a melhor maneira de atuar."

"Você não parece alguém tendo um surto psicótico", Cord reconheceu.

"Obrigada", Georgiana disse, irônica.

"Mas você sabe que não deveríamos precisar das fundações para isso, não é? O verdadeiro problema são as leis tributárias, as políticas antitrabalhistas e a expansão lenta do Estado do bem-estar social", Chip disse. Todos se viraram para olhá-lo, como se fosse um cachorro que tivesse aprendido a falar holandês.

"Verdade." Georgiana inclinou a cabeça de lado. "Mas não posso controlar isso agora. Só posso controlar o que faço da minha vida."

"Bom, já que estamos falando de mudanças importantes, Sasha e eu também temos uma novidade." Cord olhou para a esposa, que assentiu. "Vamos nos mudar desta casa e estávamos pensando que Darley e Malcolm talvez quisessem se mudar para cá."

Darley apoiou o copo na mesa, surpresa. Todos se viraram para ela, que levou as mãos às bochechas. "É verdade?" Darley olhou em volta, como se talvez fosse uma brincadeira.

"Sim", Sasha disse, com um sorriso. "Bom, na verdade, a decisão cabe a vocês e a Chip e Tilda, mas vocês são quatro, e nós seremos apenas três."

"Ah, meu Deus, obrigada! É sério? Malcolm, se nos mudássemos pra cá, seus pais poderiam morar conosco. Se quiserem, claro", Darley falou.

"Eu adoraria", Malcolm disse, assentindo.

"Por nós está feito, claro", concordou Tilda. "A casa é de vocês. Podem fazer o que quiserem com ela. Mas, como eu disse a Sasha, vocês vão querer manter as cortinas da sala de visitas, porque as janelas são enormes", ela concluiu, séria.

"Pra onde vocês vão?", Georgiana perguntou a Cord e Sasha.

"Ainda não sabemos", Sasha respondeu. "Estamos procurando."

"Tem sempre aqueles túneis que ligavam as propriedades das testemunhas de Jeová. Podemos morar neles, não é, Sasha?", Cord brincou. "Como toupeiras. Podemos criar o bebê para ver o sol apenas em ocasiões especiais, tipo no aniversário dele."

"Cala a boca." Sasha riu e o cutucou por baixo da mesa.

Depois do jantar, todos migraram para a sala de visitas, onde Chip serviu conhaque em tacinhas. Eles brindaram ao aniversário dele. Brindaram ao bebê. Ao novo emprego de Malcolm. Ao grande sucesso que fora o primeiro jantar temático de Sasha. Foi só quando desceram os degraus da frente da casa e saíram para a noite que uma vela na mesa da sala de jantar tombou e o fogo pegou na rede de pesca, espalhando-se rapidamente pelo cômodo em uma teia ardente.

Epílogo

Curtis McCoy abriu sua caixa de correio, que estava abarrotada de catálogos de fim de ano em papel brilhante. As pessoas não sabiam que os millennials só compravam coisas a partir de anúncios do Instagram? Ele levou a pilha até seu apartamento e começou a examinar o conteúdo, jogando uma a uma a correspondência no lixo reciclável. Perdido no meio, havia um envelope grosso cor de creme, cujo remetente ficava na Orange Street. Os Stockton. Curtis enfiou o dedo sob a aba do envelope, do qual tirou com cuidado o cartão de Natal. A frente era uma foto profissional da família, claramente tirada no verão. O jardim estava todo florido e todos usavam os mesmos tons de lã vermelha e verde. Chip e Tilda estavam sentados no meio, ele de blazer, ela de pérolas, com as mãos cruzadas de maneira recatada sobre o joelho. Os filhos estavam em volta, suando em veludo e tweed, com os netos e os amados animais de estimação a seus pés. Malcolm e Sasha estavam nas pontas. A gravidez dela ainda não era visível sob a roupa. Os olhos de Curtis se demoraram em Georgiana antes que ele abrisse o cartão para lê-lo.

    Queridos amigos,
        Feliz Natal do nosso clã para o seu! Esperamos que estejam bem. Recebemos muitas bênçãos neste fim de ano. Minha dupla de tênis, Frannie Ford, e eu ganhamos o torneio de tênis do Casino para mulheres acima de sessenta anos pelo terceiro ano seguido! Estamos ansiosas para reencontrar muitas das mesmas competidoras de alto nível no clube de Jupiter Island no Ano-Novo. Chip disputará o torneio de croquet, se alguém quiser se apresentar como adversário!
        Malcolm e Darley estão muito bem. Ele se juntou à Emirates e ela voltou a

trabalhar, agora em um fundo de hedge. Administrar duas carreiras e duas crianças sem dúvida será um caos absoluto, mas Chip e eu não pensamos duas vezes antes de dedicar tempo a nossos preciosos netos. Enquanto isso, Cord e sua adorável esposa, Sasha, que vão ter seu primeiro bebê na primavera, comprou uma propriedade bastante peculiar em Red Hook, que fica a dez minutos de carro de Brooklyn Heights. Ainda precisamos conhecer os moradores do bairro, mas ficamos sabendo que a região está em alta entre os artistas e não vemos a hora de eles nos presentearem com histórias sobre seu estilo de vida boêmio! Por fim, Georgiana decidiu explorar a carreira de filantropa. Ela está preparando uma viagem para o Benim, e ando bastante ocupada organizando seu jantar de despedida, cujo tema será "Entre dois amores", principalmente a cena em que Robert Redford vai à casa de Meryl Streep, onde há um centro de mesa encantador com lírios cor-de-rosa. Já providenciei capacetes coloniais para usarmos durante o coquetel!

Queremos aproveitar para agradecer a todos aqueles que entraram em contato na esteira do incêndio que acometeu a casa na Pineapple Street no mês passado. A boa notícia é que a reforma foi concluída, e Darley e sua família já se mudaram e deixaram o lugar com a cara deles. O papel de parede da sala de jantar foi destruído pelo fogo, mas Darley o substituiu por um com estampa botânica muito bonita, com laranjinhas adoráveis. Infelizmente, a mesa de jantar Luís XVI se perdeu no fogo, mas encontramos uma substituta à altura na Scully & Scully. A maior tragédia foi a perda do sofá Chippendale que chegou a fazer parte da mobília da residência do governador quando morei lá durante a infância. Mas seguiremos em frente!

Com votos de boas festas das ruas das frutas,
Sr. e sra. Charles Edward Colt Stockton

Curtis riu sozinho. Agora que estava saindo com Georgiana, vinha passando bastante tempo com os Stockton, e o sofá Chippendale havia sido pauta de muitos brunches na Orange Street. Curtis virou o cartão, onde Georgiana lhe escrevera um bilhete pessoal.

Oi, lindo. Não fica achando que vai se livrar do jantar de despedida. Mamãe já encomendou seu capacete. Beijos.

Agradecimentos

Escrevi metade deste romance no meu apartamento na Pineapple Street, às cinco da manhã, enquanto a vizinhança dormia, ou sentada na privada fechada, enquanto meus filhos, as crianças mais limpas de Brooklyn Heights, passavam horas brincando na banheira. A outra metade escrevi na mesa da sala de jantar da casa dos meus sogros em Connecticut, enquanto meu marido acompanhava as aulas pelo Zoom e reaprendia a matemática do jardim de infância. Agradeço à minha família — Carol Williams e Ken Jackson, Dan Jackson, Roger e Fa Liddell — por nos receber, nos encher de biscoitos salgados de aveia, nos levar para caçar caranguejos-eremitas e ler histórias antes de dormir.

Este livro foi parcialmente inspirado pela reportagem fantástica que Zoë Beery publicou no *New York Times* intitulada "The Rich Kids Who Want to Tear Down Capitalism". Também me influenciaram as resenhas de Kate Cooper de *Melania the Younger* e *Melania* no *Times Literary Supplement*, o texto hilário de Emilia Petrarca "Before We Make Out, Wanna Dismantle Capitalism?", que saiu no *Cut*, e "I Was Taught From a Young Age to Protect My Dynastic Wealth", de Abigail Disney, publicado na *Atlantic*. Agradeço a meus primeiros leitores: Todd Doughty, um verdadeiro abacaxi, Lexy Bloom, Lauren Fox, Sierra Smith e Ansell Fahrenheit. Também agradeço a Alli Mooney. E à minha família na Knopf, Maris Dyer, Tiara Sharma, Jordan Pavlin, Reagan Arthur, Maya Mavjee e Dan Novak, que seria interpretado por Daniel Craig na adaptação para o cinema. Tenho muita sorte de poder contar com vocês.

Tem sido uma alegria trabalhar com Pamela Dorman, Venetia Butterfield e Nicole Winstanley, que editaram este livro com cuidado e bom humor, provando-se incríveis amigas. Agradeço à equipe da Pamela Dorman Books e da Viking: Marie Michels, Jeramie Orton, Lindsay Prevette, Kate Stark, Mary Stone, Kristina Fazzalaro, Rebecca Marsh, Irene Yoo, Jane Cavolina, Brian Tart e Andrea Schulz. Obrigada a Madeline McIntosh. Sou grata a Tom Weldon, Claire Bush, Laura Brooke, Laura O'Connell, Ailah Ahmed e todo o grupo da Hutchinson Heinemann. Agradeço a Kristin Cochrane, Bonnie Maitland, Dan French, Emma Ingram, Meredith Pal e toda a equipe da Penguin Canada. Sou grata a Inés Vergara, Hedda Sanders, Alix Leveugle, Quezia Cleto, Cristina Marino e Anna Falavena. Obrigada a Jenny Meyer, Heidi Gall, Brooke Erlich, Erik Feig e Emily Wissink. Também agradeço a DJ Kim e toda a equipe genial do Book Group. Brettne Bloom é um deslumbre, e sua amizade ao longo de vinte anos é um eterno presente.

Por fim, agradeço a Wavy e Sawyer, e a Torrey Liddell, por ter sempre uma caixa de sapatos cheia de pilhas novas, por conseguir fazer a impressora funcionar em um passe de mágica, por tornar a vida muito divertida e por me deixar roubar todas as piadas dele.

TIPOGRAFIA Adriane por Marconi Lima
DIAGRAMAÇÃO acomte
PAPEL Pólen Natural, Suzano S.A.
IMPRESSÃO Gráfica Bartira, setembro de 2023

A marca FSC® é a garantia de que a madeira utilizada na fabricação do papel deste livro provém de florestas que foram gerenciadas de maneira ambientalmente correta, socialmente justa e economicamente viável, além de outras fontes de origem controlada.